Theresa Charles

Inez, infirmière de Saint-Chad

traduit de l'anglais par Monique Thies

W0242034

Éditions J'ai lu

Ce roman a paru sous le titre original :

RING FOR NURSE RAINE

© Theresa Charles

Pour la traduction française :
© Éditions de Trévise, Paris, 1967

1

– Oh, chic! Le bac est là! Nous n'aurons pas à attendre! s'écria Inez Raine.

Chose curieuse, elle n'avait aucune envie de traverser la Tamar, mais, puisqu'il le fallait, autant que ce soit le plus vite possible. Pendant tout le trajet du retour, elle avait appréhendé ce moment qui marquerait une frontière entre la vie qu'elle avait menée à Truro ces six dernière semaines et celle vers laquelle elle retournait.

Patrick Elbure, à côté d'elle, ralentit pour aborder la descente. A cet instant, après un coup de klaxon impératif, une très grosse voiture les dépassa à toute allure. Le conducteur, un homme au visage rouge émergeant d'une chemise à col ouvert, ricana au passage. Les grilles se refermèrent derrière lui et Patrick fut contraint de freiner.

– Quel salaud! Il n'aurait pas pu attendre son tour?

– Oui, c'est agaçant, convint Inez.

– Le « vacancier » type!

La grosse voiture qui était parvenue à prendre la dernière place sur le bac offrait à la vue une vitre arrière presque entièrement recouverte d'étiquettes bariolées vantant les mérites de sites enchanteurs d'un bout du pays à l'autre. Des bagages s'empilaient sur le toit. L'intérieur paraissait également bondé.

La belle bouche de Patrick, crispée, formait une ligne mince qu'Inez avait appris à connaître et à craindre. Lui aussi, elle le sentait, voyait dans cette traversée la fin d'une belle aventure.

– Cet homme n'était pas forcé de savoir qu'il retenait « notre M. Elbure », l'empêchant peut-être d'arriver à temps à Saint-Chad pour une opération urgente, dit la jeune fille avec une légèreté feinte.

– Cela n'aurait rien changé s'il l'avait su. Ce goujat!

– De toute façon, vous n'êtes pas officiellement de service avant demain, lui rappela Inez.

Il ne répondit pas. Le jeune fille jeta un coup d'œil à son profil tendu, nettement dessiné. Ses yeux gris étaient à demi fermés et il serrait le volant comme s'il voulait enfoncer ces grilles qui le narguaient. La jeune fille était terriblement consciente de son impatience brûlante. Elle aurait beaucoup donné pour qu'il ne prît pas tout tellement à cœur.

Le bac se détacha du quai et une file de voitures se forma derrière eux. Inez eut l'impression que, momentanément, le temps s'était arrêté pour Patrick et pour elle. Ils ne pouvaient ni avancer ni reculer.

– Détendez-vous, dit-elle doucement. Nous n'avons pas longtemps à attendre.

– Nous n'aurions pas dû attendre du tout.

Ils étaient si proches l'un de l'autre qu'elle sentait son bras contre le sien et, cependant, il lui semblait qu'il s'était déjà éloigné d'elle. Sans doute était-il déjà, par l'imagination, retourné à l'hôpital, prêt à se remettre au travail après ces quinze jours de vacances. Jamais elle n'avait rencontré un homme qui fût plus attaché à sa profession. Elle l'en admirait, mais il lui arrivait d'en éprouver un pénible sentiment de frustration. Il lui paraissait vain d'espérer représenter autant pour lui, que lui pour elle.

Demain, elle reprendrait ses gardes. En un sens, cela lui plaisait, elle était infirmière dans l'âme, mais elle prévoyait beaucoup de complications. Pensive, elle faisait tourner l'anneau orné d'une magnifique perle noire glissé à son annulaire gauche. Elle n'éprouvait nulle impatience à l'idée d'annoncer la nouvelle de ses fiançailles avec le chirurgien en chef de Saint-Chad. Cela provoquerait un joli remous. On l'envierait, on lui en voudrait aussi.

Inez avait fait son apprentissage dans un grand hôpital londonien. Elle faisait partie du personnel de Saint-Chad depuis un an à peine. Saint-Chad, l'un des plus célèbres hôpitaux de province, fier à juste titre de sa réputation. Les infirmières qui y avaient été formées étaient considérées comme appartenant à Saint-Chad. Elles avaient tendance à regarder de travers des collègues venues de l'extérieur. Patrick faisait, lui aussi, part intégrante de Saint-Chad. C'était presque un personnage légendaire et personne ne sauterait de joie à l'idée qu'il avait été conquis par une étrangère.

Il y avait déjà èu des commentaires désagréables parce que Inez avait obtenu un congé spécial pour se rendre en Cornouailles pour y soigner le père de Patrick, victime d'une thrombose. Il lui faudrait faire face à d'autres remarques quand elle regagnerait Saint-Chad, fiancée à Patrick. Elle était résolue à ne pas laisser les bavardages l'atteindre, mais peut-être ennuieraient-ils Patrick. Derrière son armure de réserve froide, il était sensible et vulnérable.

Ses vacances l'avaient hâlé de façon très séduisante, mais son visage gardait son expression tendue. Même en dehors des périodes de travail, il ne parvenait pas à se détendre totalement. La vie n'avait pas été facile pour lui, et elle ne le serait pas pour sa femme. Le besoin qu'il avait de l'amour et de la tendresse d'Inez restait souvent inexprimé, mais n'en demeurait pas moins intense, exigeant. Pour courageuse qu'elle fût, elle avait peur parfois de le décevoir.

Brusquement, il étendit la main, referma les doigts sur les siens qu'il serra avec violence.

– Je ne veux pas de tergiversations... de bavardages inutiles. Il faut annoncer officiellement nos fiançailles. Immédiatement, dit-il d'un ton incisif.

– Oui, bien sûr. Dès que j'aurai prévenu mes parents.

– Je persiste à penser que vous auriez dû leur écrire.

Elle étouffa un soupir. Cela faisait trois semaines qu'elle avait accepté d'épouser Patrick. Il ne pouvait ou ne voulait pas comprendre qu'elle préférait attendre d'être chez elle pour annoncer la nouvelle à ses parents. Il avait été blessé, vexé, qu'elle refusât nettement de leur téléphoner ou de leur écrire. Elle n'avait pas osé lui expliquer qu'il fallait qu'elle procède avec douceur. Elle ne savait que trop bien quelle serait leur réaction.

– Ils n'approuveront pas? dit-il comme s'il avait lu ses pensées.

– Il n'y a aucune raison au monde pour qu'ils n'approuvent pas, dit-elle vivement. Bien sûr, ils seront surpris. Mère, du moins.

– Elle souhaitait vous voir épouser Christopher Denyer.

Ce n'était pas une question, mais une affirmation. Affirmation qu'Inez ne pouvait nier. Elle haussa les épaules :

– Ma mère aime beaucoup Chris et elle lui est reconnaissante d'alléger la tâche de mon père. Elle espère qu'il le remplacera. C'est tout.

– Votre mère ne m'aime pas.

De nouveau une affirmation difficile à repousser.

– Elle vous connaît à peine. Vous lui faites un peu

peur. Père éprouve une grande admiration pour vous. Il comprendra.

— J'aime votre père. Vous lui ressemblez par bien des points. Je ne sais jamais quoi dire à votre mère.

— Mon bien-aimé, êtes-vous jamais à l'aise avec une femme? Cela fait partie de votre charme, du reste. C'est pourquoi les petites infirmières soupirent, le cœur battant, quand vous passez. Le merveilleux et l'inaccessible. « Notre M. Elbure » est détaché des choses de ce monde, inaccessible, invulnérable... C'est la légende qui court.

Au grand soulagement de la jeune fille, la ligne dure de ses lèvres s'adoucit. Puis il sourit, d'un sourire un peu contraint mais singulièrement lumineux.

— Quand vous m'appelez ainsi, dit-il, je me fiche éperdument de ce que le reste du monde pense de moi. Vous ne me trouvez ni froid ni inhumain. C'est la seule chose qui compte.

— Mon bien-aimé, répéta-t-elle très tendrement. Je vous connais.

— Ce sera toujours comme ça, n'est-ce pas? supplia-t-il avec une humilité touchante. Vous ne laisserez jamais personne se dresser entre nous?

— Jamais!

— Si je devais vous perdre, c'en serait fait de moi. Toute ma vie est entre vos mains.

Il avait parlé avec une ferveur qui la bouleversa et la gêna en même temps. C'en était presque trop. Cela représentait une responsabilité qui lui fit un peu peur. Patrick n'était pas n'importe qui. Il brûlait d'une flamme extraordinaire qui touchait au génie. Tous ceux qui avaient travaillé avec lui s'accordaient pour le reconnaître. Mais c'était à elle, à elle seule, de guider ce feu. Il ne laisserait personne d'autre s'approcher de lui. C'était là à la fois sa force et sa faiblesse. Il n'attachait aucun prix aux relations, aux amitiés de surface. Quand il donnait son amour, c'était sans réserve. Il aimait passionnément, profondément, avec cet absolu qu'il montrait dans son travail. Trois êtres seulement, jusqu'ici, avaient su aller au plus profond de son cœur.

Le premier avait été sa mère. Elle était morte d'une péritonite, tragiquement, lorsqu'il était enfant. Jamais il n'avait accepté l'idée de sa mort. Il persistait à penser qu'eût-elle été emmenée à temps à l'hôpital, un bon chirurgien aurait pu la sauver. Cette certitude, implantée en lui quand il était trop jeune pour la supporter, l'avait décidé à devenir chirurgien.

Il n'avait jamais eu beaucoup de points communs avec son père, de caractère pratique et nonchalant. Peut-être ne lui avait-il jamais pardonné de s'être remarié. Ni son père ni sa belle-mère n'avaient compris la nature de la sensibilité extrême de Patrick.

Les rares tentatives qu'ils avaient faites pour le faire sortir de soi n'avaient abouti qu'à le replier sur lui-même.

Inez avait compris tout cela nettement au cours des quelques semaines qu'elle avait passées aux *Sources,* la maison de Patrick, pour y soigner son père. Elle s'était prise d'une réelle affection pour le père de Patrick et pour son frère cadet, Val, qui ressemblait à s'y méprendre à M. Elbure senior. Elle ne doutait pas de l'amour sincère et de la fierté qu'ils éprouvaient pour Patrick, mais ils ne savaient pas comment le prendre.

Sa belle-mère, Béatrice, aimable mais dépourvue d'imagination, avait tôt conclu qu'il était « difficile » et l'avait laissé se débrouiller seul. Il la traitait avec une politesse cérémonieuse qui aurait désespéré une femme plus sensible, mais cela ne semblait la gêner nullement.

Puis, au cours de ses premières années à Saint-Chad, Patrick était tombé amoureux d'Evelyn Shelley, nièce de Béatrice et fille du pasteur. Val et lui connaissaient Evelyn et sa cousine Ursula depuis toujours. Tous les quatre, ils avaient pratiquement été inséparables. Les deux jeunes filles, Inez l'avait compris, avaient toutes deux été attirées par Patrick. Elles l'avaient toutes deux suivi à Saint-Chad pour y devenir infirmières. Patrick avait considéré Ursula comme sa sœur aînée, mais Evelyn avait été son premier amour. Evelyn avait cru aimer Patrick, mais elle lui avait fait faux bond, cruellement. Par la faute du hasard ou de la malignité humaine, Patrick avait été mêlé à un petit scandale et Evelyn avait fui. Puis, avant que Patrick ait eu le temps de comprendre, Evelyn avait épousé son frère, Val. Le choc avait été cruel. Patrick avait quitté Saint-Chad pour les Etats-Unis. Il était resté absent jusqu'à ce qu'il se sente blindé à tout jamais contre l'amour, ses douleurs et ses trahisons. Alors, il était revenu à Saint-Chad... et avait rencontré Inez.

Même à présent, certaine cependant qu'elle était de l'amour de Patrick pour elle, Inez n'aimait pas se souvenir qu'il l'avait tout d'abord remarquée à cause de la ressemblance inexplicable qu'elle avait avec Evelyn. Sauf en ce qui concernait la forme de leurs sourcils noirs, ce n'était qu'une ressemblance de surface. Du point de vue caractère, elle étaient très différentes. Evelyn appartenait au type maternel. Douce, affectueuse, généreuse et de grand cœur, elle était heureuse de s'appuyer sur son mari et de lui laisser prendre toutes les décisions.

Inez était satisfaite d'être plus dure qu'Evelyn, plus combative. Elle avait hérité, lui disait son père pour la taquiner, le terrible orgueil et l'esprit bouillant d'un lointain ancêtre espagnol, survivant de la puissante Armada. Que cet héritage existât ou non, ses cheveux très noirs et sa peau mate lui donnaient sans conteste un type nettement espagnol.

Elle n'avait pas conscience de la noblesse de ses gestes et de ses traits finements ciselés. La façon dont elle portait haut son menton ferme, indiquait courage et résolution. Jamais, songeait Patrick en la contemplant, il n'avait vu visage plus agréable et plus ravissant. Un visage mobile, expressif, plein de caractère, dépourvu de toute mollesse.

– Jamais, dit-il presque rageur, je n'aurais cru que je pouvais aimer quelqu'un comme je t'aime.

Il lui tenait toujours la main, enfonçant sans s'en rendre compte son anneau dans sa chair. Il lui faisait mal. Mais elle se taisait. Ils étaient si proches au sens total du mot qu'elle avait l'impression que leur sang se mêlait dans leurs veines.

L'arrivée du bac mit fin à l'enchantement. Des voitures débarquèrent. Patrick abandonna brusquement la main de la jeune fille et remit le moteur en marche. Les grilles s'ouvrirent d'un seul coup. Patrick les franchit, conduisant avec prudence. Le soleil se couchait dans une orgie de couleurs reflétées dans l'eau. La journée était presque finie. Le dernier jour qui leur appartiendrait pour bien longtemps.

Inez réprima un soupir. Le bac se détacha du quai et elle regarda en arrière. Elle avait l'impression de perdre quelque chose. La vie avait paru tellement paisible dans ce petit village de Cornouailles. Elle avait été heureuse sous le toit de Patrick. Son père l'avait accueillie avec joie comme la fiancée de son fils. Val et Evelyn aussi, qui habitaient chez le père de la jeune femme, à la cure. Fille unique, cela lui avait paru très agréable de faire partie du cercle familial. Elle s'y était intégrée, vite et sans difficulté.

A présent, il lui fallait revenir à ses normes habituelles, faire face à ses parents et à ses amis. Elle savait d'instinct qu'ils n'accepteraient pas Patrick aussi aisément que sa famille l'avait acceptée.

Pire que tout, il lui faudrait affronter Ursula Shelley. Mlle Shelley de Saint-Chad, surnommée depuis longtemps « Sainte Ursula ». Pour ceux qui ne connaissaient Ursula que comme l'une des infirmières les plus jeunes et les plus habiles, elle était toute douceur, toute lumière. Pour ceux qui contrecarraient ses projets, c'était un adversaire dangereux, sans pitié. Elle considérait Patrick comme son bien, sans aucune raison, selon lui.

Le bac aborda et Patrick débarqua sa longue voiture noire avec la maîtrise qu'il apportait à tout ce qu'il entreprenait. L'atmosphère était joyeuse à Plymouth en ce dimanche. Il eût été agréable de se mêler à la foule des promeneurs, songea Inez, mais Patrick conduisait rapidement. Pour lui, c'était visible, les vacances étaient terminées, il avait hâte de reprendre le harnais.

Il remonta Royal Parade, très vite, sans regarder autour de lui. Comme toujours, Inez éprouva un sentiment d'orgueil à la vue des immeubles modernes, des larges rues, construites sur les ruines de la ville détruite par la guerre. Pour Patrick, né en Cornouailles, l'impression ne pouvait pas être la même.

Traditionaliste, il n'aimait pas du tout ce qu'il appelait « ces échafaudages de béton et d'acier ». A ses yeux, ils manquaient de caractère. Il ne voulait pas admettre qu'ils eussent une beauté propre, un droit d'être parce qu'ils appartenaient au siècle présent. Patrick, Inez en avait fait la découverte, détestait les villes et les foules.

Il eut un soupir inconscient de soulagement quand ils eurent passé la Plym en direction de la pleine campagne. Sans doute était-ce cette tendance à la claustrophobie qui l'avait ramené à Saint-Chad au lieu de lui faire choisir un hôpital de Londres. Saint-Chad avait été construit plusieurs générations auparavant dans un décor rural parfaitement incongru. L'hôpital rappelait à Inez ces cathédrales élevées dans de minuscules villages, à l'exception près que ces églises ne servaient plus qu'à une poignée de fidèles, alors que Saint-Chad était toujours bondé.

Quelques-uns des jeunes employés protestaient qu'on était loin de tout, mais les traditionalistes tiraient une énorme satisfaction du fait que l'un des plus célèbres hôpitaux de l'Ouest était situé dans leur petite ville. Saxham était une charmante cité démodée qui n'avait pas suivi l'expansion de ses voisines. Elle formait le centre d'une communauté agricole mais n'offrait pas d'industrie propre à attirer les foules.

Pour Inez, c'était son pays. Elle était née et avait grandi dans le village voisin de West Wheystone où son père était médecin. Elle avait cependant été heureuse qu'il l'envoyât à Londres faire son apprentissage pour, avait-il dit, « élargir son horizon ». Parfois, elle avait terriblement souffert du mal du pays, mais elle avait appris à avoir les pieds sur terre et à se débrouiller. Elle avait acquis, elle le savait, une assurance et une confiance en soi dont elle n'aurait pas bénéficié faisant ses études à Saint-Chad.

A présent, il lui faudrait faire appel à tout ce qu'elle avait appris. Elle aurait besoin de tout son courage et de toute son expérience pour faire face aux exigences de Patrick. Elle était mûre pour ses vingt-trois ans et elle en était contente, car Patrick avait douze ans de plus qu'elle.

Les dernières heures du couchant s'estompaient quand ils pénétrèrent, à faible allure, dans la rue du village. Quelques-unes des vieilles maisons étaient déjà éclairées, donnant au paysage l'aspect un peu irréel d'une carte postale. Aux *Safrans*, connue des villageois sous la charmante appellation de « La maison du Docteur », on avait allumé la lampe extérieure. Signe de bienvenue qu'on lui avait réservé, pensa Inez avec plaisir. Elle éprouva une certaine émotion à revoir les géraniums et les lobélias dont le rouge et le bleu semblaient particulièrement intenses sous la lumière. Lorsqu'elle était partie pour *Les Sources*, les plates-bandes étaient garnies de giroflées et de myosotis. Etait-elle donc restée absente si longtemps? Les boutures qu'elle avait aidé sa mère à planter au début d'avril commençaient à peine à fleurir. Les roses grimpantes qui recouvraient le porche étaient en pleine floraison à présent. Leur parfum l'assaillit quand Patrick ouvrit la portière.

— Eh bien, nous y voilà, dit-il d'une voix un peu saccadée en tirant ses valises du coffre.

— Oui, répondit-elle, ne sachant brusquement plus que dire.

— J'espère que vous ne serez pas trop fatiguée. Couchez-vous de bonne heure.

— Pensez-y aussi! Mais... Patrick... aérez d'abord votre lit. Avez-vous une couverture chauffante?

Patrick habitait une vieille maison que l'on avait divisée en appartements. C'était bien de lui de préférer vivre là plutôt que de s'attribuer l'un des logements très bien agencés mis par l'hôpital à la disposition de son personnel.

— Ça ira très bien. Ne vous préoccupez pas de moi, rétorqua-t-il sans aménité.

— Oh, Patrick, murmura-t-elle, s'efforçant de sourire. J'ai l'impression de vous faire mes adieux sur le quai d'une gare.

— A ceci près qu'il ne s'agit pas d'adieux. Je vous vois demain.

Elle soupira.

— Demain... Que cela paraît long. Ne voulez-vous pas entrer boire quelque chose?

— Non, merci, répondit-il très vite. A moins que vous estimiez cela nécessaire, ajouta-t-il.

Cette réponse aussi était bien de lui. Il était sûr de soi, pour presque tout, sauf en ce qui concernait ses relations personnelles. Il était alors presque timide, emprunté. Inez avait grande envie de le prendre par la main et de l'entraîner avec elle. Mais ce serait une erreur, elle le savait. Ce serait le soumettre à une épreuve inutile. Il se montrerait raide, mal à l'aise. De plus, la réaction de ses parents à l'annonce de leurs fiançailles pouvait être dépourvue de tact et le blesser.

— Bien, comme vous voudrez. Peut-être vaut-il mieux que vous rentriez chez vous, dit-elle d'un ton qu'elle voulait naturel. Nous pourrons profiter du premier jour où je ne serai pas de service pour venir ensemble.

— Oui, il faut leur donner le temps de se remettre du choc, dit-il, amer.

— Oh, oui, le mot n'est pas trop fort, cela leur fera certainement un choc. A tout Saint-Chad aussi. Qui aurait donc misé sur Inez Raine, le parfait outsider, pour gagner l'épreuve Patrick Elbure? dit-elle avec une légèreté délibérée. Tous vos admirateurs vont déplorer que vous gâchiez votre existence avec une jolie petite infirmière.

— Vous n'êtes pas « jolie », vous êtes très belle, répondit-il, la voix grave. Vous êtes mon amour... pour toujours. Ne l'oubliez pas!

— Comme si je le pouvais.

Il porta ses valises sous le porche. La lumière éclaira ses cheveux à reflets de bronze, le grandit démesurément. Inez était beaucoup plus grande que la moyenne, mais Patrick mesurait plus d'un mètre quatre-vingts et sa minceur le faisait paraître encore plus grand.

Il posa les valises, se retourna vers la jeune fille et prit ses mains entre les siennes. Puis il rit, d'un rire bref, voulu. Un groupe de jeunes gens passa à bicyclette actionnant leurs timbres; une porte s'ouvrit dans la maison d'en face.

— Exactement un quai de gare, dit-il d'un ton lugubre. Dieu vous bénisse, mon amour!

Il lui déposa un baiser dur, hâtif, sur le front. Puis il retourna à sa voiture.

2

– Inez, ma chérie! Il m'avait bien semblé entendre une voiture!

La porte venait de s'ouvrir d'un seul coup et la jeune fille se trouva entre les bras de sa mère.

– ... Oh, c'est merveilleux de t'avoir de nouveau! Cela a duré si longtemps...

– Six semaines.

– Mais tu ne devais partir que quinze jours, lui rappela sa mère d'un ton de reproche. Vraiment, ces Elbure se sont servis de toi. Ils ont agi comme s'ils avaient loué les services d'une infirmière permanente.

Molly Raine offrait un contraste frappant avec sa fille. C'était une petite femme brune aux yeux bleus. Un peu plus rondelette que dans ses jeunes années, mais toujours jolie et très féminine. Elle était impulsive et démonstrative. Elle appartenait à cette catégorie de femmes que la plupart des hommes désirent chérir, protéger. Son mari l'adorait. Le fait qu'elle n'avait jamais manifesté le moindre intérêt en ce qui concerne la médecine semblait plutôt lui plaire que l'irriter. C'était une femme d'intérieur née. Avec elle, disait-il, il pouvait se détendre, cesser de se tracasser au sujet de ses malades.

Cependant, ce manque d'intérêt dressait une barrière aussi intangible qu'infranchissable entre Inez et sa mère. Molly Raine n'avait jamais compris la décision prise par sa fille de devenir infirmière. Elle aurait préféré avoir une fille bien dressée en matière domestique et qui se serait contentée de rester sagement à la maison en attendant de trouver un mari. Son vœu le plus cher, depuis six mois, avait été de voir Inez épouser le Dr Christopher Denyer, l'assistant de son mari, s'installer à West Wheystone et donner beaucoup de petits-enfants à Molly Raine.

Christopher et Inez s'étaient connus et liés d'amitié à l'hôpital de Londres où il était interne et elle apprentie infirmière. A un moment donné, Inez avait failli se fiancer à lui. Elle l'aimait beaucoup et très sincèrement. Il était resté sur la réserve, refusant de s'engager avant d'être matériellement en état de fonder une famille.

Inez n'avait pas voulu entendre parler de fiançailles secrètes et elle avait rompu, non sans chagrin. L'eût-il suivie à West Wheystone quelques mois plus tôt, qu'elle se serait peut-être, de nouveau, décidée d'aller vers lui. Il était arrivé, anxieux de faire revivre leur ancien amour. Mais il était trop tard. Elle avait déjà rencontré Patrick Elbure à Saint-Chad et su quel serait son destin.

— Laisse-moi te regarder, ma chére!

Comme une écolière, Molly entraîna sa fille au milieu du hall.

— Tu n'as pas l'air d'avoir été tuée de travail.

— J'étais pratiquement en vacances. En fait, il n'était pas nécessaire que je reste aussi longtemps, mais... Patrick a eu quinze jours de congé et j'ai pensé que je pouvais attendre et revenir ici avec lui.

— Je m'imagine mal ton C.S.A. disposant de quinze jours de vacances. Qu'a-t-il donc fait?

— Il a nagé, fait de la voile et donné un coup de main au médecin du lieu.

Inez éprouvait un pincement au cœur. Cela s'annonçait encore plus mal qu'elle se l'était imaginé. Elle se félicitait de ne pas avoir fait entrer Patrick avec elle. Le surnom que sa mère lui donnait de « Chirurgien Sans

Ame » l'aurait profondément blessé. Elle n'avait jamais vu au delà de la façade froide qu'il offrait. Elle n'avait pas même tenté de le faire, songea Inez avec colère.

C'était bien grâce à l'habileté de chirurgien de Patrick que le père d'Inez avait dû de se tirer parfaitement d'une très sévère intervention, mais cela n'avait en rien changé l'opinion de Molly à son égard. Elle lui en avait été reconnaissante, mais elle persistait à dire que le C.S.A. n'avait fait que son travail. Elle était beaucoup trop ignorante en la matière pour comprendre le risque qu'il avait pris.

– Laisse tes valises, ma chérie. Chris te les montera. Il va revenir d'une minute à l'autre. Il a dû sortir voir Mme Willis. Elle a eu un autre de ses étourdissements.

Tout en jacassant, Molly entraînait sa fille vers le salon :

– Il sera très déçu de ne pas avoir été là pour ton arrivée. Il comptait les jours.

– Oh, maman, je t'en prie! A t'entendre, je reviens d'une expédition dans l'Antarctique.

– C'est l'effet que cela me fait. Tes lettres étaient si peu détaillées. Et tu n'as même pas écrit à Chris. Ce n'est pas gentil de ta part, surtout quand on songe à tout ce qu'il a fait pour nous. Il est merveilleux pour ton père. Il veut absolument se charger de tous les appels de nuit.

– Encore heureux! A son âge, quelques nuits sans sommeil ne lui feront pas de mal.

– Vraiment, nous sommes tombés sur le bon numéro, dit Molly, avec chaleur. La voilà, Ricky! Tout bien pesé, elle a l'air en parfaite santé.

Inez se débarrassa doucement des mains accapareuses de sa mère et jeta ses bras autour du cou de son père.

– Comment vas-tu, papa? Tu as bien meilleure mine. J'ai même l'impression que tu as repris du poids!

— Le contraire m'étonnerait, avec Molly et Chris me dorlotant comme ils le font, répondit-il en riant.

Le Dr Raine était grand et mince. Il avait les traits aquilins et les cheveux gris fer. Avant de subir son opération, il avait maigri et perdu sa vitalité à un degré alarmant. Quand Inez était partie pour *Les Sources*, il était encore d'une maigreur pitoyable. A présent, les creux de son visage s'étaient un peu remplis et il avait perdu son teint terreux. Il serra sa fille contre lui, l'embrassa sur les deux joues. Ils avaient toujours été très proches l'un de l'autre. Inez s'était efforcée d'être en même temps son fils et sa fille. Il regrettait, elle le savait, de n'avoir pas de fils pour lui succéder.

— Tu nous as manqué, dit-il d'un ton uni, et son cœur se contracta.

Cette petite phrase disait, à elle seule, bien davantage que tous les reproches de sa mère. Si elle ne pouvait l'éviter, elle ferait de la peine à celle-ci, mais elle était terrifiée à l'idée de blesser ou de désappointer son père. Lui aussi en est-il arrivé à considérer Chris comme un fils adoptif? se demanda-t-elle, mal à l'aise.

— J'ai fait des biscuits au gingembre, ceux que tu aimes, dit Molly. Chris les adore. Il sera là, le temps que je prépare le café. Oh, que c'est agréable d'être de nouveau tous ensemble!

Elle sortit en tourbillon de la pièce et le père et la fille échangèrent un long regard. Le Dr Raine leva un sourcil.

— Ne crois-tu pas qu'il vaut mieux tout me dire? (Il s'assit et tapota le bras de son fauteuil.) Je sais lire entre les lignes, tu sais.

— Oui? J'aurais dû m'en douter.

La jeune fille se percha sur le bras du fauteuil. Puis elle soupira :

— J'espère que cela ne t'ennuie pas trop. Mais ce devait être Patrick Elbure.

– Je le pensais bien.

– Vraiment? Je ne le savais pas moi-même quand je suis partie pour *Les Sources.* Il restait tant de choses que j'ignorais à son sujet.

– Et à présent, tu sais, tu en es sûre?

– Absolument, irrévocablement.

Elle leva la main gauche de façon que la lumière tombât sur la merveilleuse perle noire.

– C'est un héritage de famille. Elle a appartenu à la mère de Patrick. Il y a un collier et un bracelet qui vont avec. Le père de Patrick a insisté pour que je les aie. Tu aimeras le père de Patrick, papa. Il est adorable.

– Bon. J'imagine que Patrick tient de sa mère. On peut difficilement dire de lui qu'il est adorable.

– Evidemment, et c'est là le hic. Pour maman, j'entends. Jamais elle ne se sentira capable de le dorloter.

– Je crains qu'elle soit cruellement déçue, mais elle s'en remettra.

– Et toi, papa?

– Ma petite fille chérie, il s'agit de ton existence. Tu es assez intelligente pour savoir ce que tu fais. Cela ne te sera pas facile d'être la femme d'un chirurgien très brillant, mais j'imagine que tu y as songé.

– Oui, répondit Inez, très touchée de la compréhension de son père. Il est très difficile sous bien des rapports. Il est extrêmement orgueilleux et sensible et il ne sait pas comment parler aux gens. Il se retranche derrière un pont-levis qu'il laisse remonter tout le temps, même avec les siens. Mais... il l'a abaissé pour moi. Je l'ai franchi. Jamais plus je ne pourrai reculer.

– Non. Ce n'est pas dans ta nature.

La jeune fille s'appuya contre l'épaule de son père.

– Il m'aime. Très fort.

– Tu n'as pas besoin de me le dire. Je l'ai compris bien avant toi.

– Comment cela? Quand?

— Quand j'étais à l'hôpital. J'ai vu de quelle façon il te regardait. Oh, son masque n'a jamais glissé, mais ses yeux s'illuminaient d'un millier de watts. Il t'aime, à sa façon exigeante. Mais trouveras-tu de la tendresse, de la compréhension en lui? La passion ne suffit pas pour la durée.

De la tendresse certainement. La compréhension sera ma contribution.

A ce moment-là, Molly Raine entra dans la pièce, portant une cafetière fumante et un assortiment de biscuits de sa fabrication.

Son mari attendit qu'elle eût posé le plateau sur une table, puis il adressa un petit sourire complice à Inez.

— Molly, ma chérie, Inez a une nouvelle à t'annoncer, dit-il en prenant dans la sienne la main gauche de sa fille. Regarde! N'est-ce pas là une bague splendide?

Les yeux bleus de Molly se dilatèrent, sa bouche se mit à trembler comme celle d'un enfant.

— Oh, mon Inez! Oh, *non!*

— Oui, maman. Je suis fiancée à Patrick Elbure.

— Oh, non! gémit sa mère. Pas lui? Ma chérie, c'est impossible! Tu ne peux pas faire une chose pareille! C'est impossible, tu ne peux pas l'épouser!

— Je suis navrée que tu prennes cela de cette façon, maman.

— Mais c'est inimaginable. Il ne te convient absolument pas. Il est beaucoup trop vieux et tellement dur, inhumain. Et puis, il y a Chris. Ricky, montre-toi ferme avec elle.

— C'est inutile, ma chérie. Inez sait ce qu'elle a à faire, répondit doucement le Dr Raine.

— Elle s'est laissé éblouir par les apparences. Mais qu'est-ce qu'ont donc les jeunes filles à trouver du charme à un chirurgien? Jamais je n'ai compris cela. C'est la fin de tout. On a l'impression qu'ils n'ont qu'une envie, vous disséquer.

— Patrick est très brillant, c'est indéniable, répondit Inez d'un ton froid. Mais cela n'a rien à voir avec les sentiments que j'éprouve pour lui. Je l'aime. C'est tout.

— Mais comment peux-tu? Il n'y a rien qu'on puisse aimer en lui! Jamais nous ne nous entendrons. Oh, c'est horrible!

Et elle se mit à pleurer, comme un enfant, avec de grosses larmes roulant sur ses joues. Les pleurs de sa mère, Inez le savait, étaient de la nature des ondées de printemps, mais ils émouvaient toujours son père.

— Molly, ma chérie, ne pleure pas, supplia-t-il. Cet Elbure est un garçon très bien, même s'il n'a pas des manières douces.

— Il n'est pas bien du tout, protesta Molly d'une voix entrecoupée de sanglots. Peut-être avez-vous oublié cet horrible scandale auquel il a été mêlé, mais pas moi! Il a tellement compromis une jeune infirmière qu'elle a dû quitter Saint-Chad.

— Si tu voulais bien cesser de pleurer et m'écouter, je te dirais l'histoire entière et exacte, dit Inez faisant effort pour parler avec calme.

— La version de Patrick Elbure?

— Non! Celle d'Evelyn.

Le Dr Raine se leva et rejoignit sa femme sur le canapé.

— Calme-toi, Molly, dit-il avec douceur en lui passant un bras autour des épaules. Notre devoir est d'écouter Inez. J'ai toujours été d'avis qu'Elbure était beaucoup moins à blâmer que les bavardages l'ont prétendu. Allez, Inez, raconte.

La jeune fille baissa les yeux vers la perle noire qui ornait son doigt, puis elle commença de raconter d'un ton calme et uni :

— Patrick et Evelyn s'aimaient depuis des années. Ils avaient projeté de se marier, un jour, mais ils n'étaient pas fiancés officiellement. Evelyn faisait ses études à Saint-Chad. Elle était extrêmement populaire et beaucoup la jalousaient. Un jour, elle reçut un billet, qu'elle supposa être de Patrick, lui demandant de se trouver dans le beffroi à minuit. Elle ne pensa pas un instant combien une telle requête ressemblait peu à Patrick. Elle sortit discrètement pour le rejoindre.

– Alors? demanda le Dr Raine.

– C'était un piège. Il avait, de son côté, reçu un mot qu'il crut d'elle. Les deux billets étaient des faux. Ils se rencontrèrent dans le beffroi et quelqu'un les y enferma. Patrick, qui était de service, fut terriblement ennuyé. Il tenta de descendre le long du mur, mais la gouttière céda et il s'abattit au milieu des vieilles tombes. En le voyant étendu, inanimé, Evelyn perdit la tête. Elle sonna les cloches, alertant tout le monde.

– Oui, j'ai entendu parler de ça, dit le Dr Raine.

– Patrick fut sérieusement blessé au bras et à la main droite. Sa carrière pouvait êtrre totalement compromise. L'infirmière en chef a fait de son mieux pour étouffer l'histoire. Elle expédia Evelyn chez elle pour un temps. A mon avis, ce fut une erreur. A la place d'Evelyn je serais restée et j'aurais exigé une enquête, dit Inez sans élever le ton.

– Tout le monde a dit que Patrick Elbure avait abusé d'elle, s'entêta Molly la voix noyée de larmes.

– C'est un ignoble mensonge.

– C'est ce qu'il prétend, bien sûr.

– Oh, maman! (Inez serra les poings.) Evelyn et Patrick ne sont pas de cette catégorie de gens qui se vautrent dans le mensonge. On a voulu les compromettre. Val, le frère de Patrick, a d'ailleurs trouvé le fin mot de l'histoire. Mais il était trop tard pour atténuer le mal fait par les mauvaises langues. Evelyn n'est jamais revenue à Saint-Chad. Elle a épousé Val Elbure. Le coup a été très dur pour Patrick. Il est allé aux Etats-Unis pour s'en remettre.

— Mais, voyons, il a traité cette pauvre petite comme un goujat et c'est pourquoi elle l'a envoyé promener.

— C'est elle qui lui a fait du tort sans trop le vouloir. Val l'aimait depuis longtemps et il lui convenait infiniment mieux que Patrick. Sous le coup de la détresse, elle a couru à lui pour se faire consoler.

— Très agréable pour Patrick, commenta son père.

— Cela me paraît être une fille bien légère. Et tu es restée en Cornouailles pour la soigner, dit Molly d'un ton accusateur.

— Evelyn attendait un bébé. Il est né prématurément et elle a été très malade. Je vous l'ai écrit, répondit Inez, avec toute la patience dont elle se sentait capable. Evelyn est très douce. Elle adore son mari et ses enfants. Nous sommes devenues de grandes amies.

— Je me demande comment tu le peux. Je n'aurais même pas supporté de rencontrer une fille qui aurait été le premier amour de mon fiancé. J'aurais été horriblement jalouse.

— Je l'étais un peu avant de connaître Evelyn. Mais cela n'a pas duré. Elle est tellement la femme de Val que je ne peux l'imaginer avec un autre homme. Evelyn, c'est la femme d'intérieur, ultra-féminine, maternelle. Elle a besoin d'être chérie et protégée. Avec Patrick, elle aurait été déçue et malheureuse.

— Et toi, tu ne le seras pas? Cette Evelyn me semble avoir plus de bon sens que toi.

— Ma chère maman, je suis plus indépendante qu'elle, et d'un caractère beaucoup mieux trempé.

— Oh, pour être indépendante et volontaire, tu l'es. Tu l'as toujours été. Jamais tu n'as écouté mes avis. Même quand tu marchais à peine, tu voulais t'habiller toute seule et te brosser les cheveux toi-même. Tu ne me ressembles absolument pas, dit Molly avec désespoir.

– Ne comprends-tu pas que c'est justement pour cela que je suis la femme qui convient à Patrick? Son travail l'absorbe entièrement. Il n'a pas le temps de sécher les larmes d'une fille ou de la dorloter. Il a besoin d'une femme qui puisse se débrouiller toute seule... et s'occuper de lui aussi, évidemment.

– Je voulais Chris comme gendre. J'aime ce garçon, gémit Molly.

– Je le sais. Val lui ressemble beaucoup... aimable, facile à vivre, d'humeur égale. Il est très tendre et attentionné. J'aimerais que tu le voies avec ses bébés. C'est le véritable père de famille.

– Tout ce que n'est pas Patrick Elbure. Il ne saurait que faire d'un bébé, à moins qu'il soit sur une table d'opération.

– Il apprendra. Il ne faut pas juger d'après les apparences, répliqua Inez avec raideur.

Sa mère avala ses larmes. Son père lui dédia un léger sourire.

– Et si nous nous calmions et buvions ce café avant qu'il soit gelé, proposa-t-il. Ah, voici Chris!

Inez avait cru qu'il lui serait pénible de revoir Christopher Denyer. Mais le bruit de la porte qui claquait lui fit éprouver au contraire une impression de soulagement. Quels que fussent ses sentiments, Chris lui ferait grâce de ses reproches. Sa seule présence détendrait l'atmosphère.

Il entra dans le salon de son allure souple, aisée, naturelle.

– Oh! s'écria-t-il. Mais que vois-je? Ma préférée, enfin!

Inez, consciente de l'affection qu'elle continuait à lui porter, ne chercha pas à éviter le baiser qu'il lui posa sur le front, ni sa poignée de main chaude, amicale. Elle retint même un peu ses doigts, comme pour y trouver réconfort.

Elle lui sourit, songeant à quel point il était humain, équilibré. Son charme, l'aisance de ses manières étaient tout naturels. Sa démarche était pleine de vie. Jamais il ne paraissait fatigué, tracassé, embarrassé. Ses malades l'adoraient. Il savait merveilleusement inspirer la confiance.

— Nous commencions à nous demander quand arriverait la demande de rançon, dit-il. Ta mère était sûre que les Elbure t'avaient enlevée.

— C'est ce qu'ils ont fait, dit Molly Raine, lugubre. Oh, Chris, n'est-ce pas horrible? Cet homme affreux a convaincu Inez de l'épouser!

Le sourire de bienvenue de Chris s'effaça brusquement. Il regarda Inez avec défi.

— Ne me dis pas que tu as fait cela? Alors qu'on n'a cessé de te répéter de te méfier de lui.

— Et pourtant... J'ai toujours aimé agir contrairement aux avis. Tu te souviens?

Il lui prit la main gauche et examina sa bague :

— Oh là, là! Pour être approprié, ça l'est! Des perles pour pleurer, dit le vieil adage.

— Fort heureusement, je ne suis pas du genre pleurnicheur, répondit-elle levant le menton avec défi. Je survivrai!

— Je l'espère de tout mon cœur, dit-il avec un sourire assez réussi. Je n'irai pas jusqu'à dire que le meilleur a gagné, parce que ce n'est pas mon avis. D'après la rumeur publique, le chirurgien vedette de Saint-Chad fera le pire mari qui soit.

— Peut-être pourrions-nous admettre qu'Inez connaît sans doute beaucoup mieux Patrick Elbure que nous, intervint doucement le Dr Raine.

— Oh, tout à fait d'accord, reconnut aussitôt Christopher. En ce qui me concerne je n'ai contre lui que des témoignages oraux.

— Des commérages d'hôpital! dit Inez avec mépris.

Il y a toujours des gens prêts à jeter un homme à terre. Surtout s'il s'agit de quelqu'un qui n'est pas conscient de leur existence.

– Il y a du vrai, concéda Christopher. Seulement, je ne pense pas qu'on puisse classer ton amie Rosemary Harker parmi les commères.

– Rosemary? Oh, non! L'as-tu beaucoup vue, Chris?

Rosemary Harker était la meilleure amie d'Inez à Saint-Chad, de même qu'elle avait, autrefois, été celle d'Evelyn. Elle était très attirée par Chris. Etait-ce trop demander qu'espérer voir Chris s'intéresser à elle?

– De temps à autre, répondit le jeune homme d'un ton léger. Seulement pour passer le temps. C'est une très brave fille.

– Oh, oui, approuva Inez avec chaleur.

« Une brave fille »? Oui, c'est ainsi que les hommes la voyaient. Elle ne pouvait prétendre être belle et les hommes étaient incapables de se rendre compte qu'en dehors de sa gentillesse elle était aussi romanesque que n'importe quelle autre fille.

– C'est une excellente infirmière, dit Christopher avec désinvolture. Elle s'entend admirablement avec les enfants. Dommage qu'elle ait si peu de charme. Elle finira sans doute comme infirmière-major.

– Oh, non! Rosemary mérite de se marier et de fonder une famille!

– N'essaie pas de me la refiler. Tu me connais. J'aime ce qui est décoratif.

– Tu n'en es que plus idiot. Si j'étais homme, je choisirais une fille capable de se rendre utile.

– Oh que c'est terre à terre! répondit le jeune médecin en riant. Au fait, j'ai réussi à obtenir un rendez-vous de la beauté aux cheveux dorés de Saint-Chad.

– Qui est-ce?

– Mlle Shelley. Tu ne m'admires pas? Je l'ai emmenée au bal du Club de Cricket. Elle a attiré tous les regards.

Le cœur d'Inez se gonfla de gratitude. Si elle lui avait infligé une blessure, il agissait très crânement. Il cherchait à la convaincre – et ses parents aussi – qu'il n'avait nullement l'intention de l'embarrasser en arborant un air lamentable. Elle restait peut-être sa favorite, mais il y en avait d'autres.

Cependant, qu'il ne s'attaque pas à Sainte Ursula! Il n'était pas de taille, songeait Inez alarmée. Elle était beaucoup trop dangereuse et armée pour un jeune médecin sans défense.

– Je suis stupéfaite, répondit la jeune fille d'un ton faussement enjoué. Jamais je n'aurais cru que tu visais si haut.

– Rien à craindre, dit Chris. C'est quelqu'un, votre Mlle Shelley. Elle t'aime beaucoup.

– Si elle a réussi à te faire croire ça, elle parviendra à te faire croire que le soleil se couche à l'est, répliqua Inez d'un ton sec.

– Eh bien, eh bien. Un coup de griffes? Mais tu es aussi mauvaise que Rosemary. Elle regarde Ursula Shelley d'un très mauvais œil, elle aussi.

– Elle a ses raisons!

– Ah, vous autres infirmières! Incapables de cacher votre jalousie, hein?

Molly s'était enfin décidée à servir le café. Christopher passa les tasses. Puis il prit un fauteuil, face à celui d'Inez, et croqua un biscuit avec toutes les apparences de la gourmandise.

– Je me demande si Ursula Shelley sait faire la cuisine. Ta mère m'a dressé à présent à aimer les femmes d'intérieur.

– Vous savez tellement apprécier ce que l'on fait, que c'est un plaisir de faire la cuisine pour vous, dit Molly affectueusement.

Ils échangèrent un sourire. Celui de deux êtres qui s'entendaient parfaitement. Inez eut brusquement l'impression d'être privée de quelque chose. Ses parents et Chris semblaient former un cercle heureux, bien fermé, cercle dont elle s'était exclue. Pourquoi n'avait-elle pu y demeurer à l'abri, chérie, satisfaite? Pourquoi s'était-elle sentie contrainte de suivre Patrick jusqu'à ses cimes glacées?

Elle intercepta le regard complice que sa mère lançait à son père. Elle put presque lire ses pensées : « A présent que nous sommes, de nouveau, tous les quatre ensemble, Inez oubliera cette foucade. »

Peut-être était-ce à cela que songeait aussi Christopher. Il bourrait sa pipe, un sourire jouant sur ses lèvres. Son père seul savait à quoi s'en tenir.

Aucun de ces trois êtres, si chers qu'ils lui fussent, n'avait besoin d'elle comme Patrick. Son père et sa mère étaient totalement absorbés l'un par l'autre. Chris trouverait très vite une autre fille à qui s'intéresser. Patrick n'avait personne d'autre qu'elle pour comprendre les sentiments qui remuaient au plus profond de lui. Elle occupait son avenir à jamais, il le lui avait dit.

3

Une ondée creva au moment où Patrick rentrait sa voiture au garage. Il prit sa valise, attendit un instant, écoutant le crépitement des gouttes d'eau sur le toit. Puis, avec un haussement d'épaules, il referma la porte du garage et, sans hâter le pas, se dirigea vers la maison.

La pluie le gifla au visage, mais il n'accéléra pas l'allure. Il éprouvait un curieux sentiment de malaise à regagner son appartement de célibataire. L'endroit était froid, peu accueillant. C'est Ursula qui le lui avait trouvé peu avant son retour d'Amérique. Elle avait pris sur elle de le meubler pour lui. L'aspect froid et austère du mobilier reflétait davantage les goûts de la jeune fille que ceux de Patrick. Les murs étaient blancs, les tapis gris.

Aucun des membres de sa famille n'avait jamais semblé deviner le désir secret qu'il avait de chaleur, de couleur. Sa réserve n'avait que trop bien trompé les gens. Seule, Inez l'avait compris. Ses lèvres crispées s'adoucirent au souvenir de la jeune fille, de son beau visage passionné, vibrant, aux traits si finement ciselés. En amant, il évoqua la masse sombre de ses cheveux, si soyeux au toucher, le satin de ses lèvres si vivantes sous les siennes, son jeune corps si souple entre ses bras.

Elle savait éveiller en lui une faim dévorante. Parfois, il était pris du désir sauvage de l'écraser contre lui, de la posséder totalement et pour toujours. Ils n'avaient pas encore fixé la date de leur mariage. Pourvu qu'elle ne le fasse pas attendre trop longtemps. Ce serait un supplice que de l'apercevoir de temps à autre à Saint-Chad; d'avoir à se dominer pour ne pas la toucher; de lui dire cérémonieusement « Mademoiselle Raine ». Les chances qu'ils avaient d'être seuls seraient très rares.

En public, ils seraient le point de mire de regards inquisiteurs, le sujet de chuchotements. Ils ne pourraient même pas se permettre d'échanger des sourires ou des coups d'œil tendres. Fort heureusement, il pouvait compter sur Inez pour comprendre et garder sa réserve. Inez n'était pas une autre Evelyn.

Au souvenir de l'impulsivité de la jeune fille, ses sourcils se froncèrent. Combien de fois Evelyn l'avait-elle embarrassé, humilié même en lui faisant des petits signes quand ils se rencontraient par hasard. Jamais elle n'avait renoncé à chercher à croiser son regard. Parfois, il l'avait surprise qui le surveillait, comme un petit chien affectueux qui veut qu'on le caresse et qu'on l'emmène promener. Evelyn manquait totalement de dignité et de sang-froid. Elle était adorable et douce, mais il ne l'avait jamais admirée comme il admirait Inez.

Il longea le couloir à peine meublé et gravit les deux étages de l'escalier faiblement éclairé qui menaient à son appartement. Arrivé sur le palier, il plongea machinalement la main dans sa poche... et se souvint avoir attaché sa clef à l'anneau qui retenait ses clefs de voiture, restées dans le garage. Il posa sa valise et, à cet instant, remarqua, étonné, que la porte de son appartement était entrouverte.

Il reprit sa valise et entra chez lui, clignant des yeux sous la violence soudaine de la lumière. Toutes les lampes étaient allumées et le radiateur électrique installé dans la cheminée avait été branché. Un plateau supportant des sandwiches et des tasses à café voisinait sur la table avec un vase plein de roses blanches.

– Sois le bienvenu! dit une voix trop familière. Je fais le café.

Patrick se retourna pour voir Ursula qui s'encadrait sur le seuil de la petite cuisine. Elle s'approcha, un sourire serein sur les lèvres. Elle portait une robe de toile grise épousant les lignes de son corps. Ses cheveux étaient, comme toujours, lisses et brillants. Il ne se souvenait pas les avoir jamais vus ébouriffés. Ils formaient comme un halo autour de sa tête. Peut-être son surnom de « Sainte Ursula » venait-il de là. Avec ses traits classiques, ses yeux bleus, sa haute silhouette élancée, elle ressemblait beaucoup à une sainte de vitrail.

— Ursula! s'exclama Patrick d'un ton dur.

— Surpris? dit-elle gaiement. J'ai aéré ton appartement.

— Merci, tu n'aurais pas dû te donner cette peine.

— Mais je ne pouvais pas te laisser entrer dans cet appartement glacé qui avait été fermé pendant quinze jours, répondit-elle de son ton affectueux de sœur aînée.

Lorsque Béatrice Shelley avait épousé Willoughby Elbure, elle avait amené avec elle aux *Sources* sa nièce et fille adoptive Ursula. Bien que celle-ci ait été plus jeune que Val et Patrick elle avait toujours agi avec eux comme si elle était leur sœur aînée. Ils s'étaient rebellés devant ses efforts calmes mais déterminés de les dominer, comme elle avait toujours dominé sa jeune cousine.

Val, brutal et sans détour, l'avait attaquée de front. Il s'était révolté contre l'influence qu'elle exerçait sur Evelyn. Patrick avait tenté de la repousser, mais Ursula s'était faite son champion. C'était de beaucoup grâce à elle que son père avait accepté qu'il suive sa vocation plutôt que de prendre la direction de la propriété familiale. Ursula avait fait en sorte que Patrick ne l'oublie jamais.

Elle glissa vers lui, posa ses longues mains fortes sur ses bras. Puis elle leva ses lèvres rose corail vers les siennes. Il détourna la tête brusquement et son baiser atterrit sur sa joue. Ses lèvres étaient froides et moites, comme les pétales des roses blanches qu'elle avait arrangées pour son retour. Sa seule impression fut de dégoût.

Bien qu'Ursula fût indéniablement ravissante et que Béatrice ne fût qu'agréable à la façon d'un pastel un peu fané, Patrick ne pouvait les dissocier l'une de l'autre. Jamais il n'avait embrassé sa belle-mère, sauf par devoir, et il n'éprouvait pas le plus petit désir d'embrasser Ursula. Et cela, la jeune fille semblait dans l'incapacité de s'en rendre compte. Elle manifestait à son égard un sentiment de possession qu'il jugeait extrêmement embarrassant.

Il n'avait cessé de tenter de la décourager. Il lui avait réclamé mille fois le double de la clef de son appartement, qu'elle gardait malgré lui. Elle lui avait répondu, placidement, qu'elle désirait pouvoir disposer de l'endroit quand elle n'était pas de service. Que dire à cela? Ursula avait le chic pour ne tenir aucun compte de ses protestations, pour le faire apparaître enfantin et déraisonnable.

Il ferait changer la serrure, pensa-t-il avec humeur. Il s'en occuperait dès le lendemain. Mais, pour l'instant, Ursula était sur place et maîtresse de la situation. Une fois de plus, elle s'attribuait le beau rôle, en ne songeant apparemment qu'à son confort.

Il s'écarta brusquement d'elle, se libérant de l'étreinte autoritaire de ses mains. Sans se démonter le moins du monde, elle alla de son pas glissant fermer la porte d'entrée dont elle retira la clef. Puis elle ferma également la porte du salon. La pièce était de dimensions très respectables, mais Patrick avait l'impression d'être comprimé entre ses murs blancs. Il faisait trop chaud. La chaleur du radiateur électrique avait asséché l'air et exalté le parfum des roses et celui, beaucoup plus lourd, de lis, qu'utilisait toujours Ursula.

La jeune fille avait un faible marqué pour toutes les variétés de lis. Peut-être parce que ses admirateurs la comparaient souvent à un grand lis blanc. Pour Patrick ces fleurs restaient péniblement liées à l'idée qu'il se faisait d'un enterrement, de celui de sa mère surtout. Il ne pouvait jamais voir ou sentir un lis sans revivre le premier et le plus grand chagrin de sa vie.

Il se baissa pour éteindre le radiateur et ne vit pas Ursula fermer la porte du salon à clef et retirer celle-ci de la serrure.

— Assieds-toi! Je vais chercher le café, dit Ursula comme si c'était elle l'hôtesse et lui l'invité un peu gauche. Ensuite, tu me diras tout ce qu'il y a de neuf.

Elle sortit de la pièce, légère, revint avec la cafetière :

— Prends donc un sandwich.

— Merci. Nous avons dîné en cours de route.

— Nous? (Elle haussa les sourcils finement arqués.) Oh, oui! Béatrice m'a raconté que tu as véhiculé ma petite infirmière. Il était grand temps qu'elle revienne. Comme d'habitude, nous sommes à court de personnel.

Elle emplit les tasses d'un café embaumant et Patrick s'assit avec raideur.

— Je suppose que Béatrice t'a dit également qu'Inez Raine et moi nous étions fiancés, dit-il d'un ton uni.

Ursula rit de son rire clair, argentin :

— Oh, c'est juste. Je te l'accorde, cette petite est jolie, pour ceux qui aiment les filles que l'on remarque, mais uniquement pour s'amuser.

— Pas en ce qui me concerne.

— Mais, mon cher Patrick, tu ne peux pas épouser une infirmière à peine sortie de l'enfance. Tu as à tenir compte de ta situation. M. Manuden quitte Saint-Chad en septembre, c'est toi qui deviendras notre chirurgien-chef. Tu ne peux pas courir le risque de t'exposer aux bavardages.

— Il n'y en aura pas! Il s'agit de fiançailles parfaitement sérieuses qui seront annoncées officiellement dès qu'Inez aura prévenu ses parents.

Ursula battit des cils et cela rappela, comme toujours, à Patrick le mouvement de la queue d'un chat en colère. Elle savait conserver son masque de calme sérénité, mais le battement de ses cils la trahissait aux yeux de ceux qui la connaissaient bien.

— Ainsi... la leçon qu'Evelyn t'a infligée ne t'a servi à rien? dit-elle d'un ton de douceur acidulée. Il faut que tu te compromettes encore une fois, pour une autre Evelyn?

— Je te serais reconnaissant de cesser d'agir comme si tu étais mon mentor. Mes fiançailles ne regardent que moi... et Inez.

— Tout ce qui te touche me touche. Tu devrais le savoir, répliqua-t-elle. Il y a des années que j'ai décidé que tu étais le seul homme que j'épouserais jamais. Comment peux-tu agir ainsi?

— Parce que, comme j'ai tenté de te l'expliquer plus d'une fois, je n'ai jamais eu et je n'aurai jamais envie de t'épouser. Pour moi, tu n'es rien d'autre qu'une belle-sœur qui a une fâcheuse tendance à se mêler de ce qui ne la regarde pas.

— Je ne suis pas ta belle-sœur, mais la nièce de ta belle-mère. Il n'y a aucun lien sanguin entre nous, aucun obstacle.

— A l'exception de mes sentiments.

— Des sentiments? On croirait entendre Evelyn, dit-elle avec mépris. Il faut plus que des sentiments comme base à un bon mariage. Je te connais à fond, Pat. J'ai tes intérêts à cœur, les vrais. N'ai-je pas toujours tout fait pour t'aider? Si je n'avais été là, tu serais resté cloué aux *Sources*, comme petit gentleman-farmer.

— Père aurait fini par me comprendre. Quoi qu'il en soit, tu ne peux pas perpétuellement brandir au-dessus de ma tête cette dette — si c'en est une — que j'aurais à ton égard!

— Si. Et je le ferai.

— A quoi cela mènera-t-il? T'imagines-tu réellement que tu me traîneras de force à l'autel?

— Je puis en tout cas faire en sorte que tu n'épouses personne d'autre, répondit-elle avec un calme qui le fit ciller.

— C'est grotesque!

— Vraiment? Crois-tu donc que je laisserai la petite Raine te prendre à moi?

— Tu es folle! Je ne suis pas ta propriété!

La jeune fille tendit la main vers son sac et en sortit son étui à cigarettes. Elle choisit une cigarette à bout doré, la plaça entre ses lèvres roses et se pencha vers son compagnon. Poussé par la force de l'habitude, il la lui alluma.

— Merci, Pat, dit-elle.

Puis elle se renversa en arrière et aspira la fumée en ronronnant d'aise.

Patrick la regardait, furieux. Jamais, au grand jamais, il ne lui avait donné la plus petite raison de croire qu'il partageait cette espèce d'affection possessive, écœurante, qu'elle ne cessait de lui manifester. Mais elle semblait imaginer qu'elle avait une sorte de droit divin de faire tout ce qu'elle jugeait bon.

Il avait toujours été conscient de la puissance de volonté froide dont elle savait faire preuve. Il l'avait vue plus d'une fois en action. C'était cette ténacité mise à atteindre le but qu'elle s'était désigné, combinée avec le parfait mépris qu'elle avait des sentiments des autres, qui avait fait d'elle une infirmière aussi remarquablement agissante. Qu'une des infirmières mises sous sa coupe ne tienne pas compte des règles inexorables qu'elle instituait et elle trouvait toujours le moyen de la faire renvoyer de son service.

Et elle agissait avec une telle douceur apparente que rares étaient ceux qui percevaient le caractère impitoyable de ses manœuvres. La surveillante elle-même, qui aurait dû être l'expérience et la sagesse mêmes, tenait Mlle Shelley en haute estime. La plupart de ses malades pensaient d'elle que c'était un ange de beauté et de miséricorde.

Patrick vida sa tasse de café, essayant au prix d'un violent effort de ne pas perdre son sang-froid. Il savait d'expérience que la colère n'avait aucune prise sur Ursula. Elle adorait provoquer ses adversaires jusqu'aux limites de l'endurance, puis les flageller ensuite.

— Tu ne peux pas te mettre entre Inez et moi, dit-il enfin d'un ton qu'il espérait égal. Pourquoi perdre ton temps?

— Tu ne m'as pas comprise, répondit-elle en produisant de parfaits ronds de fumée. Je préférerais te voir mort... ou ta carrière brisée... que de te laisser épouser cette gamine.

— Je n'ai nullement l'intention de tomber mort à tes pieds, ni de briser ma carrière :

Elle sourit, d'un sourire secret, de chat :

— Mon cher Pat, je ne fais jamais de menaces vaines. Tu seras bien forcé de faire selon mes conseils.

— Ah, oui? Puis-je te demander comment?

— Mais bien sûr. Je compte passer la nuit ici avec toi. Demain matin, de deux choses l'une, tu annonceras nos fiançailles, ou tout Saint-Chad saura que tu es mon amant.

— Tu as complètement perdu la tête. Je ne voudrais pas te toucher, même si nous étions seuls sur une île déserte! répondit-il avec un mépris brutal. Va-t'en, cela vaudra beaucoup mieux.

— Tu n'auras pas à me toucher. Tu as certainement remarqué la tendance qu'ont les gens à croire le pire? Le fait que nous passions la nuit ici, ensemble, suffira amplement.

— Je n'ai nullement l'intention de passer la nuit avec toi. Si tu ne pars pas, c'est moi qui m'en irai.

Il se leva d'un bond, se dirigea vers la porte, tourna la poignée. En vain. Il fit demi-tour, les narines palpitantes :

— Que signifie cette plaisanterie stupide?

— Stupide? Oh, non. Toutes les portes sont fermées et j'en ai les clefs. Si tu veux me les reprendre, il faudra que tu me déshabilles. Alors je sortirai en criant que tu as tenté de me violer. Essaie et tu verras ce qu'on en pensera.

Il s'adossa à la porte.

— Inez me croira, dit-il, blanc de rage.

— Inez? Et c'est la seule idée qui te vienne, Inez? Et ta réputation? Même ta jolie petite infirmière dévouée renoncera peut-être à lier sa vie à celle d'un homme fini. Réfléchis donc! A ton avis, une jolie frimousse compense la perte de tant d'années de dur labeur? Tu es un chirurgien d'abord, un homme ensuite. Je te connais!

Elle l'avait pris au piège. Qui, en dehors d'Inez, voudrait donner crédit à son histoire? Qui, si cela se savait, Saint-Chad préférerait-il croire? Sainte Ursula à la réputation sans tache ou lui-même, qui s'était déjà trouvé mêlé à un scandale? Ursula ferait le pire des témoins. Le plus féroce des contre-interrogatoires ne la ferait pas dévier d'une ligne.

Elle avait préparé son piège avec une habileté consommée. Elle s'attaquait à son point le plus faible : sa réputation professionnelle.

— Je te tuerai pour une chose pareille!

— Mais non. Tu en es incapable. Val m'arracherait mes vêtements, quitte à être pendu... mais pas toi. Tu en es physiquement incapable.

Le pire était qu'elle avait raison. Il ne pouvait se résoudre à la toucher. D'y penser seulement lui donnait la nausée. Même à supposer qu'il réussisse à éviter les conséquences, il aurait été dans l'incapacité de la brutaliser pour lui reprendre les clefs.

— Tu es un démon!

— Non, je ne fais que prendre les précautions nécessaires pour sauvegarder mes intérêts, répondit-elle d'un ton indifférent. Ne va pas t'imaginer que tout cela me plaise! Ma conduite a toujours été irréprochable. Je n'ai aucune envie particulière d'entendre tout le monde à Saint-Chad chuchoter que je me suis laissé séduire par notre M. Elbure.

– Tu es ahurissante, absolument ahurissante.

– Justement. A moins qu'il y ait un enregistrement de notre petite conversation, personne ne voudra jamais croire que l'idée est de moi. Tu es pris, Pat. Résigne-toi. Même si tu enfonces la porte, cela ne te servira à rien. Je jurerai que c'est moi qui l'ai défoncée dans mes efforts désespérés pour t'échapper.

Elle le ferait, de cela il ne doutait pas. Elle mentirait avec un visage d'ange et un air navré qui lui susciteraient la sympathie de tout le monde.

– Assieds-toi et prends une cigarette, dit-elle de son ton gracieux de maîtresse de maison. Je vais simplement laver les tasses.

Elle avait une véritable passion pour l'ordre et la propreté. Il ne lui serait pas venu à l'idée de laisser les tasses sales, même dans un cas comme celui-là. Elle se leva avec grâce, emporta le plateau dans la cuisine. Il entendit l'eau qui coulait. Puis le téléphone se mit à sonner.

D'instinct, Patrick se précipita pour répondre. Il arracha littéralement le récepteur à son support.

– Allô!

– Mon chéri... (La voix d'Inez lui parut venir d'un autre monde.) Je vous appelle simplement pour vous souhaiter une bonne nuit.

– Oh! Oh!

Il n'osait pas prononcer son nom, Ursula était trop près, les oreilles aussi fines que celles d'un chat.

Dans son désespoir, il avait oublié combien Inez lui était proche au point de tout comprendre.

– Qu'est-ce qui ne va pas? demanda-t-elle aussitôt.

– Tout.

– Racontez-moi!

— Je ne peux pas.

— Pourquoi? Vous voulez dire que vous n'êtes pas seul?

— Oui, c'est cela.

Allait-il lui dire comment il avait été pris au piège? Même si Ursula lui en laissait le temps, que pourrait faire Inez? Venir le délivrer? Cela ne servirait à rien. Ursula passerait aux actes.

— Un hôte désagréable si je comprends bien? dit Inez.

— Exactement.

— Ne pouvez-vous vous débarrasser de lui... ou bien serait-ce d'elle?

— Oui. Oui, c'est cela.

— Ursula?

— Vous avez raison. Navré! Je ne puis venir, maintenant. Je n'en puis plus. Cela peut-il attendre jusqu'à demain matin?

Ursula, debout sur le seuil de la cuisine, le regardait et écoutait. Saurait-il lui faire croire qu'il répondait à un appel de l'hôpital? Inez comprendrait-elle entre les lignes?

— Demain matin?

— Je ne serai pas libre avant.

Il s'efforçait, pour donner le change à Ursula, de parler avec calme. Si elle croyait que c'était une communication professionnelle, elle ne tenterait pas de lui prendre l'appareil des mains.

— Pas libre? répéta Inez. Et pourquoi cela?

— Je ne puis sortir.

— Seigneur! Etes-vous enfermé avec elle?

— Exactement.

Il entendit Inez qui reprenait son souffle. De toutes ses forces, il tenta de lui passer un message muet.

— L'idée de base est de vous compromettre?

— Oui.

— Dois-je revenir?

— Cela ne servirait à rien.

— En effet. Au contraire, elle en tirerait parti. Une seule solution : allez passer la nuit à Saint-Chad. Cela fera un excellent alibi.

— Bien sûr, mais comment?

— Et l'échelle d'incendie? Ne passe-t-elle pas sous la fenêtre de la salle de bains?

— Je n'y avais pas pensé, répondit-il en faisant effort pour cacher son soulagement. Vous avez raison! C'est ce que je vais faire. Je vous verrai demain matin.

Il claqua le récepteur sur son support au moment où Ursula s'approchait de lui. Il se tourna pour lui faire face, les lèvres pincées, les sourcils froncés.

— Qui était-ce? demanda-t-elle.

— L'hôpital. Une urgence, répondit-il d'un ton sec. Il leur faudra atteindre Manuden, ou attendre jusqu'à demain matin. Qui a prévenu l'infirmière de garde que je rentrais ce soir?

— Il se peut que ce soit moi. Tu as du travail sur la planche. Des cas compliqués assez intéressants, dit-elle comme elle eût promis une récompense à un petit garçon bien sage. Mais je me demande pourquoi elle t'a appelé ce soir.

— Peut-être n'a-t-elle pas pu joindre Manuden.

— Il est parti pour le week-end. Le jeune Traymond est de service. Il s'adapte bien, ajouta-t-elle en reprenant son ton professionnel. Seulement, il est d'une lenteur désespérante quand on le compare à toi. Nous avions une femme qui avait toutes les apparences d'une thrombose cérébrale...

Patrick l'interrompit.

— Un instant, s'il te plaît. J'ai besoin de me laver les mains.

Il traversa la petite cuisine, entra dans la salle de bains et ferma le verrou de la porte. Il ouvrit les robinets, puis avec précaution souleva la fenêtre. Il ne se souvenait pas avoir jamais regardé cette échelle, mais Inez l'avait remarquée!

Pour un homme de sa taille, ce ne fut pas une grande épreuve que de se glisser par la fenêtre et de se laisser tomber sur les marches métalliques à près de deux mètres plus bas. Il dégringola le reste de l'échelle le cœur battant de joie, à peine conscient de la pluie diluvienne. Il courut d'une seule traite jusqu'au garage, ouvrit les portes à la volée et sauta dans sa voiture. Le moteur partit du premier coup.

Enfin, le ciel était pour lui. Et cela parce que Inez était Inez et non pas Evelyn. La même histoire ne se répéterait pas. Evelyn aurait perdu son sang-froid, crié. Inez avait songé à lui et à la nécessité dans laquelle il était de se forger un bon alibi.

Il conduisit à un train d'enfer jusqu'à Saint-Chad. Inez devait avoir un don de double vue. Toutes les lumières du pavillon des urgences étaient allumées et deux ambulances étaient à la porte. Rien d'étonnant, en fait, un dimanche soir d'été, mais à ses yeux ce fut un spectacle divin.

L'infirmière de service lui sauta presque au cou.

— Oh, monsieur Elbure, vous êtes celui qu'il nous fallait! s'écria-t-elle. Il y a eu un terrible accident au croisement. Une voiture est entrée de plein fouet dans un autobus. M. Traymond va être ravi de vous voir.

— Bon, je vais immédiatement dans la salle d'opérations, dit-il, aussi heureux de s'être échappé que fier d'Inez.

4

— Raine! Raine! La voilà revenue! s'écria gaiement Rosemary Harker, l'infirmière en chef. Et ravissante. Elle pourrait figurer sur une affiche publicitaire vantant les délices des vacances en Cornouailles.

— Bonjour, répondit Inez. Comment cela va-t-il par ici?

— Pas beaucoup de changement. Sainte Ursula est en train de mijoter quelque chose. Je connais les signes. Sans doute en es-tu la cause. Ton absence prolongée ne lui a pas plu du tout. Comment va Evelyn?

— Beaucoup mieux. J'ai des messages à transmettre, des nouvelles à faire connaître. Des tas!

— Je te verrai dans le hall. Il y a une note à ton intention au tableau. L'infirmière-major attend Mlle Raine à 9 heures.

— Oh, mon Dieu! J'étais persuadée que je ne serais pas de service avant 2 heures et je n'ai pas trop appuyé sur mes pédales.

Elle venait juste de ranger sa bicyclette et avait rencontré le flot des infirmières qui venaient de prendre leur petit déjeuner quand Rosemary lui avait sauté dessus. Après des vacances ou un week-end de repos, on accordait généralement la matinée du lundi aux infirmières pour leur permettre de se remettre dans la course. Elles ne reprenaient leur service qu'après le déjeuner. Inez avait pris son petit déjeuner chez elle et elle avait fait, sans se presser, à bicyclette, le chemin séparant West Wheystone de Saint-Chad.

— Donne-moi ta valise. Je ne suis de service qu'à 2 heures. Viens dans ma chambre te rafraîchir, dit Rosemary.

– Oh merci, répondit Inez avec chaleur. Je ne vais pas avoir le temps de me changer.

– Non, effectivement. Ça te retarderait.

– Mais je vais te montrer ça avant de la retirer, ajouta précipitamment la jeune fille désireuse que sa meilleure amie fût la première à entendre la grande nouvelle. Regarde!

Elle tendit la main gauche où brillait la merveilleuse perle noire.

Rosemary la regarda fixement, sans aucun commentaire, ce qui ne lui ressemblait absolument pas. Surprise, Inez leva les yeux vers son amie pour constater que son sourire chaleureux avait disparu pour faire place à deux plis partant de son nez rond un peu court.

– Oh, dit-elle enfin. Alors, il s'est décidé. Je me doutais qu'il était à la veille de se jeter à l'eau.

– Vraiment? Quand? demanda Inez stupéfaite.

– La dernière fois que nous avons parlé de toi. C'est-à-dire la dernière fois qu'il m'a donné rendez-vous. De quelque façon que commence la conversation, on en arrive toujours à toi.

– Quoi? Qui? Rosemary...

– A bientôt! répliqua celle-ci.

Puis elle fit demi-tour et s'éloigna, d'un pas saccadé, en direction du pavillon des infirmières. Elle ne courut pas parce que c'était interdit aux infirmières.

Ne pouvant ni la poursuivre, ni crier, Inez n'avait aucun moyen de lui faire comprendre son erreur. Rosemary venait de se trahir absolument et elle devait s'en vouloir terriblement de ne pas avoir su garder son sang-froid. « Ainsi, c'était ça », songea Inez. *Il,* pour Rosemary, c'était Christopher Denyer. Elle avait sauté à la conclusion qu'il lui avait fait une nouvelle demande en mariage et qu'elle avait acceptée.

Inez se hâta vers le bâtiment principal, mécontente d'elle et encore davantage de Chris. Pourquoi diable ne pouvait-il se décider pour Rosemary ou la laisser en paix? Sans doute parce qu'il ne soupçonnait pas les sentiments qu'elle lui portait. En dépit de son charme et de sa popularité, Chris était dépourvu de toute prétention.

Les hommes étaient parfois d'une stupidité affligeante. Du seul fait qu'ils se sentaient à l'aise avec une fille aussi sympathique que Rosemary, ils estimaient qu'elle devait se satisfaire d'être invitée quand il n'y avait pas mieux à l'horizon. Ils n'avaient même pas la finesse élémentaire de s'apercevoir que Rosemary valait mille jolies filles. Et tout ce pour le simple fait qu'elle avait les traits un peu ingrats.

Inez traversa le vaste hall, gravit l'escalier de pierres nues, longea le couloir ripoliné de blanc avant de se trouver devant la porte du bureau de l'infirmière-major. En temps ordinaire, elle n'aurait pu se présenter sans avoir revêtu son uniforme. Elle constata avec plaisir que le signal occupé brillait à la porte. Peut-être aurait-elle le temps de se changer.

L'infirmière-major était un produit de Saint-Chad et elle tenait ferme aux traditions qu'Inez estimait pour sa part terriblement démodées. Elle avait une réputation de justice absolue, mais elle était très à cheval sur la discipline. Le moindre souffle de scandale la jetait sur le sentier de la guerre.

Inez, debout dans le couloir, s'efforça de lisser ses épais cheveux noirs dérangés par la course à bicyclette. Elle hésita à retirer sa bague. Tout bijou était évidemment interdit, mais elle n'était pas de service. Elle ne voulait pas avoir l'air de cacher ses fiançailles. Patrick n'avait-il pas lui-même dit qu'elles devraient être annoncées officiellement?

Le plus tôt serait le mieux, si elle avait bien compris la situation fâcheuse dans laquelle il s'était trouvé la veille.

Ursula Shelley elle-même aurait à accepter un fait accompli.

Après plusieurs mois passés dans le service de Mlle Shelley, Inez n'allait pas sous-estimer son ennemie. Elle savait ce dont elle était capable.

La porte s'ouvrit brusquement... et le cœur d'Inez se gonfla de joie. C'était Patrick. Il referma la porte derrière lui. Il avait l'air fatigué, attristé. Ses sourcils étaient froncés, sa bouche serrée. Mais quand leurs regards se croisèrent, ses yeux s'illuminèrent des mille watts dont avait parlé le Dr Raine. Il tendit les mains, saisit celles de la jeune fille et, l'espace d'un instant, les serra très fort contre lui.

– Tout s'est-il bien passé? murmura-t-elle. Hier soir?

– Oui. Grâce à vous. Elle m'attendait. Elle avait fermé les portes et mis les clefs dans son corsage.

– Elle doit être folle.

– Parfois, je me le demande. Dieu merci, tu as pensé à l'escalier de secours! J'ai passé la nuit dans la salle d'opération.

– Ah, bon! J'ai entendu dire qu'il y avait eu un grave accident.

L'infirmière-major avait appuyé sur un bouton. Le signal « occupé » disparut. Inez n'osa pas tarder davantage. Du menton, elle montra la porte.

– Je sais. Je l'ai prévenue. Ne la laissez pas en profiter, dit Patrick d'un ton sec.

Un bruit de pas résonna dans le couloir. Les deux jeunes gens s'écartèrent l'un de l'autre. Patrick, après un regard qui l'enveloppa tout entière comme un baiser, s'éloigna. Inez prit son courage à deux mains, puis elle frappa à la porte.

– Entrez! Ah, vous voilà, mademoiselle Raine, dit l'infirmière-major sans sourire. Asseyez-vous!

Inez prit la chaise posée face au grand bureau

démodé et, le menton haut, elle attendit. L'infirmière-major fouillait dans des papiers. C'était là le truc habituel pour mettre la visiteuse mal à l'aise. Cela amenait beaucoup de jeunes infirmières nerveuses à bredouiller des excuses, confesser des fautes plus ou moins graves.

Inez attendit sans bouger, les mains croisées sur ses genoux, ses jolies jambes jointes. Si son cœur battait beaucoup plus vite qu'à l'accoutumée, son beau visage ne le trahissait pas. On ne la mettait pas facilement en mauvaise posture.

– Alors? dit enfin l'infirmière-major, posant sur la jeune fille des yeux scrutateurs. Vous êtes revenue au bercail?

– Oui, madame.

– Vous avez laissé vos malades en bon état, j'espère?

– Je le crois, merci! M. Elbure peut de nouveau marcher, avec l'aide d'une canne, et sa tension est redevenue normale. Evelyn Elbure est encore faible, mais son médecin lui a donné un traitement contre l'anémie et elle dit se sentir revivre.

– J'en suis très heureuse. Evelyn m'a écrit... une lettre absolument charmante. Elle chante vos louanges et elle me remercie de vous avoir autorisée à partir. J'ai cru comprendre qu'elle était passée par de très mauvais moments. Comment va le bébé?

– Très bien, il prend du poids régulièrement.

– Parfait! C'est là votre premier essai comme infirmière particulière, n'est-ce pas?

– Oui, madame.

– Cela vous plairait-il de continuer?

– Oh, non! Je préfère l'hôpital.

– Vous avez une raison particulière à cela?

– Plusieurs. Le champ d'action y est beaucoup plus vaste. On y acquiert une bien plus grande expérience. Et puis, en tant qu'infirmière particulière, on ne peut négliger ses impressions personnelles. Ou bien on est tenté de trop s'occuper d'un malade, ou bien on ne peut s'empêcher de le trouver désagréable ou antipathique.

– Réponse pertinente, commenta l'infirmière-major d'un ton sec. Mais... de toute façon, vous êtes une fille intelligente.

– Merci, madame.

– J'ai étudié ce que l'on peut appeler votre dossier. Vous avez fait du bon travail ici. J'espère que vous continuerez.

– Je m'y efforcerai.

Inez réprima un soupir de soulagement. Vu la façon dont l'infirmière-major avait entamé la conversation, elle avait craint qu'on ne lui demande de quitter Saint-Chad.

– Oui. Je suis dans une situation embarrassante, continua l'aînée des deux femmes en regardant l'autre avec insistance. Je m'étais proposé de vous assigner à l'amphi. Vous êtes douée pour ce genre de travail, il me semble.

– Cela m'intéresse beaucoup en effet, j'en serais ravie.

– Cela ne m'étonne pas, répondit l'infirmière-major avec un sourire entendu. Mais, dans les circonstances actuelles, cela me paraîtrait inopportun.

– Oh! dit Inez déçue.

C'eût été la joie suprême que de faire partie de l'équipe de Patrick, de travailler avec lui, de pouvoir le voir, d'être en contact avec lui. Pourquoi lui avoir fait miroiter cette perspective devant les yeux, pour tout effacer ensuite?

Pensive, l'infirmière-major regardait la main gauche de la jeune fille.

– M. Elbure vient de me dire que vous étiez fiancés, dit-elle d'un ton qui ne permettait pas de penser que cette nouvelle l'avait comblée de joie. C'est là une complication dont nous devons tenir compte.

Inez redressa le menton avec défi :

– Vous ne pensez pas, madame, je l'espère, que nos fiançailles changeront quoi que ce soit à mon travail? Que je fasse partie ou non de l'équipe de Patrick... de M. Elbure... je serai toujours aussi consciente de mon devoir.

– Je n'en doute pas. Vous avez tout ce qu'il faut pour faire une bonne assistante d'amphi et je suis prête à croire que la présence de M. Elbure ne diminuera en rien vos facultés de concentration.

– Alors...

– A parler franc, je m'inquiète davantage de sa position que de la vôtre. Même à Saint-Chad, nous ne pouvons éliminer les bavardages. Cela peut être une source d'embarras pour M. Elbure que de vous avoir dans le service chirurgical.

– Oui, cela se peut, reconnut Inez à contrecœur.

Elle s'était vue inspirant et encourageant Patrick par sa simple présence. Mais c'était un point de vue romanesque. Le bon sens commun, plus terre à terre, de l'infirmière-major prévalait. Patrick était d'une sensibilité presque anormale. Quelques regards curieux dans la salle d'opération, des commentaires plus ou moins ironiques dans la pièce où se changeaient les chirurgiens pouvaient l'embarrasser terriblement.

– Je suis contente que vous compreniez, dit l'infirmière-major d'un ton approbateur. Votre vie privée vous regarde, mais il n'y a pas de place pour elle ici. Et un chirurgien ne peut absolument pas se permettre d'être distrait de sa tâche.

– Oui, madame.

– Alors, qu'allons-nous faire de vous? Mlle Shelley désire vous voir revenir dans son service, mais elle vous a déjà eue pendant plusieurs mois.

– Oui, madame.

– Je viens d'avoir la visite de M. Elbure. J'ai été

assez surprise qu'il me demande de vous changer de service.

— Oh! s'exclama Inez. Je l'ignorais.

Cette démarche de Patrick était sans précédent et assez brutale. Mais Inez sentit son cœur se gonfler. C'était une preuve de sa tendresse, de son désir de la protéger. Il avait dû prévoir qu'Ursula chercherait à l'écraser.

— Vous l'ignoriez? répéta l'infirmière-major.

— Oh, oui, madame!

— Mais... peut-être pouvez-vous m'expliquer ce geste? Je pensais que Mlle Shelley vous estimait beaucoup.

Inez se sentait affreusement gênée.

— Je ne crois pas que Mlle Shelley approuve nos fiançailles, risqua-t-elle. C'est peut-être à cela qu'a pensé M. Elbure.

— Pourquoi les désapprouverait-elle?

Impossible de répondre à cela.

— Peut-être est-elle d'avis qu'un chirurgien ne doit pas se marier.

— Je ne suis pas d'accord sur ce point de vue. M. Elbure, comme beaucoup d'hommes brillants, est fantasque, capricieux. Il faut qu'il se marie. Cela lui donnera une assise beaucoup plus solide... et cela vaudra beaucoup mieux pour nos petites stagiaires. Les chirurgiens et les médecins célibataires sont parfois dangereux. Pour ma part, je suis très heureuse de vos projets, mais j'espère que vous n'allez pas nous quitter maintenant?

— Merci beaucoup, madame. Vous êtes très bonne. Oh, non! Je ne veux pas quitter Saint-Chad.

— Ce serait grand dommage. Les bonnes infirmières sont rares, déclara l'infirmière-major avec une amabilité inhabituelle. Bon. Tout bien considéré, je propose votre transfert au pavillon des accidentés. Vous aurez beaucoup à faire. L'infirmière responsable du service manque d'aide et pendant les mois d'été surtout les accidents de la circulation nous mettent sur les dents.

– Merci, madame.

Eût-elle eu le choix qu'Inez n'eût pas demandé cela. Ne pouvant être dans l'amphi, elle aurait aimé faire partie d'un des services chirurgicaux. Il y avait toujours des cas très intéressants qui exigeaient des soins expérimentés. De plus, elle aurait eu l'occasion de voir souvent Patrick au cours de ses tournées. Elle aurait eu à soigner quelques-uns de ses malades; elle aurait partagé ses espoirs, ses échecs peut-être, et ses nombreux triomphes.

Les accidents se présentaient sous des formes très variées évidemment, mais la plupart étaient sans beauté et de peu d'importance. Les cas les plus graves dépendaient du service chirurgical. Inez voyait défiler devant ses yeux une liste de contusions, de coupures, de membres démis, de doigts écrasés et de piqûres d'insectes. Cependant, il fallait de bons nerfs et une main ferme pour s'occuper d'accidentés nouveaux. L'idée d'être appelée pour une urgence lui plaisait. Elle aimait aussi beaucoup l'infirmière responsable du service, une femme rondelette et placide.

– Présentez-vous au service à 2 heures, mademoiselle Raine. Et...

– Oui, madame?

– Inutile, n'est-ce pas, de vous demander d'être discrète? Vous connaissez notre réputation, vous aurez à cœur celle de M. Elbure... et la vôtre.

– Oui, madame. Je ne ferai jamais rien de nature à porter tort à la réputation de M. Elbure, répondit Inez, inconsciente de la ligne fière de son menton relevé.

– Dans ce cas, on peut le féliciter, déclara l'infirmière-major qui s'autorisa un sourire.

Il ne lui restait qu'à assurer Rosemary que le champ

était libre, songea la jeune fille en se retrouvant dans le couloir. Une jeune stagiaire pâle et tremblante attendait son tour d'être convoquée. C'était une grande fille un peu gauche, très nerveuse, qui réussissait à avoir l'air désordonnée, même en uniforme. Inez la reconnut.

– Bonjour, Barbara! On s'apprête à recevoir un savon? demanda Inez avec gentillesse.

– Et comment!

La grande bouche enfantine de Barbara Berry se mit à trembler. Elle parut sur le point de fondre en larmes.

– C'est Shelley. Je l'ai toujours sur le dos. Je ne peux rien faire de bien avec elle.

– Ne vous tracassez pas! Nous sommes toutes passées par là.

– Vous, cela m'étonnerait. Même Mlle Shelley n'a jamais réussi à vous faire passer pour une idiote, dit Barbara d'un ton lamentable. Elle veut se débarrasser de moi. Je le sais bien. Elle se contente de rester à côté de moi et de regarder fixement ce que je fais. Elle ne dit rien, jusqu'à ce que j'aie fait une bêtise. Alors, elle se déchaîne.

Inez hocha la tête, compatissante. Elle connaissait très bien la tactique de Sainte Ursula. Elle l'avait vue agir.

– Ne la laissez donc pas vous intimider, dit-elle, parfaitement consciente de conseiller l'impossible. (Une fille comme celle-ci n'avait aucune chance contre Sainte Ursula.) Que s'est-il passé cette fois-ci?

– Elle ne me quittait pas des yeux et... je ne sais pas comment j'ai fait, mais j'ai renversé la table à pansements. Elle m'a dit que c'était la goutte d'eau qui fait déborder le vase. Avant-hier, j'ai brisé un thermomètre et, la semaine dernière, j'ai fait tomber une tasse de thé, avoua Barbara, lugubre. Elle doit avoir raison, je n'arriverai jamais à avoir mon brevet.

– C'est stupide! Demandez votre changement de service.... avec le plus de tact possible. Mlle Shelley n'aime que ce qui est parfait. Beaucoup d'autres infirmières sont beaucoup plus compréhensives. Attendez, laissez-moi arranger votre bonnet. Il est complètement de travers.

En deux ou trois gestes, elle parvint à enlever à Barbara un peu de son aspect de fugitive aux abois. Le signal s'alluma et Inez donna une tape d'encouragement à sa camarade.

– Tête haute! Cela paraît difficile à croire, mais l'infirmière-major a elle aussi été élève-infirmière. Elle ne vous mangera pas.

– Merci, dit Barbara avec un sourire de gratitude tremblante.

– Ne pensez pas à cela, répondit Inez qui s'éloigna, bouillant intérieurement.

Que pensait exactement l'infirmière-major d'Ursula Shelley? Son visage la trompait-il, malgré son expérience? Sans doute. L'infirmière-major jugeait des filles d'après leur travail et elle ne pouvait rien reprocher à Ursula dans ce domaine. Il y avait neuf chances sur dix pour qu'elle tire des sanglots à la malheureuse Barbara avant de la renvoyer à son service, avec recommandation de prendre garde à ce qu'elle faisait. Si Barbara ne trouvait pas le courage de demander son transfert, ses nerfs n'y tiendraient pas et elle abandonnerait ses études. Ce serait dommage car c'était une très bonne fille, de celles dont on fait des infirmières qui ne pensent jamais à elles. Elle serait dans son élément à soigner des vieillards impotents, de jeunes mères nerveuses et des enfants malades. Certaines personnes tirent leur force de la faiblesse des autres et Barbara était de celles-là.

Inez aurait souhaité que Barbara eût un Patrick Elbure pour la protéger. Pour sa part, elle était immensément reconnaissante d'être hors d'atteinte des griffes d'Ursula, mais cela n'avait pas été une nécessité. Si furieuse que puisse être Ursula à son égard en tant que rivale, elle l'avait contrainte à la respecter en tant qu'infirmière. C'était également vrai pour Rosemary. Il n'y avait pas gaspillage d'affection entre Ursula et son infirmière en chef, mais la surveillante ne pouvait pas méconnaître ses qualités.

Rosemary, enveloppée dans une robe de chambre peu romantique de lainage beige, cherchait, sans beaucoup de succès, à coiffer ses cheveux brun terne quand Inez la rejoignit. Assise devant la coiffeuse de sa petite chambre, elle regardait son reflet, sans aménité.

– Tu devrais te faire faire un rinçage, conseilla Inez. Une nuance plus dorée mettrait en valeur la couleur de tes yeux.

– Et pour quoi faire? Je n'ai ni des traits ni une silhouette qui s'accommodent de coquetteries.

– Et qui prétend cela? Tu n'en tires absolument pas parti. Quand tu n'es pas de service, tu es d'une paresse effroyable.

– Que me conseilles-tu? Du fard à paupières vert et du vernis argenté sur les ongles?

– Idiote! répliqua affectueusement Inez. Allons, laisse-moi faire! Ce qu'il te faut, ce sont quelques vagues souples et non pas une masse de petites boucles.

Elle s'empara du peigne et d'une bouteille de lotion et se mit à l'œuvre.

– Prends garde à ta bague toute neuve. Ce liquide poisse, avertit Rosemary avec un involontaire pincement des lèvres.

– Toute neuve? Tu ne l'as pas bien regardée, c'est un bijou de famille. Il y a un collier fabuleux et un bracelet assortis. Ils appartenaient à la mère de Patrick, expliqua Inez d'un ton léger.

– *Quoi?* (Rosemary sursauta violemment.) La mère de Patrick. Que veux-tu dire?

– Notre M. Elbure, évidemment. Tu n'avais donc pas deviné? Tu m'as l'air joliment endormie ce matin.

– Seigneur! Où sont mes sels?

– Cela te fait tant d'effet? Et pourquoi?

– Oh, mon chou!

Les yeux de Rosemary ne reflétaient pas le soulagement qu'attendait Inez, mais une sincère inquiétude.

– Comment as-tu pu? Celui-là!

– Je t'en prie, ma chérie, continue! Ne t'occupe pas de moi! Pour ma mère, c'est le « chirurgien sans âme » et Chris l'appelle simplement « cet individu ». N'hésite pas surtout à ajouter ton point de vue.

– Non, mais sérieusement, Inez, tu prends un risque terrible. N'oublie pas que j'ai été témoin de ce qu'il a fait à Evelyn.

– Tout le monde en revient toujours à Evelyn, remarqua Inez avec raideur. J'aimerais bien trouver quelqu'un d'assez sensé pour reconnaître que je ne suis pas une autre Evelyn!

– Navrée! dit Rosemary sans conviction. C'est tout de même un fait. Pourquoi justement suivre ses traces?

– Il n'en est nullement question! Evelyn et moi nous nous entendons parfaitement. Mais cela ne nous empêche pas d'être foncièrement différentes.

– En quoi?

– D'abord, je suis beaucoup plus dure. Plus sauvage, si tu préfères. Cela ne me déplaît nullement de me battre. Pas elle. De plus, je ne me fais aucune illusion romanesque. Quand je choisis de sarcler une platebande, je n'attends de personne qu'on enlève les mauvaises herbes pour moi.

– Tu as peut-être raison. Tu es très forte, physiquement et moralement, mais en quoi cela t'aidera-t-il?

Le visage sans grâce de Rosemary reflétait une inquiétude réelle.

— On se sent aussi à l'aise avec cet homme que devant... un feu éteint. C'est Sainte Ursula qu'il devrait épouser. Ils iraient bien ensemble.

— Rosemary! Je ne souhaiterais pas Sainte Ursula au diable lui-même. Elle découperait Patrick en lanières.

— Bien, bien, ne te hérisse pas comme ça... et ne m'arrache pas tous les cheveux. Tu me fais mal!

— Pardon! (Inez desserra le rouleau trop serré.) Mais je vois rouge quand je m'aperçois que tout le monde... oui, tout le monde s'imagine que Patrick est dur, froid, incapable de la moindre émotion.

Inez se mordit cruellement les lèvres. Elle avait cru compter sur la compréhension de Rosemary. Et celle-ci ne lui offrait que pitié horrifiée. Elle installa machinalement les derniers bigoudis puis elle se recula, le menton redressé.

— Oh, calme-toi! Il y a des cigarettes sur la table, dit Rosemary embarrassée. Je ne voulais pas te froisser. Mais c'est plus fort que moi!... quand je pense que tu avais Chris...

— Ne comprends-tu donc pas que ce n'est pas une question de préférence? J'aime beaucoup Chris. Je suis parfaitement consciente de ses qualités. Il fera un bon mari.

— Oui, et puis?

— Mais il ne peut pas, d'un seul regard, me dilater le cœur. Il m'a embrassée. J'ai trouvé cela agréable, sans plus. Il ne m'a pas totalement bouleversée, convaincue que je suis à lui... pour toujours.

— Grand Dieu! gémit Rosemary. C'est vraiment à ce point?

Inez lui répondit d'un signe de tête. Sa colère disparut soudain. A quoi cela servirait-il de tenter d'expliquer par des mots ce qu'elle éprouvait? Rosemary ne comprendrait pas ce langage. Cette émotion intense, exigeante, faite de passion furieuse et de profonde tendresse, ce n'était pas pour elle. L'amour qu'elle concevait serait de chaude affection et de gentillesse. Un bon amour solide, prosaïque.

– Oui, c'est comme ça, dit enfin Inez en prenant une cigarette.

Elle passa le paquet à Rosemary et gratta une allumette.

– Ne te tracasse pas. Je survivrai.

5

– Eh bien, Inez? Comment vas-tu? demanda le Dr Raine se penchant pour embrasser sa fille.

Inez était installée sur le divan du salon, ses chaussures par terre, ses pieds sur le bras du canapé. Elle n'avait vraiment pas jugé utile de revenir à West Wheystone, sous une chaleur torride, alors qu'elle reprenait son service à 5 heures chaque jour.

– La semaine a été plutôt moche, dit-elle. Comme je te l'ai dit au téléphone, je suis assignée aux Accidents. Mon Dieu, c'est à croire que les gens perdent tout sens commun quand ils partent en vacances.

– Des accidents de la route? On vous en a envoyé deux.

– Des accidents de toute nature. Des campeurs ont fait exploser un poêle à essence. Nous avons eu trois noyés qu'il a fallu ranimer; deux gosses avec des hameçons fichés dans les jambes; une femme empoisonnée par une piqûre de taon; un bébé qui s'est fait piquer la lèvre par une guêpe; un homme qui s'est écrasé plusieurs doigts. Plus l'assortiment habituel de foulures et de fractures. Un cas grave : un écolier qui a piqué une tête sur les rochers.

– C'est varié.

– Oui. J'oublie un cycliste qui s'est fracturé le crâne et un petit enfant qui a traversé un pare-brise. Le bébé est mort avant son transfert à la salle d'opération. C'est moi que l'on a chargée d'avertir les parents.

– Ça fait toujours plaisir.

– En effet. S'ils avaient pensé à lui mettre une ceinture, ça ne serait pas arrivé. La moitié des accidents pourraient être évités si on faisait attention.

– Comment va cette petite... celle qui est tombée de moto?

– Pas trop mal, mais sa tête est dans un drôle d'état. Elle n'avait pas mis de casque parce qu'elle venait de se faire faire une mise en plis.

– Chris la croyait perdue.

– Nous aussi. Mais Patrick a fait du beau travail.

Ils s'arrêtèrent de parler, un instant, comme si le nom de Patrick avait marqué une gêne entre eux. Le Dr Raine s'assit dans son fauteuil et sortit sa blague et sa pipe.

– Comment va Patrick? demanda-t-il sans regarder sa fille. Il n'est pas encore venu nous voir. Ta mère espérait qu'il te ramènerait, cet après-midi.

– Mais voyons! Il a du travail par-dessus la tête. Je l'ai à peine aperçu, même en conduisant des blessés dans l'amphi. Il voulait entrer avec moi ici, dimanche soir, mais j'ai pensé qu'il était préférable qu'il attende.

– Tu as très bien fait. Il faut laisser à ta mère le temps de s'habituer. Où est-elle?

– Elle est sortie faire des courses. Elle a dit qu'elle serait rentrée à temps pour le thé.

Ils se turent de nouveau. Le ton qu'avait employé son père en demandant où était sa mère avait un peu serré le cœur d'Inez. Il parlait toujours de Molly comme si personne d'autre ne comptait à ses yeux. C'était un bon médecin, de la vieille école, ami et conseiller de ses malades. Il ne s'épargnait aucune fatigue quand ils étaient en cause. Cependant, dès qu'il avait terminé sa tournée, il revenait chez lui retrouver sa femme adorée. Il laissait sa vie professionnelle à la porte, s'installant pour prêter une oreille attentive aux petits problèmes domestiques de Molly et aux potins qu'elle lui racontait.

Jamais il n'en serait ainsi avec Patrick, songeait Inez avec regret. Patrick s'était consacré à son travail. Il avait peine à s'en détacher.

Le Dr Raine, ayant constaté que sa pipe tirait bien, tourna les yeux vers sa fille.

– Qu'y a-t-il, ma chérie? Tu as quelque chose à me raconter?

– Je suis très embarrassée, papa, et beaucoup moins coriace que je l'imaginais. Il suffit de très peu de chose...

– Par exemple?

– C'est moi qui ai conduit cette jeune fille dont tu parlais à la salle d'opération. Je savais qu'elle n'avait pas beaucoup de chances de s'en tirer. Patrick aussi, bien sûr. Nos yeux se sont croisés, un instant, pendant que l'anesthésiste opérait. Cela a été... merveilleux. Cette union et... j'ai senti que cela l'encourageait de savoir que j'étais là.

– Oui? Bien sûr.

– Seulement nous n'étions pas seuls. D'autres ont vu ce regard que nous avons échangé. L'infirmière de service m'a jeté un coup d'œil sévère et une autre a ricané. Cela a tout gâché. J'étais furieuse pour Patrick.

– Il n'aura pas remarqué. Ce regard l'a aidé, n'est-ce pas?

– Je le crois. En tout cas, il a réussi une merveilleuse opération sur cette jeune fille.

— Alors, pourquoi te tracasser?
— Patrick est un tel point de mire. J'ai l'impression d'être fiancée à un membre de la famille royale.
— Tu as eu une semaine difficile, n'est-ce pas? Je n'ai jamais aimé les Accidents.
— C'est beaucoup plus dur que dans les autres services. Il y a toujours des parents terrifiés et larmoyants et on ne peut pas toujours les rassurer. On ne peut pas ajouter à leur détresse en leur demandant pourquoi ils ont agi comme des idiots. Il faut les calmer, les consoler. Je ne tiens pas à en arriver à l'indifférence, mais l'excès de compassion c'est épuisant.
— Infirmières et médecins doivent s'entraîner à faire de la corde raide. Cela fait des années que j'essaye, je ne peux pas encore m'habituer à annoncer une mauvaise nouvelle. Mais il ne sert à rien de s'arracher les cheveux devant l'inévitable.
— Bien sûr, tu as raison, dit la jeune fille. Tu comprends tout.
Mais elle ne pouvait pas cependant raconter à son père l'incident le plus désagréable de cette semaine. En allant, l'après-midi même, chercher sa bicyclette dans la remise, elle avait été abordée par Ursula Shelley. Ursula était calme, ravissante, coiffée d'un grand chapeau blanc et vêtue d'une robe blanche et grise d'une luxueuse simplicité.
Elle avait dit bonjour aimablement à Inez et lui avait expliqué qu'elle se rendait à l'exposition florale.
Inez s'était efforcée de se mettre au diapason en évoquant les remarquables arrangements floraux qu'elle avait admirés aux *Sources.* Béatrice Elbure consacrait beaucoup de temps à ses compositions florales et Inez pensait qu'Ursula avait la même passion.
A cette remarque, d'apparence innocente, Ursula avait battu des cils.
— Vous pensez vous être mise à l'abri, n'est-ce pas?

avait-elle dit d'un ton glacial. Cela ne vous servira de rien, ma petite. N'avez-vous pas encore remarqué que je n'ai jamais autorisé personne à se mettre sur mon chemin?

Inez avait senti la colère bouillonner en elle.

– N'êtes-vous pas un peu mûre pour continuer à jouer les Ophélie, mademoiselle Shelley? avait-elle répliqué. Patrick, tout comme Hamlet, ne vous a-t-il pas laissé clairement comprendre ce qu'il vous restait à faire?

– Ainsi... vous comparez Patrick à Hamlet? Cela explique bien des choses, avait répondu Ursula de sa voix dure comme de la glace. Le sait-il?

Sans attendre de réponse, elle s'était éloignée de sa démarche sinueuse de chat sauvage.

Inez avait pris sa bicyclette, furieuse contre elle-même d'avoir ouvert sa garde. Ursula n'avait eu que ce qu'elle méritait, mais là n'était pas la question. Elle n'éprouverait aucune joie à avoir été comparée à Ophélie. Cela lui convenait beaucoup trop bien... à ceci près qu'elle ne se noierait pas par amour. Pour peu qu'on lui en donnât l'occasion, elle préférerait noyer sa rivale.

– Lorsque Chris rentrera, demande-lui de t'emmener à la rivière. Un bain te ferait le plus grand bien, suggéra le Dr Raine. Il fait une chaleur accablante aujourd'hui, même pour juillet.

– Où est Chris? demanda la jeune fille indifférente.

– Il m'a dit aller assister à l'exposition florale.

Inez sursauta.

Chris avait-il rendez-vous avec Ursula? Il l'admirait beaucoup, c'était visible. Ce serait bien d'elle de l'encourager pour atteindre son but personnel. Son cerveau tortueux, calculateur, pouvait très bien concevoir quelque moyen de se servir de Chris contre son ennemie.

– Oh, voilà ta mère! dit le Dr Raine en entendant la poignée de la porte d'entrée tourner. Sois patiente avec elle, ma chérie. Tu es sa fille unique.

Inez se prépara pour un nouvel assaut de sollicitude maternelle. Mais Molly fit irruption dans la pièce, très animée, radieuse.

– Je viens de rencontrer un homme absolument charmant au bureau de poste! s'écria-t-elle. Vous ne devinerez jamais de qui il s'agit. Il demandait de quelle façon aller aux *Châtaigniers.* Je me suis proposée pour le guider. Il avait une autorisation de visiter. Vous savez, c'est toujours loué meublé en été?

– Oui, dit Inez, sans plus.

– Il vient prendre le thé avec nous. Aide-moi à sortir la nappe de dentelle, ma chérie. Il faut que nous fassions bonne impression.

– Mais... pourquoi? De qui s'agit-il?

– Il a grande hâte de te voir. Il est charmant. (Heureuse, Molly continuait à jacasser.) Il est évident qu'il pense beaucoup de bien de toi.

– Mais qui?

– Ton futur beau-frère. Valentin Elbure. Il ne ressemble en rien à Patrick.

– Val? Val est ici? Mais, mon Dieu, pourquoi? s'exclama Inez. J'espère qu'Evelyn va bien.

– Oh, certainement. Il paraissait d'excellente humeur. Viens, nous allons prendre le plateau en argent.

– Oh, maman, pas tant d'histoires! Val n'y fera même pas attention.

– Je tiens à montrer aux Elbure que, nous aussi, nous avons des biens de famille, insista Molly. Dépêche-toi, ma chérie.

Faisant la grimace, Inez reposa ses pieds par terre et remit ses chaussures. Pourquoi donc Val était-il venu pour examiner un chalet à louer? Evelyn et lui avaient une maison qu'ils habitaient, à côté d'Exeter, quand ils n'étaient pas aux *Sources*.

– Ah, s'il s'était agi de lui, j'aurais compris, déclara Molly à Inez qui la suivait dans la cuisine. Il est charmant, et tellement simple.

– Néanmoins, c'est le mari d'Evelyn et le père de deux enfants. Il a toutes les qualités au demeurant. Seulement, si étrange que cela puisse paraître, je préfère mille fois Patrick.

– C'est incompréhensible, dit Molly en sortant les tasses. Donne un petit coup de chiffon au plateau, veux-tu? Quelle chance que j'aie fait un cake aux fruits et des scones! Faut-il aussi préparer des sandwiches?

– Surtout pas! Val n'en mange que trop dans la semaine quand il travaille au-dehors. Il fera un sort au cake.

– Tu m'avais dit ce qu'il faisait, mais je ne me souviens plus. Il fait pousser quelque chose?

– Il est arboriculteur expert. Un chirurgien pour arbres. Il rafistole les vieux arbres et donne des conseils pour le reboisement, expliqua Inez. Il a transformé la propriété familiale en exposition payante avec des plantations partout.

Elles venaient juste de terminer leurs préparatifs lorsque Val arriva. Il embrassa Inez, comme un frère.

– Val! Quelle surprise! s'écria la jeune fille ne sachant quoi dire.

– Oh pas ça! C'est le commentaire refuge quand on reçoit un cadeau affreux, à Noël, dit-il joyeux.

– Non, la surprise est agréable, l'assura Inez. A moins qu'il n'y ait une mauvaise nouvelle. Comment va Evelyn? Et votre père?

– Tous les deux très bien. Mais vous leur manquez.

Elle lui prit le bras et l'entraîna vers le salon, consciente de cette vague de chaude sympathie née dès leur première rencontre. Il était grand, solidement bâti. Il s'était accommodé de la vie très jeune, ce que n'avait pas fait Patrick. Val avait toujours dû être sûr de lui et de ce qu'il voulait. Il examinait opposition, critiques, puis s'en défaisait d'un haussement d'épaules avec la bonne humeur tranquille d'un saint-bernard.

Inez était assez satisfaite de présenter Val à ses parents. Elle n'avait pas à craindre qu'ils le froissent par mégarde. Val avait la peau dure. Elle n'avait pas peur non plus qu'il gaffe ou fasse mauvaise impression. Il avait le don de mettre les gens à l'aise.

Il sut plaire immédiatement au Dr Raine par sa façon de vanter le bien qu'elle avait fait à sa femme et à son père.

– Evelyn était en larmes quand Pat est reparti avec Inez, et père a réagi comme si le baromètre était au plus bas, dit-il. Vous devez être très fier de votre fille, monsieur. J'espère que vous nous avez pardonné de l'avoir annexée. Je puis vous assurer qu'on l'a appréciée.

– Très bien. Elle a dû trouver d'autant plus difficile son retour à l'hôpital, dit le Dr Raine en souriant. Comment va le nouveau bébé?

– Elle est d'une vitalité extraordinaire. Ce sera une de ces femmes exigeantes réclamant toute l'attention. Elle en prend bien le chemin. Depuis le départ de sa marraine, la jeune Raine ne consent à dormir qu'après avoir été promenée de long en large pendant au moins une demi-heure dans la chambre d'enfants.

– Vous l'appelez « Raine »?

– Inez ne vous l'a pas dit? Elle a été baptisée Evelyn-Raine. Mais il ne saurait être question de deux Evelyn dans la famille. Pat et Inez ont été ses parrain et marraine.

Il parut surpris qu'Inez n'ait pas parlé du baptême. La jeune fille rougit. Elle ne pouvait expliquer à Val qu'on ne l'avait pas précisément encouragée à s'étendre sur son séjour chez M. Elbure.

– Nous avons à peine vu Inez, dit vivement son père. Elle est retournée à Saint-Chad lundi matin. C'est son premier après-midi à la maison.

– J'arrive mal à propos, dit Val avec un sourire joyeux.

– Je suis ravie de vous voir, mais vous ne nous avez pas encore expliqué la raison de votre venue, lui rappela Inez.

– Nous avons, brusquement, dû changer tous nos projets. Vous vous souvenez que la santé du père d'Evelyn nous inquiétait? Il avait eu une grave bronchite l'hiver dernier.

– Oui. Evelyn me l'a dit.

– Eh bien, avant que la jeune Raine fasse son apparition, l'oncle Lawrence avait demandé qu'on lui accordât un poste d'aumônier en Suisse pour l'été. Le Dr Chilton pensait qu'un séjour en montagne le préparerait à affronter l'hiver prochain.

– Certainement.

– Il n'a appris qu'au début de la semaine qu'on lui accordait une aumônerie pour six semaines. Nous avons insisté pour qu'il accepte. Il s'est déjà mis en rapport avec un vieil ami d'une paroisse de grande ville qui n'est que trop heureux de le remplacer à La Cascade, expliqua Val. Mais restait le problème de l'installation d'Evelyn et des enfants.

– Mais... vous avez une maison à côté d'Exeter.

– C'est exact, mais je ne veux pas la laisser seule et je dois partir en voyage. Je serai absent au moins un mois. Elle pourrait aller aux *Sources*, mais ce serait éprouvant pour tout le monde. Vous connaissez Béatrice et son amour de l'ordre. Deux enfants au berceau bousculeraient tout à ses yeux. Elle porterait sur les nerfs d'Evelyn et cela ne ferait aucun bien à père de servir de tampon. Nous avons bien réfléchi et nous avons décidé que la meilleure solution serait de louer une petite maison dans cette région. Comme cela, Pat et vous, vous pourriez la surveiller.

– Oh! dit Inez d'une voix presque inaudible.

Sa première réaction fut de consternation. Evelyn ici? Evelyn, source d'un nouveau flot de vieux commérages.

– *Les Châtaigniers* me paraissent une charmante maisonnette et ce serait formidable pour Evelyn de vous avoir juste de l'autre côté de la rue, continua Val jovial. Si elle s'inquiète au sujet des enfants, elle aura votre père sous la main et Pat en quelques minutes.

Inez avait l'impression d'être prise au piège. Que pouvait-elle dire? Val n'avait jamais attaché beaucoup d'importance au vieux scandale. Il ne comprenait pas à quel point cela avait affecté Pat. N'ayant jamais participé à la vie d'un grand hôpital, on ne pouvait attendre de lui qu'il devine la prodigieuse mémoire que l'on y avait de tous les événements venus agiter ce monde à part.

Le Dr Raine regardait sa fille, les sourcils relevés. Il avait compris sa réaction et partageait son ennui.

– Ne pouvez-vous emmener Evelyn avec vous? suggéra-t-elle désespérément. Elle sera perdue sans vous.

– Ce serait impossible. Je serai en perpétuel déplacement et les enfants feraient un excédent de bagages, répondit Val calmement. Dieu sait que la perspective de la laisser seule me déplaît. Mais, malheureusement, j'y suis obligé. A mon avis, elle sera très bien ici. J'ai cherché un chalet au bord de la mer, mais ils sont tous loués à cette saison. J'ai eu de la chance de trouver *Les Châtaigniers*. Je suis arrivé à la dernière minute, à ce qu'il paraît.

– Oh! dit Inez.

Val lui lança un regard surpris :

– Vous ne trouvez pas que c'est une bonne idée? Vous veillerez sur Evelyn pour moi, n'est-ce pas?

Comment pouvait-elle refuser? Elle se souvenait de l'accueil chaleureux, amical, qu'elle avait reçu de Val et d'Evelyn, de la façon dont on l'avait introduite dans le cercle familial. Ils lui avaient montré dès le premier instant qu'elle était des leurs. Du point de vue de Val, il ne lui demandait pas grand-chose en retour. Il ne soupçonnait absolument pas à quel point la situation était délicate.

– Evidemment, je le ferai, promit la jeune fille, résolue soudain. Je m'occuperai d'elle autant que je le pourrai. Maman m'aidera. Elle adore les bébés.

Si Molly prenait Evelyn sous son aile, cela ferait peut-être taire les bavardages, pensa Inez, pleine d'espoir. Elle aimerait Evelyn tout comme elle aimait Val. Très expansive, elle était à l'aise avec ceux qui l'étaient. A dorloter Evelyn et ses enfants, elle serait dans son élément.

– Vous accepteriez, madame? Je vous en serais éternellement reconnaissant, dit Val avec chaleur. Evelyn ne se souvient pas de sa mère. Elle a été élevée par sa tante... ma belle-mère Béatrice a été mariée deux fois, mais elle est restée l'éternelle vieille fille. Elle trouve les bébés beaucoup trop bruyants et absorbants pour son goût.

– Oui, il y a des femmes comme cela. Je n'ai jamais pu les comprendre, dit Molly avec ingénuité. Les bébés sont adorables quand ils sont tout petits et fascinants quand ils commencent à marcher et à parler. Quel âge a votre aîné?

Val était tout disposé à s'étendre sur ce sujet, mais la pendule sonna la demie et Inez lui lança un regard horrifié :

– Il faut que je me sauve. Je suis de service à 5 heures et je dois me changer.

— Je vous conduis, proposa immédiatement Val.

— Ma bicyclette...

— Je la mettrai sur la galerie, sur le toit.

— Oh, merci! Je ne peux pas me permettre d'être en retard; le samedi soir, c'est le moment le plus dur pour les accidents.

Cinq minutes plus tard, ils étaient en route dans la grande voiture verte de Val. C'était bien de lui d'avoir choisi cette couleur, la préférée d'Evelyn.

— Ecoutez, dit-il d'un ton pressant tout en s'engageant sur la grand-route. Il faut que je vous parle, Inez, et nous n'avons pas le temps maintenant.

Elle lui lança un coup d'œil rapide, étonnée par le ton de sa voix.

— Pourquoi? Que se passe-t-il?

— Quand puis-je vous revoir?

— Je ne sais pas. C'est difficile. Je suis de service demain toute la journée.

— Et ce soir? Je reviendrai, si c'est possible.

— Je suis libre à 8 heures, mais je dois dîner au réfectoire.

— Après le dîner, alors? Vers 9 heures? C'est extrêmement important, sans quoi je ne vous bousculerais pas, dit-il avec une gravité inhabituelle qui l'inquiéta.

— De quoi s'agit-il?

— Cela concerne le travail que je dois entreprendre. C'est absolument secret. Je me suis creusé le cerveau, mais je ne vois personne d'autre à qui me confier.

— Vous êtes très mystérieux, dit Inez, mal à l'aise.

— J'y suis forcé. Pas un mot à Pat, je vous en prie.

— Je n'ai pas de secrets pour Patrick. De quoi s'agit-il, Val?

— Je vous expliquerai cela ce soir.

Il écrasa l'accélérateur. Ils allaient atteindre Saint-Chad quand la longue voiture de Patrick les croisa, allant en direction de West Wheystone. Inez agita la main, mais Patrick ne la vit pas.

– Oh, mon Dieu! C'était Patrick, se lamenta-t-elle. Peut-être ne savait-il pas que j'étais de service à 5 heures.

– Il l'apprendra, répliqua Val très calme. Où nous retrouvons-nous? Dois-je vous téléphoner?

– Non. J'irai jusqu'à la porte, celle qui est à côté du hangar à bicyclettes. Arrêtez-moi là, voulez-vous? Il faut que je descende ma bicyclette.

– Je m'en charge. Je vous dépose devant le pavillon des infirmières pour gagner du temps.

Entre deux maux, autant choisir le moindre, la voiture verte de Val ne passerait sûrement pas inaperçue, mais elle n'avait pas une seconde à perdre.

Malgré tout, elle arriva à son poste avec cinq minutes de retard. Mais la surveillante avait fort à faire avec un petit garçon terrifié qui s'était coupé le pied sur des morceaux de verre, et sa jeune mère était tout aussi terrifiée. Elle ne fit aucun commentaire sur l'arrivée haletante d'Inez. C'était là l'un de ses côtés attachants. Elle n'était pas perpétuellement occupée à consulter sa montre comme beaucoup de ses collègues. Sa vie dépendait absolument de celle de Saint-Chad. On était sûr de la trouver n'importe où, même en dehors de ses heures de service.

Ce fut l'infirmière en chef Lassen qui remarqua d'un ton pincé :

– Vous êtes en retard, mademoiselle Raine. Nous venons juste d'admettre une lésion et un poignet fracturé. La surveillante a tenté de joindre M. Elbure.

– Pour une fracture du poignet?

– C'est une très mauvaise fracture, et la dernière qu'a réduite M. Traymond nous a causé des ennuis. Il a fallu recasser le tout. De plus, il s'agit de Peggy Palmer, la plus jeune fille de sir Jeremy Palmer, et son père a insisté pour que M. Elbure la voie immédiatement. On lui a radiographié le poignet.

— Privilège? demanda Inez dédaigneuse.

On en exigeait beaucoup trop de Patrick, pensait-elle, indignée. Il était spécialisé dans la chirurgie du cerveau qu'il avait particulièrement étudiée au cours de son séjour en Amérique. Il s'était laissé reprendre par Saint-Chad, pour des raisons personnelles, sentimentales, et quelle était sa récompense? On le traitait comme un chirurgien sans spécialité. Et, du fait de sa réputation, tous les gros bonnets réclamaient ses services.

— Vous connaissez les Palmer, répliqua l'infirmière en chef Lassen, produit de Saint-Chad, elle aussi. Sir Jeremy a beaucoup de poids.

— Je l'ai remarqué!

— Auprès du conseil d'administration de l'hôpital, je veux dire. N'avez-vous pas entendu parler de ce projet d'achat du domaine Wellborough pour y faire bâtir? Nous sommes fort à l'étroit, ici.

— Ah? Non, je n'ai rien entendu de la sorte.

— Evidemment, vous n'étiez pas facile à atteindre, ces temps derniers, constata Kate Lassen d'un ton sentencieux. Absorbée par vos affaires personnelles, n'est-ce pas? Sir Jeremy, en tant que président du conseil d'administration, trouve une considérable opposition à ses projets. Il ne faut surtout pas le contrarier.

— Cette sorte de magouilles ne m'a jamais intéressée.

— De toute façon, cela fera de beaux honoraires pour votre M. Elbure. Les Palmer sont des malades privés.

— Comment? Je ne vois toujours pas pourquoi on attend de lui de s'occuper de cas sans gravité. Où est notre raccommodeur d'os maison?

— Si vous parlez de M. Larcher, le chirurgien orthopédiste, sir Jeremy n'en veut absolument pas. Ils ont eu une prise de bec au dernier comité, expliqua l'infirmière, bien renseignée. Allez donc vous occuper de Peggy Palmer. Elle donne des signes d'ébranlement nerveux.

— Bon, répondit Inez, froidement.

L'infirmière en chef Lassen n'était pas de ses favorites. Elle était pincée, agitée, et elle se faisait une idée très exagérée de son importance. De plus, elle n'avait aucun sens de l'humour. Elle avait été avec elle, au début de l'année, au service des consultations et Inez avait déploré ses manières dictatoriales et son absolu manque de sympathie pour les malades nerveux. Elle suivait le règlement à la lettre et se refusait à tolérer toute exception.

Peggy Palmer était une adolescente au visage rond, coiffée avec une queue de cheval. Elle avait les paupières très rouges et semblait sur le point de se laisser étouffer par les sanglots.

— Bonjour, dit Inez. Eh bien, que vous êtes-vous fait?

— J'entraînais Bonnie Bess pour le gymkhana et nous sommes tombées en passant le mur, dit Peggy d'une voix lamentable. Papa m'a dit qu'elle n'avait rien, mais comment puis-je en être sûre? Je me suis évanouie. Quand je me suis réveillée, il me conduisait ici. Il aurait dû attendre que je voie si elle était blessée.

De nouvelles larmes inondèrent ses joues rebondies. De sa main valide, elle agrippa Inez avec désespoir.

— Mademoiselle, vous vous renseignez pour moi, dites? Il faut que je sache. Papa aurait dit n'importe quoi pour me faire plaisir.

— Vraiment? Pas s'il sait que vous êtes assez courageuse pour supporter la vérité. N'est-ce pas?

Peggy avala un gros sanglot.

— Oui. C'est de ne rien savoir qui est terrible. Je ne peux pas m'empêcher de voir Bonnie Bess par terre, se tordant, une jambe cassée. On n'a peut-être pas été chercher le vétérinaire à temps. Papa s'occupait surtout de moi. Il ne s'intéresse pas aux chevaux.

— Mais vous, oui?

— Oh, oui! Je vous en prie, renseignez-vous pour moi. Je ne prendrai aucun calmant, rien, tant que je ne saurai pas que quelqu'un s'occupe de Bess.

— Je vais essayer. Votre père doit être dans la salle d'attente.

— Ne lui demandez pas! Il ne vous dira rien. Ne pouvez-vous pas téléphoner à l'une de mes sœurs? C'est Saxham 2-57.

— Entendu. Mais cessez de pleurer et restez tranquille. Sans quoi, on m'attrapera pour vous avoir laissée toute seule.

Cette réflexion eut le don de faire naître un pâle sourire complice sur les lèvres de l'adolescente.

— Je ne proférerai pas un son!

— Je l'espère bien.

Inez se hâta vers le bureau de la surveillante. Cette dernière était partie et l'infirmière en chef était occupée derrière les rideaux tirés avec une blessée nouvellement admise. Normalement, Inez aurait dû demander l'autorisation d'user du téléphone. Mais Peggy en avait assez dit pour pousser Inez à agir de sa propre initiative.

Quand elle sortit du bureau, ce fut pour se trouver face à face avec une infirmière en chef courroucée.

— Eh bien, mademoiselle Raine, que faisiez-vous? Je vous avais dit de rester auprès de Peggy Palmer et de la préparer pour la salle d'opération. M. Elbure est ici, il vous attend.

— Entendu. Ne vous énervez pas, répondit Inez froidement.

– Qui vous autorise à vous servir du téléphone? demanda l'infirmière, la poursuivant comme une poule en colère. J'ai la responsabilité de ce service. Si vous croyez pouvoir ne pas tenir compte de mes ordres...

– Excusez-moi. La malade refusait de prendre tout médicament avant que j'aie téléphoné pour avoir des nouvelles de son cheval.

Le visage terne de Kate Lassen s'empourpra. Elle se planta à côté du lit avec un air de dignité offensée :

– Voici votre infirmière, monsieur Elbure! Je lui ai dit de préparer la malade, mais...

– Avez-vous pu? Comment est-elle? interrompit Peggy impatiente.

– Oui. J'ai parlé à votre sœur. Le vétérinaire a vu Bess. Elle n'a qu'un tendon claqué, répondit Inez, osant à peine regarder Patrick.

– Oh, merci, mademoiselle! s'écria Peggy avec un soupir de soulagement qui partait du cœur. (Puis elle sourit à Patrick.) Ça va! On peut y aller.

– Merci, répondit Patrick, ironique. Dans dix minutes, mademoiselle Raine.

Inez lui lança un rapide coup d'œil. Il avait l'air fatigué.

– J'ai été à West Wheystone, dit-il tout bas lorsque Kate Lassen se fut éloignée pour préparer les piqûres à faire. Je croyais que vous aviez terminé votre service.

– Je n'ai eu que l'après-midi. Je suis désolée. Je vous ai manqué de quelques minutes, répondit-elle, vivement.

Il fit un signe de tête et s'éloigna de son pas long et souple. Elle se demanda avec anxiété ce qui s'était passé quand il était arrivé aux *Safrans* pour constater qu'elle n'y était plus. De toute évidence, il ne s'y était pas attardé. Il avait dû rentrer directement à l'hôpital. C'était assez maladroit de sa part. Il aurait dû rester quelques minutes et bavarder avec ses parents.

Sa mère ne manquerait pas d'établir une comparaison entre ses façons brusques et l'aisance amicale de Val. Elle ne songerait pas un instant à la tension perpétuelle sous laquelle il travaillait.

Il faisait extrêmement chaud. L'air semblait raréfié. La lumière crue de la salle d'opération était presque insupportable. Peggy souffrait effectivement d'une très mauvaise fracture qui l'empêcherait de monter pendant longtemps.

L'intervention était à peine terminée que l'on admettait un automobiliste blessé à la tête. On réexpédia Inez dans la salle d'opération.

– Quelle chance que M. Elbure soit ici! dit Kate Lassen satisfaite. Franchement, on n'a pas le droit de prendre son samedi soir, ajouta-t-elle, faisant allusion au départ de la surveillante. C'est le moment où nous sommes le plus bousculées. Oh! Encore le téléphone! Qu'est-ce que c'est maintenant!

C'était un enfant qui avait piqué une tête dans un châssis. Il fut rapidement suivi par une femme qui s'était renversée une bassine de confiture bouillante sur les jambes.

Inez en arrivait à penser avec nostalgie au service qu'elle avait quitté. Tout s'y passait sans heurt, sans surprises. Comment Sainte Ursula réagirait-elle si elle avait la responsabilité du service des Accidents? Réussirait-elle à conserver son air de calme tranquille si elle avait à faire face à des urgences perpétuelles? Impossible de se l'imaginer, les cheveux en bataille, le front perlé de sueur avec les façons d'oiseau affolé de Kate Lassen.

L'atmosphère était toujours aussi lourde quand Inez fut enfin libre. La grande salle à manger paraissait bondée. Le bruit des conversations y faisait un bourdonnement de ruche. Le heurt de la vaisselle et des couverts, l'odeur désagréable du bœuf bouilli et du chou furent particulièrement pénibles aux nerfs tendus de la jeune fille. Pour la première fois, elle comprit la raison du refus de Patrick de prendre ses repas sur place.

En temps ordinaire, Inez ne se sentait jamais les nerfs à fleur de peau, mais, ce soir, elle était tendue, anxieuse. La décision soudaine de Val d'installer Evelyn à West Wheystone et la gravité inhabituelle avec laquelle il avait parlé du nouveau travail qui l'attendait l'alarmaient. Elle n'avait aucune envie d'endosser les problèmes de Val. Elle avait suffisamment à faire avec Patrick et ses parents. Cependant, il lui était impossible de refuser de s'occuper d'Evelyn.

Elle avait souvent déploré être fille unique et son adoption dans la famille Elbure l'avait comblée de joie. Maintenant, elle voyait le revers de la médaille. Un pour tous, tous pour un. Val ne comprenait pas qu'il en fût autrement.

La perspective de se changer encore pour le soir lui parut au-dessus de ses forces, mais l'idée de se glisser, en uniforme, discrètement, par la petite porte, lui déplaisait encore davantage. Ce serait se mettre au niveau des petites stagiaires accordant des rendez-vous clandestins. De plus, elle avait beaucoup trop chaud.

Elle prit donc une douche rapide et enfila une robe de toile couleur d'ambre et des sandales de la même nuance. Elle brossa ses beaux cheveux et se remaquilla. Le reflet qu'elle vit dans le miroir paraissait se moquer de ses inquiétudes. Ses yeux bruns aux cils noirs exagérément longs, sa peau doucement hâlée et ses lèvres rouges à la courbe tendre ne trahissaient en rien la fatigue ou l'anxiété.

Val l'attendait. Il ne faisait pas les cent pas comme Patrick l'eût fait, mais confortablement installé dans sa voiture, il fumait. Il se pencha pour ouvrir la portière.

— A l'heure pile! Bravo! dit-il avec enjouement. Autant nous soustraire à la curiosité de spectateurs éventuels, n'est-ce pas?

Sans attendre sa réponse, il mit le contact. Il se dirigea vers les bois appartenant au domaine Wellborough. Puis il quitta la route et parqua la voiture sur le talus sous des hêtres en voûte.

— Il y a de beaux arbres par ici, mais bien négligés, remarqua-t-il.

— Oui. La propriété est à vendre, paraît-il. On se proposerait de l'acheter pour Saint-Chad.

— Soignés convenablement, ces troncs rapporteraient un bon prix. C'est du beau bois dur.

Inez rit :

— « Amant des arbres, votre fantôme errera dans un chemin d'Angleterre... »

— Ah non! répliqua-t-il avec une rudesse inattendue. J'espère bien que non. Je n'en ai aucune envie pour l'instant.

— Evidemment. Je comprends ça, répondit Inez surprise de sa réaction.

Il garda le silence, un instant, ses épais sourcils froncés sous l'emprise d'une profonde réflexion.

— On m'a chargé d'une mission plutôt délicate, dit-il enfin, lentement. Et il n'y a qu'une personne que je puisse mettre dans la confidence. Je suis désolé que ce soit vous, mais, réellement, je ne puis faire confiance à personne d'autre. Vous avez des nerfs d'acier et une jolie petite tête froide.

— De quoi s'agit-il? Où allez-vous?

— En Afrique occidentale.

— Quoi? s'écria Inez. Mais pourquoi tenez-vous à aller là-bas?

— A franchement parler, je n'en sais rien. Il le faut. Officiellement, je fais partie d'une commission de reboisement. C'est très simple de ce côté-là. L'autre côté l'est moins. Vous êtes une fille intelligente. Vous lisez les journaux. Vous êtes sûrement au courant de l'agitation générale, des soulèvements constants et de ce soi-disant « esprit de nationalisme ». Vous avez entendu parler du rôle que l'on attribue à certaines puissances étrangères dans les soulèvements.

– Oui, oui, bien sûr. Mais qu'est-ce que tout cela a à voir avec vous?

– On s'attend à des troubles de même nature dans une région sous protectorat. Le chef est un très brave type d'une parfaite loyauté. Par le fait d'un hasard, heureux ou malheureux, c'est un de mes vieux camarades. Nous avons fréquenté le même collège et depuis, à l'occasion, nous sommes restés en contact. Moralité : c'est moi qu'on a choisi pour la mission.

– Mon Dieu, fit Inez d'une voix étouffée. Une mission pour le service secret? Vous en faites partie, Val? Jamais je n'aurais deviné.

– Fort heureusement pour moi, les gens n'y pensent pas, dit-il avec bonhomie. Je me suis un peu retiré depuis mon mariage, mais je me suis pas mal agité quand j'étais célibataire. La sylviculture, c'est une très belle couverture. On peut toujours prétexter d'assèchement ou de déblaiement de jungle pour visiter les régions troublées. Et, quand on est vraiment expert, on ne risque pas de se faire coller.

– Tout ça, c'est très beau, mais les régions troublées peuvent présenter un très grand danger, même pour de simples et innocents passants.

– Effectivement. Vous voyez pourquoi je ne peux pas prévenir Evelyn.

– Oui. Je vois aussi que rien ne vous force à partir. Vous avez une femme et des enfants. Imaginez qu'il vous arrive quelque chose, dit la jeune fille sans ambages.

– Je sais très bien prendre soin de moi.

– Ça peut changer. Est-ce honnête vis-à-vis d'Evelyn de courir un risque?

– Question cruciale à laquelle je me dois de répondre. Si je parviens à comprendre les raisons de l'agitation, il y a beaucoup de chances pour qu'on évite soulèvement et massacre. Il faut arrêter le trafic d'armes. Une fois l'un des éléments mécontents bien armé et excité par des agitateurs payés, impossible d'endiguer les flots de sang. Vous y êtes?

– Oui, mais pourquoi faut-il que ce soit vous?

– Parce que je suis celui auquel le vieux Bongo fera confiance. Je serai au cœur du sujet. Ce sera beaucoup plus facile et plus sûr pour moi que pour n'importe qui d'autre.

Inez s'agita, mal à l'aise. Elle savait parfaitement qu'il courrait un grand danger. Même si personne ne soupçonnait la véritable nature de sa mission, il pouvait parfaitement se trouver mêlé à un soulèvement tribal, comme c'était arrivé un peu partout en Afrique à des journalistes, des missionnaires et des industriels.

– Evelyn... commença-t-elle.

– Pour rien au monde, elle ne doit savoir. Quoi qu'il arrive, elle doit rester dans l'ignorance, dit-il avec fermeté. Puis-je m'en remettre à vous?

– Pourquoi ne pas le lui dire?

– Vous la connaissez. Si, par hasard, il m'arrive quelque chose, elle croira que ça a été par accident et elle s'en remettra. Jamais elle ne me pardonnerait, ni à elle, si elle pensait que je me suis délibérément mis dans la gueule du loup.

– Croyez-vous? Je ne pense pas. Pas une femme aimant son mari.

– Vous, oui, répondit-il d'un ton de froide conviction. Imaginez qu'il s'agisse de Pat? Qu'il soit le seul à pouvoir se charger d'une mission extrêmement dangereuse... une mission dont l'issue représenterait peut-être la sauvegarde de centaines de vies? Le retiendriez-vous?

– Non, s'il s'agissait de sa profession... une épidémie, des opérations d'urgence sur un champ de bataille. Mais... ce ne serait pas la même chose. Pat ne pense qu'à son travail.

– Est-il le seul? J'ai une passion, la liberté. Il me faut combattre toutes les formes de tyrannie, d'esclavage. Il m'est impossible de rester sans réagir devant de pauvres gens menés par le bout du nez comme des pièces de bétail. C'est une forme de lutte dans laquelle on n'enregistre jamais de vraies victoires. Il y a des années que je m'y suis attaché.

– Je vois. Oui, j'aurais dû deviner. Vous avez toujours combattu Ursula et sa soif de pouvoir.

– Exactement. Inez, j'ai aimé Evelyn depuis ma tendre enfance. Je l'aime autant qu'un homme peut aimer une femme, mais il est des choses que l'on ne peut abandonner, même pour l'amour.

– Vous et Patrick... tous les deux.

– Oui. Alors, je puis compter sur vous?

– Et que voulez-vous que je fasse? Autre chose que veiller sur Evelyn?

– Peut-être. Autrefois, père était mon contact. A présent, ce ne serait pas chic de lui infliger une inquiétude. Il peut difficilement se déplacer...

– Evidemment. Mais... Patrick ne vous serait-il pas d'une aide plus grande?

– Ma chère enfant, son travail mis à part, Pat est d'une distraction incurable. Je me demande parfois s'il songe à manger.

– Il oublie, la plupart du temps.

– Voilà! Que je lui envoie une belle petite carte postale, il l'abandonnera sur son bureau ou la mettra dans la corbeille à papier avant de se souvenir de ce qu'il était censé en faire.

– Des cartes postales? répéta-t-elle d'une voix blanche.

– Vous seriez surprise d'apprendre le peu d'attention que les agents les plus subtils accordent à des cartes postales en couleur dont l'expéditeur demande des nouvelles des rhumatismes de tante Mabel, ou si les poules pondent bien. On peut voler des sacs postaux. Le courrier à l'apparence officielle a une fâcheuse tendance à disparaître. Mais les cartes postales arrivent toujours à leur destination. Celles qui seront adressées à Mlle Inez Raine à West Wheystone et signées « affectueusement, Val » feront gentiment le voyage. Tout ce que vous aurez à faire sera de les mettre sous enveloppe et de les expédier à une adresse que je vous donnerai. Cette précaution sera peut-être même inutile. Mais j'aimerais avoir un point de contact. C'est d'accord?

– Oui. Mais vous serez prudent?

– Quelle question! J'ai trop à perdre, répondit-il, amer. Merci. Inez.

– Patrick...

– Il doit rester dans l'ignorance. Que quelqu'un me piste et il serait le premier surveillé. Patrick... ou Evelyn. Il faut que vous ayez les coudées franches. De plus, vous avez la tête froide. Je ne vous vois pas facilement désarçonnée.

6

– Oh! la voiture de Patrick dit Inez, désolée, au moment où Val se rangeait à quelques mètres de la petite porte. Mais le voilà lui-même.

– Parfait! Je lui raconte mon histoire et je retourne à la maison, décida Val.

Lui, au moins, n'avait absolument pas l'air gêné ou coupable. Après tout, il avait raison, se dit Inez avec fermeté. Mais elle se sentait quand même mal à l'aise. Patrick faisait les cent pas, de cette allure impatiente qui était la sienne quand quelque chose le préoccupait.

Il fit demi-tour quand Val coupa le contact et s'avança vers la voiture.

— Val! Tu ne manques pas de toupet de mettre l'embargo sur ma fiancée. Je vais la chercher à West Wheystone... pour apprendre qu'elle était partie avec toi. Je passe au pavillon des infirmières il y a une heure pour m'entendre dire avec ravissement qu'elle avait rendez-vous ici avec un type qui était parti en voiture avec elle.

— Désolé, mon vieux! dit Val, nullement ému. Je voulais dire un mot à Inez.

— Un seul? A en juger par le temps pendant lequel j'ai piétiné ici, tu as dû lui en dire pas mal!

Val sortit de sa voiture sans se presser et sourit à son frère :

— Il n'y a pas eu de mal. Je te la ramène intacte.

Patrick n'offrit aucun commentaire à cela. Les regardant tour à tour, Inez songeait combien ils étaient semblables et dissemblables en même temps. Grands tous les deux, Patrick était mince, alors que Val était assez corpulent. Patrick avait les cheveux bruns à reflets de bronze. Ceux de Val étaient roux. Les traits de Patrick étaient presque trop incisifs et sa peau semblait trop tendue sur ses pommettes hautes et creuses. Val avait les traits plus épais. Son visage était carré, avec un menton ferme. Il était détendu alors que Patrick était toujours sur les nerfs. Sourire paraissait être aussi naturel pour Val que froncer les sourcils pour Patrick.

Et, cependant, sous cette apparence différente, ils avaient tous les deux la même détermination. Tous deux chérissaient des idéaux, pour lesquels ils auraient consenti n'importe quel sacrifice.

Ils étaient tous deux un peu plus grands que la moyenne. Leur capacité émotionnelle était en proportion.

Inez les regardait avec fierté et affection. Elle avait conscience de leurs qualités essentielles, mais également conscience que de tels hommes exigeaient beaucoup de la femme qu'ils aimaient.

— Nos projets ont été tant soit peu bousculés, expliquait Val. Oncle Lawrence part passer six semaines en Suisse. J'ai demandé à Inez de veiller sur Evelyn.

Puis, avec le plus grand naturel, il parla en détail de ce qu'il comptait faire de sa femme et de ses enfants. Il mentionna seulement au passage son travail en Afrique.

Patrick s'apprêtant à protester, il ajouta vivement :

— Je suis père de famille, à présent. Je ne puis me permettre de refuser une fort belle offre. Je dois penser aux futures études du garçon. Je voyage par avion. Sauf imprévu, je ne serai pas absent plus d'un mois.

— Je suppose que tu sais ce que tu as à faire, admit Patrick avec ce manque d'intérêt qu'il affectait de montrer pour les affaires des autres. Evidemment, tu ne peux pas parquer ta famille aux *Sources*. Père n'est pas en état d'avoir deux petits-enfants dans les jambes et Béatrice ne saurait que faire.

— Je me sentirai autrement plus heureux sachant que tu seras là avec Inez pour veiller sur eux, dit Val calmement.

— Inez et moi, nous travaillons à Saint-Chad. Nous n'aurons pas le temps de nous précipiter à West Wheystone chaque fois qu'Evelyn perdra la tête parce qu'un de ses enfants percera une dent.

— Oh, bien sûr! Je sais que vous ne resterez pas toujours avec elle pour lui tenir la main. Elle le sait aussi. Elle se débrouillera. Mme Raine s'est fort aimablement proposée pour la guider, au début. Tu as de la chance. Pat, ta future belle-mère est charmante.

Patrick haussa les épaules.

– Je la connais à peine, dit-il avec gêne. Le Dr Raine est un médecin remarquable. Evelyn peut se fier à lui.

– J'y ai pensé. Pour dire vrai, le petit nous a un peu inquiétés. Il a été très agité ces derniers jours, ce qui ne lui ressemble pas du tout. C'était la chaleur d'après le Dr Chilton.

– Probablement, dit Patrick. Evelyn s'agite beaucoup trop pour rien.

Inez se mordit les lèvres. Elle aurait voulu dire à Patrick d'être un peu plus aimable, plus rassurant, mais il ne savait évidemment pas ce que Val avait en tête. Sa réaction pour les projets de son frère était la même que celle qu'elle avait eue. A première vue, Val attendait tranquillement d'eux qu'ils veillent sur sa famille pendant qu'il partait pour retirer un joli profit d'une belle affaire.

Patrick n'exprima pas tout haut ce qu'il pensait, mais le pli de ses lèvres ne trompait pas. Au grand soulagement d'Inez, Val ne parut pas le moins du monde ennuyé. Il connaissait sans aucun doute beaucoup mieux Patrick que celui-ci ne le connaissait. Il savait pouvoir compter sur lui en cas de crise.

– Il faut que je file maintenant, sans quoi je ne serai pas à la maison avant l'aube, dit Val, enjoué. Merci mille fois, vous deux! Je vous ferai savoir le jour de l'arrivée de la famille aux *Châtaigniers.*

– Oui, n'y manquez pas. Maman leur préparera tout et je serai là, si je le peux, promit Inez.

– Formidable!

Val se pencha et lui déposa un baiser sur le front.

– Il n'y a pas à se tracasser!

Elle fit effort pour sourire.

– Dites mon affection à Evelyn! cria-t-elle comme il regagnait son siège.

Mais une horrible crainte l'assaillait. Pourquoi lui avait-elle parlé de son fantôme revenant errer dans la campagne anglaise? Elle avait dit cela sans presque y penser. Etait-ce vrai que l'on voit l'ombre des événements à venir?

La grosse voiture s'éloigna très vite. Inez dut lutter contre l'impulsion qui la poussait à courir après, criant à Val de ne pas partir.

– Quel culot! commenta Patrick. Veiller sur Evelyn, tout simplement. N'en avez-vous pas déjà fait assez!

– Il n'avait personne d'autre à qui le demander! protesta Inez.

– Mais, bon sang, Evelyn n'est plus une enfant. Elle est mère de famille.

– Oui, mais elle appartient à cette catégorie de femmes qui ont besoin d'être protégées.

– Nous avons tout de même autre chose à faire que discuter les petits problèmes de Val et d'Evelyn. Vous rendez-vous compte que je cherche à vous joindre depuis des heures!

– Je suis navrée. Mais ce n'est pas de ma faute.

– Vous auriez pu me laisser un message. J'étais là, à tourner en rond, à me demander avec qui vous étiez... ce que...

Il s'interrompit brusquement.

– Vous auriez pu penser à Val, dit-elle vivement. Vous n'avez tout de même pas imaginé que j'étais sortie avec Chris?

– Je ne sais pas ce que j'ai imaginé. Tout ce que je sais, c'est que j'avais une envie désespérée de vous avoir avec moi et que vous n'étiez pas là. Venez! Partons!

Il ouvrit la portière de sa voiture pour elle, puis se recula, comme un chauffeur, sans lui tendre la main. Elle se glissa sur le siège, réprimant un soupir. Il n'était tout de même pas jaloux de Val?

Patrick se mit au volant, les sourcils froncés au point qu'ils se rejoignaient presque à la racine du nez. Il arborait cet air sombre qu'elle avait appris à craindre.

– Tu m'appartiens, dit-il brusquement, avec sauvagerie. A moi seul... ni à ma famille ni à la tienne!

– ... Toi qui portes le pavillon rouge de mon cœur, cita-t-elle doucement.

Les traits figés de Patrick se détendirent aussitôt :

– Exactement! C'est cela... ne l'oublie pas.

– Comment le pourrais-je! (Elle s'adossa à la banquette.) Mon Dieu, quelle journée étouffante!

– Oui. Où allons-nous?

– Où tu voudras.

– Au bord de la rivière? Un bain me ferait du bien.

– Oh, à moi aussi! Je connais un endroit. C'est ma plage secrète.

– Où cela?

– Une toute petite crique que j'ai découverte étant enfant. J'ai décidé qu'elle m'appartenait. Elle n'est pas d'accès très facile, mais cela en vaut la peine. Je n'y ai jamais vu personne.

– L'endroit idéal! Par où faut-il passer?

– Direction West Wheystone. Ensuite, je te guiderai.

Patrick conduisit avec sa maîtrise habituelle, puis ralentit à l'entrée d'un sentier étroit bordé de grandes haies. Des fougères et des branches de chèvrefeuille giflaient la voiture au passage. De l'herbe croissait au centre du chemin qui finit par n'être plus qu'une piste cahoteuse.

– La lune se lève! J'adore me baigner au clair de lune, dit Inez joyeuse. Et toi?

– Oui. Le clair de lune me fera oublier la chaleur et l'agitation de la journée. Comme toi.

Une clôture marqua la fin du sentier et l'entrée d'une ferme.

– Arrête-toi. Maintenant, il va falloir marcher, dit la jeune fille.

Patrick obéit, puis se pencha par-dessus le dossier de son siège pour prendre serviette et slip de bain sur la banquette arrière.

– Oh, mon Dieu! s'écria Inez. Je n'ai pas mon maillot.

– Est-ce très important?

– Non.

Après le ton qu'il avait eu pour dire « comme toi », elle ne pouvait gâcher cet interlude.

Une lumière brillait aux fenêtres de la chambre, à la ferme. Le sentier était envahi par la végétation et les branches se rejoignaient pour former une voûte. Les Tuckett, propriétaires de la ferme, passaient rarement par là. Couple d'un certain âge, clients du Dr Raine, les bains de minuit n'étaient pas pour eux.

Inez sortit de la voiture et s'étira. L'air, très calme, embaumait le chèvrefeuille. La lune brillait dans un ciel sans nuages. Les ennuis, les problèmes de la journée semblaient soudain très loin.

Patrick ferma doucement les portières de la voiture. Puis il glissa la main de la jeune fille sous son bras, ses doigts enlaçant fermement les siens.

Du même pas, ils descendirent le sentier, en silence, les mots étant inutiles. L'herbe douce et humide caressait les chevilles d'Inez. Le chèvrefeuille festonnant les haies semblait exhaler sa douceur à la seule intention des deux jeunes gens.

Quelle sensation délicieuse d'évasion, songeait Inez. Personne pour les surveiller, pour chuchoter. La nuit, le clair de lune leur appartenait.

Il faudrait toujours des instants comme celui-ci pour compenser tous les autres, qu'ils ne pouvaient partager. Patrick, elle le sentait, était aussi profondément conscient d'elle, qu'elle de lui. Il lui semblait percevoir les battements de son pouls au bout de ses doigts.

Combien de fois avait-elle dégringolé ce sentier pour aller nager sans jamais imaginer l'homme qui, un jour, l'accompagnerait! Elle avait parcouru un long chemin depuis la dernière fois qu'elle était passée par là.

— Je n'ai jamais emmené personne ici, dit-elle, impulsivement. Je devais, inconsciemment, te le réserver.

— Jamais personne?

— Non. C'était ma plage secrète.

— Je suis heureux... d'être le premier, dit-il très bas.

— Le premier... et le dernier.

Le sentier s'arrêtait au bord de l'eau, à un endroit qui longtemps auparavant avait servi d'abreuvoir au bétail. Les deux jeunes gens émergèrent du tunnel de verdure, en plein clair de lune. L'eau semblait pailletée comme un bac d'argent.

— Ce n'est pas profond au bord, mais cela descend très vite. Attention aux arbres, prévint la jeune fille, car les aulnes encadraient la petite clairière, surplombant la rive.

Elle déboutonna sa robe, l'enleva ainsi que sa combinaison. Elle ne portait en dessous qu'un minuscule slip et un soutien-gorge de nylon noir. Sous les rayons de lune, elle semblait noire et blanche : cheveux noirs, soutien-gorge et slip noirs, longues jambes et minces bras blancs.

— Tu es merveilleusement belle, dit Patrick d'une voix sourde.

Il la prit entre ses bras, la serra avec force contre lui et, renversant sa tête, écrasa sa bouche sous la sienne. Une chaude vague d'amour la souleva vers lui. Elle lui passa ses bras nus autour du cou, se pressa contre lui. Puis elle se dégagea, en riant.

— Allons nous baigner!

Il la laissa aller et, gracieuse, elle descendit jusqu'à l'eau. Elle était fraîche mais pas froide. On eût dit de la soie. Inez plongea puis réapparut dans une flaque de lune. Elle était loin de la petite crique lorsque Patrick la rejoignit. Ils nagèrent côte à côte en parfaite harmonie.

Ils remontèrent le courant jusqu'à ce qu'Inez commençât de sentir une légère fatigue. Elle fit alors demi-tour et Patrick l'imita. Ils se laissèrent glisser lentement, tout était d'un calme tellement enchanteur que la jeune fille répugnait à sortir de l'eau.

– N'attendons pas d'avoir froid, décida enfin Patrick.

Il prit la main d'Inez et la tira sur la berge. Puis il attrapa sa serviette et entreprit de la frictionner. Elle s'appuyait contre lui, éprouvant une sensation nouvelle et délicieuse au contact de ses mains. Elle se laissa enfin tomber par terre avec un profond soupir involontaire.

Patrick se sécha à son tour et se jeta à côté de la jeune fille qu'il prit entre ses bras. Elle dégagea une de ses mains pour caresser ses cheveux, son cou hâlé, puis elle posa les doigts sur son cœur qui battait très fort, pour elle, elle le savait.

– Inez, murmura-t-il, les lèvres sur ses paupières closes. Inez... Inez... toute la musique de ton nom.

– Mon amour, dit-elle, caressant sa gorge de sa bouche entrouverte. Ton menton pique... mais j'aime ça.

– Serre-toi contre moi, supplia-t-il. Tu n'es jamais assez près de moi. Je te veux, tout entière...

Elle se pressa davantage encore contre lui, chaude, confiante.

Quelques secondes passèrent, puis Patrick poussa un profond soupir.

– Tu n'as pas peur de moi, n'est-ce pas?

– Non.

– Pourquoi?

– Je t'aime. Je te connais. Je sais que tu ne voudrais pas tout gâcher.

– C'est un supplice, tu sais? Combien de temps devrons-nous attendre? Ne pouvons-nous pas nous marier le plus tôt possible?

– Je n'y ai pas encore pensé.

– Mais cela ne peut pas durer ainsi. Te rends-tu compte? Je t'aperçois à peine de temps à autre et puis, quand je t'ai contre moi, il faut que je te laisse repartir aussitôt. C'est trop demander.

– Oui, dit-elle lentement. Oui, je suis désolée, Patrick. Je n'avais pas compris que ce serait comme ça. Jamais encore je n'ai été bouleversée, brûlante à ce point.

– De plus, ajouta-t-il en se redressant sur un coude pour pouvoir la regarder dans les yeux, c'est extrêmement dangereux. Tu es belle et désirable au delà de toute expression... mais il y a autre chose. Tu es dans mon sang... dans mon cœur... dans tout mon être. Sans toi, je ne vis qu'à moitié. Je veux savoir que tu m'appartiens... totalement et pour toujours.

– Oui. C'est aussi ce que je ressens. Cela pourrait être, maintenant... mais ensuite tu te tourmenterais.

– Pas toi?

– Pas autant que toi. Je ferais n'importe quoi pour te donner la paix et la certitude dont tu as besoin. Mais cela ne réussirait pas. Tu aurais honte et tu me rendrais honteuse.

– Tu me connais mieux que personne ne m'a jamais connu, dit-il en dégageant son front de ses cheveux mouillés. Je ne peux pas suppporter de te laisser partir, mais ce serait pire encore de sentir que j'ai profité de ton amour. Ne pouvons-nous pas nous sauver la semaine prochaine et nous marier? Je puis obtenir une licence spéciale et nous irions à la maison.

– Oh, non! Notre mariage doit se faire à West

Wheystone, dans l'église paroissiale. C'est là que j'ai été baptisée et que j'ai fait ma première communion. Maman serait désespérée si je ne me mariais pas ici.

— Oh, mon Dieu! Avons-nous besoin de toute une cérémonie? Je préférerais de beaucoup être marié par oncle Lawrence, sans aucun invité.

— Mon chéri, je sais très bien. Mais... nous ne pouvons pas, d'un seul coup, rayer nos deux familles. Personne ne comprendrait. Tout le monde serait extrêmement déçu. Nous pouvons avoir un mariage très simple et demander l'assistance du père d'Evelyn, mais cela doit avoir lieu à West Wheystone.

— Bien, mais le plus tôt possible, n'est-ce pas?

— Oui. Disons, au début de septembre. Oncle Lawrence sera revenu de Suisse et Val sera rentré lui aussi.

— Cela fait près de six semaines à attendre.

— Nous passerons ensemble toutes les autres semaines de notre vie.

Il soupira de nouveau, et elle attira sa tête contre son épaule nue. Elle le connaissait. Elle savait combien un grand mariage conventionnel lui déplaisait. Mais cependant, par respect pour ses parents, elle ne pouvait pas les exclure et se marier ailleurs que chez elle.

— Tu as raison... comme d'habitude, dit soudain Patrick. Pas de mariage à la sauvette pour toi. Rien qui donne prise aux bavardages. Tu porteras le satin blanc traditionnel et je trouverai le courage de subir l'épreuve.

— Merci, mon chéri. Ce n'est qu'une journée. Une journée que je dois à mes parents.

Doucement, elle lui caressait les cheveux et le cou. Peu à peu, elle le sentit qui se détendait contre elle. La lune s'était éloignée, les laissant dans l'ombre. Inez sentait la chaleur des bras de Patrick contre elle. Il commença à respirer régulièrement, doucement, comme un enfant fatigué. Et la jeune fille comprit, dans un grand élan de tendresse et de compassion, qu'il venait de s'assoupir.

Il devait être épuisé. La semaine avait été très dure et la fatigue avait dû l'empêcher de dormir calmement. La journée avait été pire que toutes les autres et, de plus, il n'avait pas réussi dans ses efforts pour rejoindre sa fiancée. Et voilà qu'inconsciente du danger elle le soumettait à une dure épreuve. Elle avait fait miroiter le repos, la paix devant ses yeux, puis elle avait tout repris.

Sous ses dehors d'extrême réserve, il était exclusif et passionné. Elle n'avait pas prévu que le même flot impétueux l'emporterait, elle aussi. Elle avait désiré soudain se donner à lui, répondre à des caresses dont elle avait envie. Elle n'aurait pas hésité à lui appartenir. Et cependant, pour lui, elle avait compris qu'il ne le fallait pas.

Il obéissait à des règles strictes, absolues; les mêmes que celles selon lesquelles elle avait été élevée. Certaines choses ne se faisaient pas. Patrick tenait aux traditions, davantage qu'elle encore. Quel que fût son horreur du monde et de ses conventions, il serait heureux, plus tard, qu'elle fût venue à lui en blanc immaculé, ouvertement, cérémonieusement.

A sentir sa tête au creux de son épaule, l'impression qu'elle avait déjà de le protéger augmenta. Par certains points, il était d'une vulnérabilité touchante. Fait curieux à ses yeux, il était moins sûr d'elle, qu'elle de lui. Il était hanté par la peur de la perdre. Il ne pouvait croire que, lui ayant donné son amour, c'était pour toujours. Il ne trouverait la paix de l'esprit qu'après leur mariage.

Ses parents lui demanderaient d'attendre. Ils ne seraient sûrement pas d'accord pour de si courtes fiançailles. C'est avec sa mère surtout qu'il faudrait agir avec précaution. Evelyn serait peut-être une aide. En la voyant tellement dépendante de son mari et de ses enfants, Molly comprendrait peut-être le peu de fondement du vieux scandale. Peut-être Evelyn lui en parlerait-elle. Pour elle, il s'était agi d'un amour de jeunesse, à moitié oublié. Elle était parfaitement à son aise avec Patrick à présent. Elle était revenue à l'affection de la petite sœur pour le grand frère de son enfance.

En amenant sa femme à West Wheystone, Val avait agi avec son bon sens habituel. Il était beaucoup plus subtil qu'Inez ne l'aurait cru. Il entendait ne rien laisser dans l'ombre. Evelyn renouerait avec Rosemary et ses autres anciennes relations de Saint-Chad. Personne, la voyant aujourd'hui, ne se risquerait à faire revivre le passé. Que l'on mentionne l'amour d'autrefois et Evelyn rirait avec le naturel qui lui était propre.

Inez commençait à sentir une légère crampe, mais elle ne bougea pas. Le poids de la tête de Patrick sur son épaule lui procurait une douleur délicieuse. Pour la première fois, elle éprouva une tendresse maternelle. Jamais elle n'avait bêtifié devant un bébé. Elle savait à présent qu'elle voudrait un fils. L'enfant de Patrick.

Soudain, il remua la main, resserrant ses doigts sur ceux de la jeune fille. Puis il se redressa en sursaut :

– Seigneur! Ai-je dormi?

– Un petit peu.

– Pourquoi ne m'as-tu pas réveillé? Tu dois être glacée jusqu'aux os.

– Oh, non! J'ai bien chaud.

– Je suis absolument navré. Quelle heure est-il? Il doit être très tard.

Il bondit sur ses pieds et chercha sa montre dans la poche de sa veste. Puis il la regarda, incrédule.

– Ce n'est pas possible! Il est minuit passé!

– Cela ne m'étonne pas.

– La porte de l'hôpital va être fermée. Je vais te conduire chez toi, mais que vont penser tes parents?

– Je dois rentrer à l'hôpital. Je suis de service à 8 heures.

Son soutien-gorge et son slip avaient séché sur elle, mais la rosée avait amolli sa robe.

– Comment vas-tu faire? Comment puis-je t'aider?

– Je me débrouillerai. Ne gâche pas ma merveilleuse soirée en te tracassant, dit-elle d'un ton léger.

Patrick enfila son pantalon sur son caleçon de bain. Il prit sa veste, la tendit à la jeune fille.

– Tiens, enfile-la. Elle te réchauffera. Oh, bon sang, je t'ai mise dans de beaux draps! Si on t'entend, tout le monde racontera des histoires.

– Je ne réveillerai personne.

Il craignait, elle le comprenait, que la même histoire qu'autrefois se reproduise.

– J'escaladerai la petite porte et je grimperai jusqu'à ma chambre.

– Mais c'est impossible!

– Mais non. Je grimpe comme un chat et je laisse toujours ma fenêtre ouverte.

– A quel étage est-elle?

– Au premier seulement.

– Mais si tu glissais! Et l'échelle d'incendie?

– Elle n'est pas là, mais il y a une vigne vierge très bien placée. J'y arriverai. Ne te fais pas de bile! Personne ne saura que je n'étais pas bien sagement entre mes draps longtemps avant minuit.

– Je ne veux pas te voir courir de risques. J'aime mieux des commérages qu'un membre cassé.

– Il n'y aura ni l'un ni l'autre, répondit-elle gravement. Prêt?

– Tu es unique, dit Patrick en lui prenant le bras. La plupart des filles seraient furieuses et feraient une histoire à tout casser.

– Je ne vois pas pourquoi. Cela en valait la peine.

– Pour moi, certainement.

L'herbe était froide à présent contre les chevilles d'Inez et la jeune fille serrait avec reconnaissance la veste de Patrick sur ses bras glacés. Elle préférait ne pas trop penser à la façon dont elle réussirait à regagner sa chambre, mais inutile d'ajouter à l'inquiétude de Patrick.

La voiture partit au quart de tour.

— Veux-tu que je vienne avec toi pour t'aider à monter? demanda-t-il quand ils arrivèrent à la petite porte de l'hôpital.

— Mon Dieu, non! Ce serait pire que tout, si l'on nous surprenait. Je me débrouillerai.

Ils échangèrent un baiser rapide et ardent. Puis Patrick hissa la jeune fille sur le haut de la petite porte. Elle passa ses jambes par-dessus, agita la main et se laissa retomber légèrement de l'autre côté.

Elle courut tout au long du sentier, ne sachant si elle devait se féliciter ou se lamenter que Saint-Chad fût baigné de lune. Cela faciliterait son ascension, mais la désignerait aussi à l'attention de n'importe qui regardant par la fenêtre. L'équipe de nuit prenait le frais parfois. Cependant, il était invraisemblable qu'on puisse la reconnaître de loin.

La vigne vierge qui garnissait la façade du pavillon des infirmières était vieille et solide. Du moins, Inez croyait en sa robustesse. Les portes de secours étaient soigneusement fermées à clef pour prévenir toutes allées et venues nocturnes. A moins d'avoir une autorisation spéciale, être dehors après minuit était considéré comme un crime aux yeux de l'infirmière-major.

Inez éprouva la vigne, sous sa fenêtre. Elle lui parut solide. Elle commença son escalade, avec précaution. A mi-chemin, la plante commença à se détacher du mur, les branches s'amenuisèrent. Inez chercha désespérément un point d'appui sur les pierres rugueuses du mur. Elle parvint au prix d'un terrible effort à agripper, d'une main, le rebord de sa fenêtre. Puis, à son désespoir, elle ne put progresser davantage. Impossible de sauter jusqu'au rebord, impossible de compter sur la vigne chancelante.

– Tu es folle! chuchota une voix au-dessus de sa tête.

Sans doute avait-elle des nerfs d'acier : elle ne sursauta, ni se laissa choir. Levant les yeux, elle aperçut un visage familier à sa fenêtre.

– Rosemary! Dieu soit loué! c'est toi. Aide-moi.

Rosemary se pencha et, non sans difficulté, parvint à glisser les mains sous le bras levé d'Inez.

– Quand je te dirai « vas-y » jette-toi en arrière, dit Inez hors d'haleine. Prête? Vas-y!

Un coup de reins, les pieds, les mains! Et les deux jeunes filles atterrirent enfin sur le parquet de la chambre.

– Complètement cinglée! dit Rosemary en se frottant un coude.

– Excuse-moi, bredouilla Inez. Merci!

– L'amie dans le besoin! Je joue mon rôle, grogna Rosemary, en se relevant avec peine. Heureusement que je t'attendais.

Inez s'était laissée tomber sur son lit, haletante.

– Comment cela?

– J'ai pensé que tu pourrais avoir besoin de quelqu'un pour rassembler les morceaux. Notre M. Elbure était plutôt d'humeur belliqueuse quand une petite garce lui a dit, en se léchant les babines, que tu étais partie en voiture avec un homme.

– Oh!

– Il a dit autre chose, lui. J'ai eu la désagréable impression qu'il allait assassiner ton Christopher, expliqua Rosemary avec une jovialité très mal feinte. Comme tu ne revenais pas, je commençais à me demander si vous n'étiez pas en train de vous débarrasser du cadavre.

– Idiote!

– Toi, pas moi. Franchement, Inez, je trouve que tu pourrais laisser Christopher tranquille maintenant.

– Je ne l'ai pas vu depuis le week-end dernier. Si tu t'intéresses à son bien-être, tu ferais bien de te dépêcher.

– Que veux-tu dire?

Dans sa robe de chambre beige, ses cheveux enroulés sur des bigoudis et dépourvue de tout maquillage, Rosemary était rien moins que romantique. L'anxiété de sa voix la trahit.

– Chris avait un rendez-vous à l'exposition florale de Saxham... avec Sainte Ursula.

– Non! bredouilla Rosemary. Oh, non!

– Tout à fait d'accord.

– Mais qu'est-ce que cela signifie? Sainte Ursula ne s'intéresse pas à un médecin de campagne.

– Je l'ignore. Je n'aime pas ça, c'est tout.

Le visage carré de Rosemary avait une expression sombre très inhabituelle. Elle regarda Inez avec reproche :

– Tu n'aurais pas dû le laisser tomber. Il est capable de faire d'énormes bêtises, maintenant.

– J'espère que non. C'est un garçon équilibré, qui a le sens pratique. Cette histoire avec Sainte Ursula n'est qu'une façon de me rendre la monnaie de ma pièce, dit lentement Inez.

– Bon. Je vais essayer de fermer l'œil. Je suis de service à 8 heures.

– Moi aussi. Je suis navrée de t'avoir empêchée de dormir... et enchantée de t'avoir eue sous la main.

– Oublie ça, répondit Rosemary avec une légèreté forcée. Qui était ton ravisseur?

– Seulement Val. Il part pour l'étranger et il installe Evelyn à West Wheystone.

– Mon Dieu! Est-ce bien raisonnable?

– Je le crois. Je te raconterai tout plus tard. Tu te trouveras forcée d'aider à veiller sur Evelyn.

– Je serai d'attaque. Pourquoi t'a-t-il gardée si tard?

– Ce n'est pas lui. J'étais avec Patrick. Mais que cela reste strictement entre nous.

– Bien sûr!

7

– Navrée que le comité d'accueil ait été retardé. Nous n'avons pas pu arriver plus tôt. Nous étions toutes les deux de service jusqu'à 5 heures, dit Inez, installant sa bicyclette contre la barrière bleu ciel des *Châtaigniers*. Val est parti?

– Oui, répondit Evelyn, morose. Nous sommes arrivés ce matin et il est reparti aussitôt après le déjeuner. Je suis heureuse de vous voir. Je me sens tellement perdue.

– Allons, du courage! Un mois, c'est vite passé. (Inez l'embrassa affectueusement, puis elle s'écarta :) Voici Rosemary! Elle a adhéré à la société.

– Quelle société?

– « De surveillance sur Evelyn »!

– Rosemary! Oh, que c'est gentil! J'ai l'impression qu'il y a des années qu'on ne s'est vues! s'écria Evelyn avec chaleur.

– Mais c'est la stricte vérité, répondit Rosemary sans ambages. C'est gentil à vous de me reconnaître.

– Oh, vous n'avez pas changé du tout! Venez voir ma famille! Mme Raine fait le thé. Votre mère est un ange, Inez. Elle avait tout préparé pour notre arrivée.

– Bien, répondit Inez.

Elle ne s'était pas trompée en pensant pouvoir compter sur sa mère. Malgré son préjugé contre « ces Elbure », elle avait été conquise par Val et sans doute avait-elle ouvert son cœur à sa femme.

Inez entra la première dans la maison.

— Ah, c'est toi, ma chérie! dit Molly. Je suis heureuse que tu sois enfin là.

Elle avait pris possession de la cuisine, elle disposait un gâteau de sa fabrication sur un plat fleuri et la bouilloire chantait joyeusement.

— Où étais-tu quand Val est parti?

— Je leur ai apporté à déjeuner et je suis revenue immédiatement après son départ. J'ai cru qu'elle ne s'arrêterait jamais de pleurer, pauvre petite! Prends le plateau, veux-tu. J'apporte le thé.

Inez transporta un plateau abondamment garni dans le salon-salle à manger. C'était une pièce de bonnes dimensions, meublée avec simplicité et confort. Mais il y régnait déjà un aspect désordonné. Des paquets, des vêtements, des jouets étaient éparpillés un peu partout. Un berceau transportable se trouvait sous la fenêtre, occupé par la petite Raine qui y dormait bien tranquillement.

— N'est-elle pas jolie? disait Evelyn à Rosemary. Regardez ses cheveux! Ils bouclent!

— Oui, elle est très mignonne, approuva Rosemary avec chaleur mais ses yeux noisette étaient tristes.

Déjà, Inez avait eu l'occasion de remarquer l'amour que portait son amie aux enfants. Elle avait peu d'espoir, à presque trente ans, d'avoir un mari et des enfants à elle. Quelle injustice! Rosemary aurait été une femme et une mère admirables; pourquoi Chris ne s'en rendait-il pas compte?

Rosemary était en beauté cet après-midi. Elle avait suivi les conseils d'Inez quant à sa coiffure et soigné son maquillage. Cependant, elle avait choisi une robe à fond beige, ornée d'énormes fleurs roses, qui l'élargissait et la raccourcissait. Par comparaison, Evelyn semblait d'une minceur extrême. Elle avait perdu du poids depuis la naissance du bébé. Sa robe verte flottait sur elle. Elle avait les paupières rougies et des cernes sous les yeux. Mais cela n'entamait en rien sa joliesse et le fait de bavarder avec Rosemary l'animait.

Elle riait quand Mme Raine entra dans la pièce avec la théière... et Chris.

– Voilà Chris, pour vous souhaiter la bienvenue! dit Molly, joyeuse. L'assistant de mon mari, le Dr Denyer. Chris, voici Evelyn Elbure.

Un instant, le jeune homme resta à regarder Evelyn avec stupeur.

– Jamais je n'aurais cru cela possible! s'écria-t-il enfin. Inez et vous, vous pourriez être jumelles!

– Oh, non! Il n'y a guère que nos sourcils qui ont été taillés d'après le même patron, répondit gaiement Evelyn.

– Mais vous avez le même teint, la même silhouette, persista-t-il, incrédule. Vous devez être parentes.

– Nous le serons bientôt, j'en suis heureuse, dit Evelyn en souriant à Inez.

– C'est extraordinaire!

Chris s'avança pour prendre la main tendue de la jeune femme et Inez regretta soudain que Val n'ait pas été là pour cette première rencontre. Chris la regardait avec une admiration évidente. Elle était inconsciente de son charme, mais ce serait quand même désastreux s'il tombait amoureux d'elle.

Un gémissement venu de la chambre à coucher fit sursauter la jeune femme qui se précipita pour prendre son fils. Le jeune Willoughby, surnommé par son père petit Willie, était un bébé placide, aux joues roses.

– Voulez-vous que je vous aide? demanda Inez en suivant Evelyn. Comment va mon futur neveu?

– Oh, il a vomi! Le voyage l'a bouleversé. Et il ne supporte pas la chaleur. Il est agité depuis quelque temps. Oh, mon Dieu, comme il est sale!

– Je l'emporte dans la salle de bains et je le débarbouille pendant que vous lui cherchez des affaires propres. Viens avec ta tante, mon vieux!

L'enfant avait perdu les belles couleurs qu'Inez lui connaissait et ses boucles pendaient tristement. Il pleurait, lamentable.

Les enfants passaient vite d'un extrême à l'autre et la chaleur incommodait beaucoup d'entre eux, se disait Inez en déshabillant le petit garçon et en le lavant. Il n'y avait pas de raison de s'alarmer.

– A-t-il la fièvre? demanda Evelyn anxieuse, en apportant du linge propre.

Elle posa sa main sur le front du bébé qui la repoussa en poussant un cri perçant.

– Qu'as-tu, mon trésor? Oh, mon Dieu! Croyez-vous qu'il ait attrapé une insolation?

– Je ne le pense pas. Il n'a pas de coup de soleil.

Inez trempa l'éponge dans l'eau froide et l'appuya sur le petit front brûlant.

– Je me demande ce que je ferai s'il est malade pendant l'absence de Val, gémit Evelyn, les lèvres tremblantes. Je ne voulais pas qu'il parte. Il m'a dit qu'il fallait songer à l'avenir des enfants. Je ne comprends pas qu'il ait à s'en occuper maintenant. Ce n'est pas comme si on ne lui offrait jamais de travail. Rien ne l'obligeait à partir pour l'Afrique.

– Son absence ne sera pas longue. Et vous pouvez vous fier à mon père. C'est un excellent médecin pour enfants. Si Willie est encore mal fichu demain, demandez-lui de l'examiner.

– Je ne pense pas qu'il ait grand-chose, répondit vivement Evelyn. J'ai fait venir le Dr Chilton la semaine dernière et il m'a dit : « Oh, ces jeunes mères!

Les infirmières sont aussi déraisonnables que les autres. » Mais je ne suis pas une infirmière-née comme vous!

– Je suis fille de médecin et je ressemble à mon père. J'ai commencé à l'aider au dispensaire alors que j'avais à peine neuf ans.

– Votre mère est très différente, n'est-ce pas?

– Oh, oui. Elle est maternelle, elle adore sa maison. Elle était faite pour avoir une famille nombreuse. Malheureusement, ma naissance a mis un terme à tous ses autres espoirs. Mon père n'a pas voulu qu'elle risque sa vie une fois de plus.

– Cela a dû être pénible pour elle. J'aimerais avoir beaucoup d'enfants, même s'ils sont une cause de soucis. Alors, ça va mieux, Willie? Viens maintenant.

Elle tendit la main à son fils, mais celui-ci enfouit sa tête dans l'épaule d'Inez.

– Je vous le porte, décida la jeune fille en se levant, l'enfant dans ses bras.

– Mais il sait très bien marcher, protesta Evelyn.

– Il a envie qu'on le dorlote un peu, n'est-ce pas, mon chéri? Peut-être est-il un peu jaloux de Raine. C'est normal. Quand un nouveau bébé arrive dans une maison, l'aîné veut, lui aussi, redevenir un nouveau-né. C'est une façon de s'assurer qu'on s'occupe de lui.

– Vraiment? Hier soir, il a donné une claque à Raine parce qu'elle pleurait.

– La jalousie est un sentiment primitif. Cela commence tôt.

– Oui. (Evelyn se rembrunit, puis dit d'un ton qu'elle voulait indifférent :) Comment va Ursula? Saitelle que je suis ici?

– Je l'ignore. Je ne le lui ai pas dit, en tout cas.

– Ne le faites pas, je vous en prie! Je ne veux pas la voir ici ni l'entendre faire des réflexions odieuses sur Val ou les enfants.

— Evelyn! Inez! Venez-vous? appela Mme Raine. J'ai servi le thé, il va être froid.

Christopher surveillait la porte et son premier regard fut pour Evelyn. Il lui avança une chaise et s'assit à côté d'elle. Rosemary et Inez échangèrent un coup d'œil ironique. Il y a certaines femmes qui ont le don d'éveiller l'esprit chevaleresque masculin. Evelyn était l'une d'elles. Inez, en toute objectivité, se savait tout aussi jolie qu'elle, mais ne faisait pas cet effet-là sur les hommes. Ils paraissaient sentir qu'elle n'éprouvait pas le besoin d'être dorlotée.

— Ah, voilà l'héritier! dit Rosemary comme Inez prenait place, Willie sur ses genoux. Mon Dieu, qu'il ressemble à son père!

Sa voix trahissait une envie inconsciente. Il avait été un temps, quelques années auparavant, où Rosemary avait nourri une secrète tendresse pour Val Elbure. C'était sans doute pour cela que Christopher l'attirait, à présent.

Pour beaucoup de gens, certains événements se répétaient. Au début, Patrick avait vu en Inez un double d'Evelyn. Christopher contemplait Evelyn comme s'il avait découvert une seconde Inez. Evelyn était sensible au charme de Chris comme si elle était attirée par la ressemblance superficielle qu'il offrait avec Val. Cependant, il n'existait pas deux êtres exactement semblables. C'était se vouer aux déceptions, aux désillusions, que tenter de faire revivre un être en quelqu'un d'autre. Inez était heureuse d'aimer Patrick pour ce qu'il était et non parce qu'il lui rappelait quelque amour perdu.

Willie, débarbouillé et changé, n'avait cependant pas retrouvé son habituelle bonne humeur. Mme Raine lui fit manger un peu de pain beurré. Il en avala une partie et recracha le reste.

— Peut-être préfères-tu du gâteau, mon chéri, tenta Molly.

Elle prit un morceau de cake recouvert de sucre glace et le coupa en deux à son intention.

Willie s'empara de l'un des morceaux de gâteau, se le fourra dans la bouche et, durant quelques secondes, le mâcha avec une satisfaction apparente. Puis il prit l'autre morceau et le jeta à sa mère.

– Il n'est pas aussi désagréable que cela d'habitude, dit Evelyn, consternée. Il est fatigué et énervé. Tiens-toi bien, Willie, et bois ton lait.

– Il faut que je retourne au dispensaire, constata Chris sans enthousiasme. Si vous avez besoin d'un coup de main, chère madame, dit-il à Evelyn, n'hésitez pas à m'appeler. Je suis en face. Au revoir, tout le monde!

– Il est absolument charmant, remarqua ingénument Evelyn quand la porte d'entrée claqua derrière lui.

– Oh, Chris est un ange! approuva Molly avec enthousiasme. Toujours gentil et de bonne humeur. Rien ne le rebute et les malades de mon mari l'adorent. Quel soulagement! Auparavant, quand nous avions un remplaçant, ou un assistant, les gens se plaignaient toujours. Chris a beaucoup de charme.

– Du charme, répéta Rosemary, songeuse. Oui. Il en a. De ce charme indéfinissable qui n'a rien à voir avec la beauté. Vous en avez aussi votre part, Lyn.

– Et moi pas, constata Inez d'un ton léger.

Evelyn protesta :

– Vous avez une énorme personnalité, c'est beaucoup plus important.

– Ce n'est pas l'avis des hommes, répliqua Rosemary.

– A l'exception de Pat, dit Evelyn.

Cela marqua un léger silence, de la nature de celui qui aurait salué l'arrivée soudaine de Patrick lui-même, songea Inez avec amertume. Pourquoi provoquait-il cette contrainte, ce froid?

– Je voulais qu'Inez épouse Chris, dit Molly rompant le silence du ton de défi d'un enfant délibérément insupportable.

– Vraiment? (Evelyn se tourna vers elle, compréhensive :) Cela ne me surprend pas. Il est extraordinairement séduisant. Mais, bien sûr, Patrick est formidable et il éprouve un amour dévorant pour Inez.

– C'est le mot, approuva Rosemary. Si Inez n'y prend garde, il la dévorera.

– Merci, mais je ne suis pas comestible, rétorqua Inez avec une légèreté forcée. Et je supporte très bien l'altitude.

– Voilà, c'est cela, dit Evelyn, intuitive. Que ce soit difficile ou non, vous grimperez avec Patrick, sans geindre, en pensant au doux coin de cheminée que vous auriez pu avoir.

8

– *De récentes nouvelles d'agitation nous parviennent d'Afrique. Un soulèvement a eu lieu ce matin de bonne heure au Bondo,* annonça le speaker d'une voix impersonnelle. *Nous ne disposons encore d'aucun détail, mais on croit savoir qu'il s'agit d'un soulèvement nationaliste et il y a eu de violentes manifestations anti-européennes.*

– Oh, arrêtez ça! cria-t-on de toute part et l'une des infirmières se leva pour obéir.

– Non. Attendez! intervint Inez d'un ton impérieux. Mais le brouhaha des conversations noya sa protestation.

Le temps qu'elle atteigne le poste de télévision et

remette le son, le speaker avait déjà prononcé plusieurs phrases qu'elle ne put entendre :

— *La police a tenté de disperser les manifestants, mais ils se sont regroupés et ont défilé dans les rues de Lungawayo en agitant des banderoles et en criant des slogans. Des vitrines ont été brisées un peu partout et on craint qu'il y ait des morts...*

Inez se sentit glacée. Val était à Lungawayo. Etait-il arrivé trop tard? Sa mission avait-elle échoué? Pire que tout, avait-il été mêlé à ces manifestations anti-européennes? *Nous ne disposons pas encore de détails.* Pourquoi?

Elle regardait fixement le speaker, inexpressif, bien habillé, comme pour le forcer à lui donner une réponse à ces questions, mais il passait déjà, doucement, aux nouvelles du jour et du pays.

— Oh, bouclez ça! demanda une tricoteuse qui comptait ses mailles à haute voix.

— Mes pauvres petites! Vous ne vous intéressez donc pas du tout à ce qui se passe dans le monde aujourd'hui? demanda sévèrement l'infirmière en chef Lassen. N'y a-t-il rien de surprenant à ce qu'il y ait tant de manifestations et de grèves un peu partout?

— Ayez donc un peu de cœur! Que voulez-vous qu'on y fasse? dit une élève infirmière de seconde année. Nous, au moins, on ne se met pas en grève. Et pourtant, Dieu sait que certaines surveillantes que je pourrais nommer poussent à la rébellion.

Cette remarque provoqua un éclat de rire général et un échange actif de griefs contre une partie des surveillantes. L'infirmière en chef Lassen crut de son devoir de les défendre.

— Le règlement, c'est le règlement. A vous autres, jeunes, tout est facilité. De mon temps... commença-t-elle pour se faire interrompre immédiatement par des élèves infirmières irrespectueuses.

– A bas la tyrannie! On n'a pas le droit de nous traiter comme si nous étions des sous-développées, s'écria l'une d'elles.

– La surveillante de la consultation me rend malade, poursuivit une infirmière transférée depuis peu à ce service. Savez-vous qu'elle fait attendre, pendant deux heures, sur un banc, des femmes enceintes à demi déshabillées. Ce sont tout de même des êtres humains! Je voudrais que vous voyiez leur tête chaque fois qu'un homme passe!

– Le temps d'un gynécologue est précieux. Nous ne pouvons nous permettre des retards inutiles, dit Kate Lassen d'un ton pincé.

– Oh, ça va! On n'a pas le droit de traiter des malades comme du bétail sur un champ de foire.

Inez se rassit, cherchant à rassembler ses idées. Fort heureusement, il n'y avait ni radio ni télévision aux *Châtaigniers*. Mais les journaux du lendemain annonceraient certainement la nouvelle. Cela ferait un choc terrible à Evelyn. Il faudrait que quelqu'un le lui atténue. Aux *Safrans,* serait-on au courant? Les Raine n'avaient pas de poste de télévision, mais le Dr Raine avait l'habitude d'écouter les nouvelles de 10 heures à la radio.

Peut-être serait-ce une bonne précaution de donner un coup de téléphone et de prévenir sa mère ou Chris. Autrement, ils ne feraient peut-être pas le rapport entre ces nouvelles d'émeute et Val.

Inez sortit dans le hall. Comme d'habitude, la cabine téléphonique était occupée et deux infirmières appuyées contre le mur attendaient leur tour. Inez ne se sentit pas le courage de se joindre à elles. Elle s'en fut chercher son porte-monnaie et se dirigea vers la cabine installée à l'extérieur, sous les hêtres, et baptisée le « Rendez-vous des amoureux » parce qu'elle servait surtout à celles qui ne voulaient pas qu'on entendît leur conversation ou qu'on notât la durée de celle-ci. La jeune fille fut soulagée de constater qu'elle était libre.

Ce fut sa mère qui lui répondit, elle eût préféré avoir affaire à son père ou à Chris. Molly Raine écoutait très rarement les nouvelles et ne faisait que parcourir les journaux. Ne pouvant apporter aucun remède aux affaires mondiales, elle préférait ne pas s'en occuper. Elle n'avait rien entendu au sujet des troubles au Bondo et s'en préoccupait peu.

– Ah, c'est là-bas que se trouve Val? Oh, il ne fera même pas attention à ce que font les indigènes, dit-elle placide.

– Je voudrais simplement que ces nouvelles n'affolent pas Evelyn.

– Elle n'achète pas de journaux. Elle se contente de jeter un coup d'œil sur les nôtres. Elle a reçu une lettre par avion de Val, hier. Il va très bien. Il y en a une pour toi, aussi.

– Oh, oui? Pourquoi ne me l'as-tu pas envoyée?

– Je pensais que ça pouvait attendre jusqu'à ce que tu sois là.

– Je t'en prie, poste-la demain à la première heure.

– Tu ne viendras pas?

– Cela me sera impossible avant vendredi. J'aurai l'après-midi et la soirée de libres. N'oublie pas de m'envoyer la lettre, maman. Et que Chris veille à ce qu'Evelyn ne s'alarme pas au sujet des nouvelles de Lungawayo.

– Pour le moment, elle est surtout inquiète au sujet de Willie. Il est tombé ce matin sur le seuil et il s'est fait très mal. Chris lui a fait trois points de suture. Willie a été très brave, mais Evelyn semblait sur le point de s'évanouir. Je suis restée avec elle tout l'après-midi, mais ton père n'aime pas que je sois trop longtemps loin du téléphone.

– Oui, bien sûr.

– Fais un effort pour venir, Inez. Les soirées sont affreuses pour Evelyn. Chris s'occupe d'elle, mais ton père estime qu'il ne faut pas qu'il le fasse trop à cause des bavardages.

– Oui. Chris doit se montrer prudent. Je suis navrée, maman, mais nous sommes très bousculées au service des accidentés, en ce moment.

– Je comprends très bien, mais tu n'es pas perpétuellement de service.

– Mais, voyons, quand je suis libre de 2 à 5 heures, c'est un peu pénible de faire l'aller et retour à bicyclette, surtout par cette chaleur!

– Pourquoi Patrick ne te conduit-il pas en voiture?

– Patrick n'a pas d'heures de service régulières. Et il fait des journées de douze heures la plupart du temps.

– Ce que c'est désagréable! Quand une jeune fille est fiancée, elle devrait pouvoir s'amuser. On te prive de beaucoup de choses, ma chérie. Il devrait penser à cela, dit Mme Raine d'un ton de reproche.

– Oh, maman, protesta Inez. Je ne tiens pas à ce que Patrick se tue à la tâche, mais je pense qu'il est beaucoup plus important qu'il puisse sauver des vies que de faire danser une jeune fille.

– Mon Dieu! Comme vous êtes bizarres et quelles fiançailles pénibles!

– Elles l'auraient été pour toi. Elles ne le sont pas pour moi. Mais cesse de te tracasser et à bientôt!

Inez raccrocha d'un coup sec. Elle n'aurait pas dû laisser s'engager la conversation sur ce terrain. Evidemment, cela n'avait rien de « confortable » que d'être fiancée à un homme comme Patrick. Mais c'était un grand honneur et un privilège. Il faisait sombre sous les hêtres touffus. La jeune fille cilla en sortant de la cabine éclairée. Puis elle poussa un cri léger en se sentant saisie par deux bras puissants.

Elle ne parla pas. N'importe où, elle aurait reconnu cette étreinte.

– Quelle chance! chuchota Patrick dans son oreille. Je sortais pour prendre ma voiture quand je t'ai reconnue, descendant l'allée.

– Tu m'as reconnue? A cette distance?

– Bien sûr! Mon cœur s'est mis à battre précipitamment et j'ai su que c'était toi, répondit-il, la voix assourdie. J'ai pensé à une chanson que ma mère me chantait :

Elle vient, ô mienne, ma douce;
Si léger que soit le fil,
Mon cœur l'entendra et battra...

» Jamais encore je n'avais compris ce que cela signifiait.

– Oh, mon bien-aimé!

Des larmes gonflaient ses paupières. C'était cela l'homme que sa mère appelait le « chirurgien sans âme »? Qui d'autre l'aurait reconnue de l'autre côté de la cour, dans la semi-obscurité? Qui d'autre l'aurait enlacée avec une telle passion et lui aurait cité le poème de Tennyson?

Elle jeta ses bras autour de son cou, le serrant encore davantage contre elle. Il baisa son front, ses paupières, ses lèvres comme s'il mourait de soif et qu'elle fût une source fraîche. Elle sentait son cœur battre contre sa poitrine. Tout son être frémissait en union avec lui.

Ils restèrent ainsi perdus pour le monde sous l'ombre des arbres pendant quelques secondes. Puis une voiture parut qui roulait à vive allure et ils furent pris par la lumière des phares. Ils se séparèrent et Patrick grommela.

– Impossible d'être tranquilles! Qui diable était-ce?

Il avait paru à Inez que le conducteur avait ralenti

délibérément en passant à côté d'eux. Ses joues s'empourprèrent.

– M. Larcher, dit-elle en regardant les feux rouges qui s'éloignaient.

– Ça m'aurait étonné.

– Cela a-t-il de l'importance? Après tout, il est marié.

– Et souhaiterait ne pas l'être, si l'on en croit les bavardages de vestiaires. Il m'en veut à cause de la petite Palmer.

– Zut, après tout! Sir Jeremy a insisté pour que tu t'occupes de Peggy. Il est à couteaux tirés avec Larcher.

– Ah! ces magouilles! Il a fallu qu'on me force à faire le travail d'un autre parce qu'il nous faut ménager sir Jeremy, dit Patrick sardonique. J'aurais dû refuser, mais j'étais sur place et Larcher participait à un tournoi de golf.

– Larcher le sait. Ne le laisse pas t'embêter.

– Je n'aime pas qu'on me surprenne. Il doit se tordre à présent. Cela va lui faire une bonne histoire à raconter. Les bavardages vont aller leur train.

– C'est la réaction normale. Les chirurgiens ont un métier dur. Ils éprouvent le besoin de se détendre avant et après leur travail.

– Pas moi.

– C'est pourquoi ils se précipitent sur l'occasion. Ta façon de tenir tout le monde à distance leur déplaît. Tu te refuses toujours à participer à leurs petits cancans.

– Je n'ai pas de temps pour ce genre de distraction. Je n'ai jamais éprouvé de jouissance particulière à mettre en pièces la réputation de quelqu'un.

Elle se tut. Elle savait, mieux que lui encore, qu'il était une cible idéale pour la jalousie et les mesquineries usuelles. Jamais il n'avait fait partie du troupeau et celui-ci lui en voulait de suivre sa voie personnelle, rectiligne. Il n'y avait rien à faire. Il ne pouvait, ou ne voulait pas fraterniser.

– Combien de temps nous faudra-t-il encore attendre? demanda-t-il brusquement en la serrant violemment contre lui. Une fois que tu seras ma femme, ces crétins pourront toujours dire ce qu'ils voudront.

– Nous n'avons rien préparé. Il faut trouver un endroit où habiter. Il y a bien ton appartement, mais...

– Non! s'écria-t-il. Pas là. Ça empeste Ursula.

– Où, alors?

– Si l'affaire Wellborough se fait, les cottages seront mis à la disposition du personnel de l'hôpital. Nous pourrions nous y installer, pour commencer. Ce serait pratique.

– Pour Saint-Chad, oui.

Elle ne put réprimer un sourire amer. Quand verrait-elle son mari s'ils habitaient sur les nouvelles propriétés de l'hôpital?

– Là... ou n'importe où. Trouve quelque chose qui te plaise, dit-il impatiemment. Tout ce que je veux, c'est que nous soyons ensemble.

– Je le sais. Mais nous devons attendre oncle Lawrence et Val. As-tu entendu les nouvelles, ce soir?

– Non. Quelles nouvelles?

Elle les lui dit. Il se contenta de hausser les épaules :

– Aucune importance. Si le soulèvement s'avère sérieux, la commission pliera bagage et regagnera l'Angleterre.

Patrick s'écarta vivement au bruit d'un nouveau moteur que l'on mettait en marche.

– C'est impossible! Accompagne-moi. Je vais chercher la voiture.

– Franchement, chéri, il vaut mieux pas. Il est tard et je n'oserai pas me fier à la vigne vierge une fois encore.

– Quelle barbe! Quand es-tu libre?

– Vendredi, mais j'ai promis d'aller à la maison.

Ils firent demi-tour et commencèrent de remonter l'allée, côte à côte. Une voiture les dépassa rapidement. A la lueur des phares, Inez vit que Patrick était sombre. Elle soupira. Serait-elle toujours tiraillée dans deux directions à la fois?

– Viens dans la soirée et nous irons ensemble quelque part, dit-elle obéissant à une impulsion.

– Est-ce une promesse? demanda-t-il, anxieux.

– Oui, répondit-elle sans hésiter bien qu'elle sût que sa mère protesterait.

– Enfin, une oasis en perspective, dit-il plus détendu.

– Pour moi aussi.

Ils étaient arrivés au bout de l'allée. Patrick prit les mains d'Inez entre les siennes, les serra avec force, puis s'éloigna à grands pas en direction de sa voiture. Inez l'imagina qui regagnait son appartement, froid, impersonnel, et elle soupira. Il était malheureux et tellement solitaire. Elle ne pouvait le faire attendre. Peu importait ce que ses parents diraient, ils se marieraient au début de septembre.

Elle resta debout, immobile sous les derniers hêtres. Patrick alluma ses phares et passa très lentement comme pour prolonger la dernière image qu'il aurait d'elle. Elle leva la main vers ses lèvres. Elle éprouvait une véritable douleur physique à voir sa voiture s'éloigner, disparaître dans l'obscurité. Jamais elle n'aurait cru que ce serait ainsi – merveilleusement douloureux. Où qu'allât Patrick, il emportait une partie d'elle. Quel que fût son désir d'indépendance, jamais plus elle ne serait complète sans Patrick.

Elle retourna lentement au pavillon des infirmières. La surveillante fixait une note au tableau.

– Vous êtes en retard, mademoiselle Raine, lui dit-elle en la regardant avec attention.

– J'ai été téléphoner à la cabine, sous les hêtres, répondit Inez d'un ton de défi.

– Vous êtes entrée en collision avec la porte?

– Non. Pourquoi?

– Alors, vous avez dû laisser une bonne partie de votre rouge sur le téléphone.

Que répondre? Inez sentit ses joues s'empourprer sous le regard ironique de la surveillante.

C'était une femme mûre, compétente, qui voyait en ses pensionnaires des brebis toujours prêtes à s'égarer et jouait volontiers les chiens de berger. Elle copiait son attitude sur celle de l'infirmière-major qui regardait avec sévérité toute légèreté dans la tenue. Elle ne pouvait punir les infirmières pour ce qu'elles faisaient en dehors de leurs heures de service, à moins qu'il n'y ait scandale, mais elle désapprouvait par principe toute aventure sentimentale à l'hôpital.

De toute évidence, elle pensait qu'Inez était sortie pour un rendez-vous clandestin. La jeune fille était décoiffée, ses joues étaient empourprées, ses yeux brillaient et elle était barbouillée de rouge à lèvres. Il aurait fallu être aveugle pour ne pas s'apercevoir qu'on venait de l'embrasser.

– Bonsoir, madame, dit-elle d'un ton sec.

– Bonsoir. Je sais que vous êtes fiancée, mais ce n'est vraiment pas digne de votre part de vous faire remarquer, dit la surveillante, acide.

Rien à répondre à cela non plus. Inez s'engagea dans l'escalier, autant aller se coucher que de retourner dans le salon et servir de point de mire à ses camarades.

Elle se déshabilla, mais n'avait aucune envie de dormir. Il faisait trop chaud. C'était une nuit pour les amoureux. Inez se retournait dans son lit, tout son être désirant la présence de Patrick. Sans doute était-il à faire les cent pas dans son triste appartement, pensant à elle de toutes ses forces. Vendredi, l'oasis était encore loin. Elle devait s'estimer heureuse du bref intermède de la soirée.

Elle changea d'avis le lendemain. Kate Lassen arriva de la salle d'opération avec l'air d'une poule qui a découvert un ver bien dodu.

– Ces hommes sont ignobles! s'écria-t-elle. M. Larcher a aussi mauvaise langue que les aides-chirurgiens. M. Elbure était en train de se laver les mains quand ils ont commencé à chanter.

– A chanter? répéta Inez.

– Oui. Si nettement que nous avons tous reconnu l'air. Vous savez, cette vieille chanson : « *La nuit dernière, au clair de lune, je vous ai vu, je vous ai vu... avec une jolie fille dans le parc...* » M. Elbure a dû reconnaître l'air lui aussi. Il s'est littéralement glacé.

– Oh! gémit Inez.

– Ils devaient parler de vous, continua Kate. M. Elbure n'était pas content. Ça se voyait.

Pas content? Il devait être furieux, songea Inez avec tristesse.

La jeune fille, tout comme Patrick, détestait les commérages. Le flair de Kate Lassen dans ce domaine la révoltait. Kate, d'apparence si hautaine, semblait trouver une véritable jouissance à fourrer son nez dans les affaires de ses semblables.

– Et, alors? demanda Inez avec un air de froide indifférence.

– Rien. C'est-à-dire que M. Elbure n'a pas dit un mot. Il s'est éloigné et il s'est mis au travail.

– Ça a bien marché?

– Oh, oui! Comme chirurgien, il est admirable. Il est d'une rapidité et d'une précision stupéfiantes.

– Inutile de faire des réserves. On peut, sans aucun danger, l'admirer sous tous les rapports!

— Vous, peut-être. J'imagine qu'il est différent avec vous.

Kate l'examina de façon aussi indiscrète que désagréable.

— Vous tenait-il réellement la main au clair de lune?

— Ça s'est déjà vu, vous savez, entre fiancés.

Le visage terreux de Kate Lassen devint cramoisi.

— Autrement dit : mêlez-vous de ce qui vous regarde?

— Oh, non. Je sais qu'il ne faut pas demander l'impossible.

— Merci! Ne trouvez-vous pas que vous dépassez la mesure, Raine? Tout ça parce que vous avez réussi à embobiner M. Elbure! Un de ces jours, vous serez signalée pour impertinence et insubordination.

— Vraiment? Je m'efforce toujours de rendre à chacun les honneurs dus à son rang. Le respect également.

Inez gagna son service très calme d'apparence. Elle avait été maladroite, elle le savait, en tenant tête à l'infirmière en chef. Mais, tout comme Patrick, elle n'aimait pas la provocation et elle ne s'était pas, comme lui, forgé une armure. Il arrivait un moment où elle ne pouvait se retenir.

Elle vit Kate Lassen suivre la surveillante dans son bureau. Sans doute Kate lui ferait-elle part des griefs qu'elle avait contre elle. Elle en eut la certitude dix minutes plus tard lorsque Kate, triomphante, vint la prévenir que la surveillante avait un mot à lui dire.

— Merci, répondit Inez avec une légère moue de dédain.

La surveillante ne pouvait désapprouver son infirmière en chef, évidemment, et Inez s'apprêtait à recevoir une réprimande de bonne grâce.

La surveillante prenait le thé et mangeait des biscuits qu'elle tirait d'une boîte dorée. Elle était très gourmande et ne le cachait pas. Des efforts désespérés pour conserver sa ligne lui avaient, disait-elle, gâché sa jeunesse. Elle se rattrapait.

– Asseyez-vous, mon petit, dit-elle d'une voix calme. Prenez donc un gâteau.

– Non, je vous remercie!

– Non? Vous préférez les épices, veinarde! Vous n'aurez jamais de cauchemars au sujet de votre tour de taille.

– On ne sait jamais.

– Oh, c'est facile à prévoir. Vous êtes du genre cheval de course. Fougueux et emporté, mais bâti pour tenir le train. C'est admirable, mais un cheval de course doit apprendre certaines règles.

– Oui, je le sais.

– Le meilleur cheval ne peut vaincre avec un mauvais jockey. Cela vous déplaît, n'est-ce pas, que Lassen tire sur les rênes?

– Franchement, oui.

– Pauvre Lassen! Pleine de bonne volonté, mais dépourvue de tact. Elle n'a pas eu une vie heureuse. Elle a été plaquée presque à l'autel et elle ne s'en est jamais remise complètement. Il faut savoir faire la part des choses, continua la surveillante en prenant un biscuit au chocolat. Il faut une grande générosité de cœur et un esprit très large pour se réjouir des succès amoureux d'autres filles plus jeunes et plus jolies.

– Oui, évidemment. Je suis navrée, je ne savais pas.

– Vous auriez pu y penser. Vous ne manquez pas d'intuition. Vous ressemblez beaucoup à votre père. Quand il faisait partie du personnel de l'hôpital, on l'appelait le « Doux Raine ». Il était très compatissant. Mais j'ai l'impression qu'on ne pourrait vous donner ce surnom.

– Je crains que non.

– Il ne suffit pas à une infirmière d'être intelligente, adroite, et de voir autour d'elle ce qui se passe. Elle doit voir en dedans, aussi. Elle doit chercher à comprendre la raison qui fait agir les gens comme ils le font au lieu de les mépriser sans approfondir. Vous voyez ce que je veux dire?

— Oui. Je suis navrée.

La surveillante leva les yeux et sourit :

— Je vous crois. Il est facile de dire machinalement : « Je suis navrée », mais je ne crois pas que vous le diriez si vous ne le pensiez pas. C'est pourquoi je vous ai parlé ainsi. Parce que vous avez ce qui fait non pas seulement une bonne infirmière sur laquelle on peut compter, mais quelque chose de beaucoup plus rare. Vous pouvez endosser des responsabilités en connaissance de cause. J'ai parlé de vous à l'infirmière-major; elle estime, comme moi, que vous êtes mûre pour être infirmière en chef.

— Oh! s'exclama Inez, très surprise. Où cela?

— Dans ce service. Green est malade. Tuberculose sans doute. Elle ne reviendra pas. L'infirmière-major vous désigne à sa place.

— Oh, merci madame. Merci beaucoup.

Pour la première fois depuis le début de l'entretien, son assurance faiblissait.

— Je ne suis pas sûre de mériter cet avancement, mais je m'efforcerai de ne pas vous décevoir.

— J'en suis sûre, dit la surveillante, placide. Vous commencez lundi.

— Merci, madame.

Inez sortit du bureau beaucoup plus humble qu'elle ne l'aurait été à la suite d'une sèche réprimande. La surveillante, cette vieille maligne, le savait bien. Elle avait senti le mépris de la jeune fille pour Kate Lassen, son agitation minaudière et ses battements d'ailes de gallinacé.

« Parfait, prouvez-nous que vous pouvez faire mieux! » lui avait-elle laissé comprendre.

Son père et Patrick seraient très contents de cette promotion, mais Inez craignait de ne pas y être assez préparée. Enfin, elle ne serait plus de service avec Kate Lassen et, de cela, elle était heureuse. Elle saurait se débrouiller en temps ordinaire, mais que ferait-elle le samedi et le dimanche quand la surveillante ne serait pas là? Elle imagina les portes s'ouvrant pour livrer passage aux ambulances et son courage vacilla. Elle serait seule face à des êtres mutilés, convulsés ou inconscients et il lui faudrait immédiatement et sans précipitation juger de ce qu'il fallait faire.

Se montrerait-elle, en cas d'urgence, moins agitée, moins trépignante que Kate Lassen? Elle avait des nerfs solides, mais il lui manquait l'expérience de Kate. Elle commettrait peut-être des erreurs... dont un blessé pâtirait.

La surveillante l'avait mise au défi. Elle ne pouvait refuser. Mais elle aurait beaucoup donné pour que cette promotion ne vînt pas en ce moment précis. Elle avait déjà suffisamment de soucis.

9

La lettre réexpédiée par sa mère arriva par le courrier de l'après-midi. Inez la trouva dans sa boîte en terminant son service à 5 heures. Elle l'ouvrit, le cœur battant.

A première vue, cette lettre pouvait avoir été écrite par n'importe quel garçon à sa petite amie. Mais Inez en garda une impression de gêne. Val parlait d'abondance de l'aspect de la forêt, d'arbres dont la jeune fille ignorait l'existence, ceux qui avaient besoin d'être abattus et ceux qui présentaient une valeur intrinsèque.

Puis il passait à « tante Mabel » et à ses poules. D'après lui, elle serait intéressée par les méthodes mises en application à Lungawayo. De nouveaux détails, concernant la nourriture, les croisements et l'installation. Inez, qui n'avait jamais considéré l'élevage comme un passe-temps agréable, ne comprit rien. Evidemment, tout cela était écrit en code et elle n'en avait pas la clef. Val était en pleine activité.

Tu peux lui dire tout cela, terminait-il. *Ça lui donnera des idées.* Inez glissa la lettre dans une enveloppe doublée et l'adressa à Mlle Mabel Answorth, à une adresse que Val lui avait demandé de retenir. Elle partit au courrier du soir, laissant la jeune fille avec ses inquiétudes et l'attente du prochain bulletin d'informations.

Celui-ci n'avait rien pour la rassurer. On parlait toujours de soulèvement au Bondo. Il y avait eu de nouvelles manifestations nationalistes, très violentes. On parlait d'une trentaine de morts et d'une centaine de blessés. La Croix-Rouge envoyait des vivres et l'on prévoyait un débat à la Chambre des Communes. On comptait, parmi les blessés, plusieurs commerçants européens. On ne mentionnait pas la commission forestière. Evelyn ne s'alarmerait peut-être pas.

Le lendemain, les journaux accordaient plus de place aux « troubles », mais ceux-ci n'avaient pas encore droit aux manchettes. Le Bondo était très loin et parfaitement inconnu, même de nom, de la majorité des gens. Agitations et soulèvements en Afrique étaient devenus monnaie courante. Une catastrophe aérienne et la disparition d'un enfant éveillaient davantage l'intérêt du lecteur... du moins était-ce l'avis des rédacteurs en chef des journaux.

Le vendredi matin, les nouvelles étaient toujours aussi peu détaillées, mais on parlait cependant de l'évacuation de certaines familles européennes de la zone d'agitation. Inez partit vers West Wheystone dans l'après-midi, se demandant si elle aurait à consoler une jeune femme en détresse. Evelyn paraissait s'attendre au retour imminent de Val.

– C'était idiot de sa part d'aller là-bas. On ne peut pas apprendre aux gens à planter des arbres quand ils ne songent qu'à se promener en agitant des banderoles et en criant des slogans, dit-elle. La commission va bientôt le réexpédier ici, j'espère.

– Oui, sans doute, approuva Inez.

– Evidemment, c'est la commission qui prend tous les frais à sa charge. Mais quand même. Val n'a jamais eu aucun sens de l'économie, ajouta Evelyn avec tendresse. Il envoie des cartes postales par avion à présent.

– Vraiment?

– Il en est arrivé une pour vous ce matin.

– Oh! Où est-elle? Je ne l'ai pas vue sur le plateau en arrivant.

Inez s'efforçait avec peine de parler d'un ton égal.

Elle aurait tout fait pour empêcher Evelyn de s'inquiéter, mais elle ne pouvait retenir un certain sentiment d'irritation à la vue de la placidité avec laquelle elle acceptait la nouvelle des troubles.

Elles étaient installées sur la belle pelouse agréablement ombragée des *Safrans*. Raine, étendue sur une couverture, gazouillait et se trémoussait, heureuse. Willie, à quatre pattes, cueillait des pâquerettes. Evelyn, bien installée dans une chaise longue, tricotait pour lui. Inez occupait elle aussi une chaise longue, mais l'extrême bord seulement.

– Elle représentait un avion. Dès qu'il l'a vue, Willie a dit : « Oh! L'avion de papa! » Il n'a plus voulu la lâcher. Il a le sens de l'observation n'est-ce pas?

– Oh, oui. Qu'a-t-il fait de cette carte?

– Willie! Willie, mon chéri, montre à tante Inez la

photo de l'avion de papa. Allez, viens! Non, pas à quatre pattes. Tu sais marcher. Tu n'es plus un bébé!

– Comment va sa tête?

– Elle guérit bien, mais mon Dieu, que j'ai eu peur! Il est resté comme assommé pendant plusieurs minutes. Je l'ai attrapé et je n'ai fait qu'un bond jusqu'ici. Dieu merci. Chris était au dispensaire! Il a été très doux avec Willie. C'est un garçon charmant, dit Evelyn avec feu.

Willie rejeta la poignée de pâquerettes cueillies et regagna la couverture à quatre pattes.

– L'avion de papa, dit-il en tirant de la poche de son short minuscule une carte postale froissée.

Inez se mit à genoux à côté de lui et tendit la main.

– Puis-je le voir? demanda-t-elle.

Il agita la carte dans sa direction, mais ce fut avec fermeté qu'il répondit :

– Non!

– Je t'en prie, Willie, insista-t-elle avec douceur.

– Non. C'est à moi, répéta-t-il obstinément en serrant la carte à deux mains.

– Il l'oubliera très vite, dit Evelyn souriant à son fils. Laissez-le maintenant. Il a été très agité toute la semaine. Son père lui manque, je crois.

Inez se mordit les lèvres. Ni Val ni elle n'avaient prévu un tel accident. Jamais on ne prenait une carte postale au sérieux, lui avait-il dit. Sa mère n'aurait pas pensé une seconde à mettre celle-là de côté pour elle. Et Evelyn ne pensait pas qu'elle puisse être mécontente de voir Willie la considérer comme sienne.

Elle reprit sa place et s'efforça à la patience. Elle régala Evelyn avec les dernières nouvelles de Saint-Chad.

– Infirmière en chef, déjà! s'écria-t-elle très surprise. Ça, c'est quelque chose! J'ai tout de suite vu que vous étiez infirmière née! Pat doit être content?

– Je n'ai pas encore eu l'occasion de le lui dire. Il m'a promis de venir ce soir.

– Oh, c'est bien, dit Evelyn polie.

Inez jeta un coup d'œil à Willie pour s'apercevoir qu'il mâchait la carte postale.

– Veux-tu t'arrêter! s'écria-t-elle. Evelyn, intervenez!

– Willie, que fais-tu? Tu ne vas pas manger une carte postale, voyons, dit la jeune femme en riant. Allez, donne-moi ça!

– Non! répliqua Willie en arrachant un morceau de carton avec ses dents.

Si Inez avait eu les nerfs un peu moins tendus, peut-être la pénible petite scène qui suivit aurait-elle pu être évitée. Mais, sur l'instant, elle ne songea qu'à la promesse faite à Val et à l'importance probable de cette carte.

Elle se pencha sur Willie et lui ordonna :

– Donne-moi ça!

– Non, répondit-il en essayant de déchirer la carte en deux.

– Obéis! dit-elle d'un ton sec. (Puis, empoignant ses petites mains dodues, elle tenta de les faire lâcher prise.) Donne-moi ça, Willie!

– Veux pas! protesta-t-il, indigné.

Alors, elle lui appliqua une tape sur la main. Elle ne lui fit aucun mal, mais Willie n'avait pas l'habitude de ce genre de discipline. Il abandonna la carte et poussa un rugissement.

– Inez! Vous l'avez frappé! Comment avez-vous osé?

Evelyn s'était transformée en mère poule affolée. Elle laissa tomber son tricot et prit l'enfant sur ses genoux. Willie se mit à hurler, beaucoup plus de colère que de douleur, mais sa mère ne s'en rendit pas compte.

– Vous lui avez fait mal! Oh! que c'est méchant de

votre part! Il est si petit. Comment avez-vous pu être aussi brutale?

– Mais, voyons, il faut qu'il apprenne à obéir.

– C'est mon enfant. Vous n'avez aucun droit de le traiter comme ça! Avec sa pauvre petite tête déjà malade! Chris avait dit de le garder au calme. Regardez-le maintenant!

– Il crie pour se faire plaindre. Je ne lui ai absolument pas fait mal. Ne faites donc pas l'idiote, Evelyn.

– Ah, je suis une idiote? Parce que j'aime mes enfants, peut-être? Merci beaucoup! Tout le monde ne peut pas avoir un cœur dur comme le vôtre.

C'était la première fois qu'Inez voyait Evelyn hors d'elle. Elle était rouge comme un coquelicot et presque en larmes.

– Veux l'avion! geignit Willie.

– Oh, rendez-lui sa carte. Il est trop bouleversé.

– Certainement pas. Je suis désolée, mais un enfant doit apprendre la valeur du mot « non ». Vous n'auriez pas dû la lui donner.

– Et pourquoi cela? Elle venait de son propre père, si je ne me trompe!

– Mon Dieu, que se passe-t-il?

Molly Raine approcha portant un plateau chargé de verres de limonade.

– Et mon petit agneau, que lui est-il arrivé?

– Inez l'a frappé et lui a pris sa carte, répondit Evelyn, furieuse. Il n'a pas l'habitude qu'on le batte.

– Je comprends ça, à son âge! Vraiment Inez, dit Molly en regardant sa fille d'un air réprobateur.

– Cette carte m'appartient, maman. Il la mettait en pièces. Il a fallu que je l'en empêche. Evelyn ne le voulait, ou ne le pouvait pas.

– Une histoire pareille pour une carte postale, dit Molly en secouant la tête.

— Elle est à moi et je ne l'ai même pas lue! protesta Inez.

— Moi, je l'ai lue... et ce ne sont que des bêtises au sujet du temps qu'il fait et des poules de votre tante, répondit Evelyn d'un ton rauque.

— Les poules de sa tante? répéta Molly, très surprise.

— Oui, il espère que tante Mabel remportera un prix au concours avicole.

— Mais... Inez n'a pas de tante Mabel!

— Non? Alors qu'est-ce qu'a voulu dire Val?

— Oh, ce n'est qu'une plaisanterie ridicule, expliqua vivement Inez.

Evelyn la regarda avec une attention toute nouvelle.

— Et j'imagine que « toute mon affection » c'est aussi une plaisanterie ridicule. Je n'aime pas beaucoup ça! Vous êtes fiancée à Patrick, ne l'oubliez pas.

— Ne soyez pas stupide!

— Stupide! répéta Evelyn d'une voix aiguë. Pourquoi Val vous envoie-t-il son affection? Et pourquoi faites-vous un foin pareil au sujet de cette carte? Qu'y a-t-il entre vous deux?

— Rien.

— Ça me paraît difficile à croire.

— Alors, ne le croyez pas! Val vous a ridiculement gâtés, votre fils et vous, c'est tout.

Sur ce, Inez fit demi-tour et rentra dans la maison, furieuse contre elle et contre Val qui l'avait entraînée là-dedans. Elle alla droit au dispensaire, déserté à cette heure, y chercher un timbre et une enveloppe dans laquelle elle glissa la malheureuse carte postale. Elle était occupée à tracer l'adresse lorsque son père parut.

— Oh, bonjour, ma chérie. Tu es exactement la personne que je désirais voir, dit-il. Tu ne repars pas immédiatement, j'espère?

– Non. J'ai ma soirée.

– Alors, nous aurons l'occasion de parler après le dîner.

– Ce n'est pas sûr. Patrick viendra peut-être et...

– Parfait! J'ai besoin de son avis.

– Pourquoi? Que se passe-t-il?

Elle glissa l'enveloppe dans sa poche et regarda son père avec attention.

– Tu as l'air préoccupé.

– Je le suis. Un peu. C'est au sujet du petit garçon d'Evelyn.

– Oh! Pourquoi?

– Peut-être suis-je un vieil homme radoteur. Chris est persuadé que tout va bien, mais cet enfant m'inquiète.

– A quel sujet?

– Je ne veux pas alarmer sa mère sans nécessité, mais cette agitation croissante et ses chutes de plus en plus fréquentes m'ennuient beaucoup.

– Il a à peine deux ans. A cet âge-là, les enfants tombent beaucoup.

Inez éprouvait un profond respect pour l'intuition de son père, mais, en l'occurrence, elle ne prenait pas très au sérieux l'inquiétude du Dr Raine. Tout le monde semblait s'être donné le mot pour faire des embarras au sujet d'Evelyn.

– Willie est trop gâté, dit-elle d'un ton bref. Sa mère lui cède tout. Il le sait parfaitement et il en profite.

– C'est possible. Les jeunes mères sont soit trop strictes, soit trop indulgentes avec leur premier enfant. Il est peut-être jaloux de sa petite sœur et cherche à attirer l'attention.

– J'en suis sûre. Je l'ai dit à Evelyn.

– Tu n'as pas l'air de vouloir te laisser influencer, toi.

– Mets cela sur le compte de la chaleur! J'ai une

lettre à poster. Ensuite, je prendrai une douche. Peut-être serai-je plus civilisée après.

Elle sortit vivement avant que son père ait eu le temps de lui demander quelle était cette lettre importante. Il lui fallait la mettre à la boîte avant qu'un nouveau concours de circonstances vînt la lui enlever. Elle descendit la jolie rue du village, faisant effort pour retrouver son sang-froid.

Elle avait réagi de façon ridicule. Elle aurait dû faire preuve de plus de tact et de patience avec Willie. Elle n'aurait jamais agi de la sorte avec un enfant, à l'hôpital. Il lui fallait bien admettre que sa colère était bien davantage dirigée contre Evelyn que contre Willie. Elle en avait honte à présent. Elle aimait sincèrement la jeune femme.

Avoir travaillé très dur toute la semaine et pédalé sur un chemin brûlant, poussiéreux, pour trouver Evelyn confortablement allongée à l'ombre, lui avait paru injuste. C'était enfantin et mesquin. La surveillante des accidentés avait eu raison. Il était inutile d'être courageuse et indépendante si l'on manquait de charité.

Obéissant à une impulsion, elle entra dans une boutique et choisit une douzaine de cartes postales aux couleurs vives représentants des avions, des trains et des bateaux. Puis, prenant son courage à deux mains, elle retourna aux *Safrans*.

Elle prit une douche rapide, jeta un coup d'œil au pantalon de toile noire qu'elle venait de retirer et ouvrit sa penderie. Il lui fallait quelque chose de plus féminin. Elle sortit à moitié une robe et la remit à sa place parce qu'elle était verte. Elle aimait beaucoup le vert, mais c'était la couleur favorite d'Evelyn et elle n'était pas d'humeur à en porter, ce soir. Quand elle sortait avec Patrick, elle entendait oublier Evelyn. Elle se décida pour du satin de coton noir et blanc.

Elle se brossa les cheveux, rafraîchit son maquillage

et adressa une grimace à son reflet. Aucun signe de fatigue dans ses beaux yeux bruns ou sur son teint de pêche.

Quand elle descendit, il n'y avait plus personne sur la pelouse. Molly était dans la cuisine, à préparer le thé.

– Où est Evelyn? demanda Inez.

– Elle est retournée aux *Châtaigniers.*

– Zut. Elle m'en veut toujours?

– Tu l'as blessée. Elle a cru, à ce qu'il me semble, que tu ne voulais ni d'elle ni de ses enfants ici.

– C'est grotesque! Je suis venue exprès pour la voir.

– Tu manques parfois de tact. Tu ne peux pas savoir ce qu'éprouve une mère pour ses enfants, n'en ayant pas toi-même. Je suis d'accord, Willie est gâté. Tu l'étais aussi à son âge. Je n'ai jamais pu te donner de fessées. Et, pourtant, tu savais être désagréable quand on te contrariait.

– Je veux bien le croire. Bon, je vais aller faire amende honorable, dit Inez résignée.

Elle traversa la rue.

Evelyn débarrassait la table encombrée du salon. Elle leva les yeux à l'arrivée d'Inez, sans colère, ni rancune, mais avec une expression anxieuse de cocker qui s'attend à être corrigé. Ce regard fit fondre la dernière trace de ressentiment chez Inez.

– Je suis venue faire mes excuses, dit-elle aussitôt. Je regrette de m'être laissée emporter.

– Oh, non! Je vous en prie. Tout a été de ma faute, répondit aussitôt Evelyn. Vous avez eu une semaine épouvantable et je comprends que vous n'ayez pas voulu être dérangée par les enfants. Il est normal que vous vouliez être tranquille chez vous.

– Ce n'est pas du tout ça! J'étais très contente de vous y trouver. Mais j'étais à cran.

– Moi aussi. Val me manque terriblement. C'est à lui que j'en voulais, pas à vous. Les hommes s'arrangent toujours pour faire ce qui leur plaît. Il s'amuse et il expédie des cartes postales ridicules pendant que je me fais un sang d'encre à son sujet.

– Je comprends. Mais n'en parlons plus, supplia Inez. Maman a préparé le thé. Vous prenez Raine, je me charge de Willie.

– Vous êtes sûre que vous voulez bien de nous? Je comprendrais très bien que vous désiriez avoir vos parents à vous toute seule.

– Ce n'est pas le cas. Regarde, Willie! Ton horrible tante t'a apporté des images.

Inez se pencha et tendit les cartes postales à l'enfant. Il leur jeta un coup d'œil dubitatif.

– A moi?

– Oui. Toutes.

Son visage s'illumina et il saisit les cartes.

– Dis merci, Willie, dit sa mère.

Il ne se fit pas prier.

– Merci!

– Tu es très gentil, approuva Inez qui lui offrit la main.

Mais il tendit les bras.

– Porter! Porter! demanda-t-il avec insistance.

– Je ne comprends pas, il fait tellement le bébé, remarqua Evelyn, anxieuse. Il allait partout, avant que nous quittions la maison. Vous l'avez vu.

– Oui. Ça lui passera.

Molly les accueillit sans commentaire. Elle avait préparé le thé dans la salle à manger. Willie semblait avoir oublié les bonnes manières enseignées jusque-là. Il renversa sa tasse de lait et sema des miettes un peu partout. Inez s'abstint de toute réflexion. Molly, pleine de sollicitude maternelle, réparait les dégâts au fur et à mesure.

A plusieurs reprises, Inez surprit son père qui, les sourcils légèrement froncés, observait l'enfant. Chris fit une apparition éclair, le temps d'avaler une tasse de thé et un sandwich. Puis il disparut de nouveau dans le dispensaire.

— Cela vous ennuierait-il beaucoup que j'attende les nouvelles de 6 heures? demanda Evelyn quand Inez et sa mère débarrassèrent la table. Peut-être y a-t-il quelque chose concernant le Bondo.

— Mais pas du tout, accepta immédiatement Molly.

— J'espère apprendre que l'on réexpédie la commission, avoua Evelyn. Val serait déçu, mais pas moi.

— Emmenez les enfants dans le salon et ouvrez la radio. Nous vous rejoindrons dès que nous aurons terminé.

Inez et sa mère venaient tout juste de finir la vaisselle quand Patrick arriva. Inez retira vivement son tablier et se sécha les mains. Elle se précipita pour lui ouvrir la porte, mais son père l'avait devancée. Il faisait entrer Patrick dans la salle à manger.

— Exactement l'homme que je voulais voir, dit-il. Si vous pouvez m'accorder quelques minutes.

Patrick jeta un regard interrogateur à Inez qui se mordit la lèvre.

— Papa, voyons, Patrick n'est pas pédiatre, protesta-t-elle. Je ne vois pas pourquoi tu attends de lui qu'il exprime une opinion sur les réactions de Willie.

— Willie est son neveu, lui rappela son père en refermant la porte de la salle à manger. Patrick, je ne veux pas alarmer Evelyn. J'ai pensé, au début, que je pourrais attendre le retour de votre frère. Il peut être retenu à Lungawayo et, avec les enfants, le facteur temps est souvent primordial.

— Oui. Que se passe-t-il? demanda Patrick.

Debout à côté du père d'Inez, il regardait la jeune fille, de l'autre côté de la table. Son visage mince portait son masque imperturbable habituel, mais ses yeux semblaient attirer la jeune fille à lui. Elle luttait contre l'envie d'étendre la main, de la poser sur la sienne. Oh, l'impatience brûlante, terrible, de l'amour! Si cher que lui fût son père, elle lui en voulait. Qu'avait-il besoin de les priver des instants si rares et si précieux où ils pouvaient se voir?

Patrick portait un costume de flanelle grise et une très belle chemise en nylon blanc cravatée de gris. C'était bien de lui, songea-t-elle avec tendresse, de mettre une cravate et une veste, malgré la chaleur, pour venir la voir. Porter une chemise de sport et un short, comme l'eût fait Chris, lui aurait paru être une insulte à la jeune fille. Il avait une élégance et une allure naturelles qui la bouleversaient. D'autre part, cela marquait qu'il n'était pas de la même génération que Chris. Il désapprouvait fortement les façons libres des étudiants actuels.

Il lui faudrait toujours s'efforcer de se mettre au niveau de Patrick, de se conformer à ses règles. Elle ne pouvait pas réduire autrement les douze années qui les séparaient. Parfois, peut-être, serait-elle irritée par sa façon trop stricte de tout envisager. Qu'importait, alors qu'une passion brûlante faisait battre leurs cœurs au même rythme fou? Ce regard dans les yeux de Patrick était pour elle et pour elle seule. Il venait droit de son cœur.

La vague d'amour et de tendresse qui passa en elle lui donna soudain une impression ridicule de faiblesse. Elle s'appuya des deux mains sur la table pour retrouver son équilibre. Puis elle fit effort pour prêter attention à ce que disait son père. Patrick écoutait, très grave.

– C'est possible, dit Patrick. L'œil gauche, dites-vous?

– Oui. Il le frotte souvent et il est légèrement enflammé. Quand il trébuche, c'est toujours de ce côté. Si c'était un adulte, je penserais aussitôt à une thrombose. Mais, là, je suis dans le noir. Je ne puis m'empêcher de penser qu'il y a une pression à cet endroit. Chris Denyer croit que je me tracasse inutilement. Cela se peut. C'est pourquoi j'aimerais avoir votre opinion.

– Je me fierais beaucoup plus volontiers à vos impressions qu'au diagnostic du Dr Denyer, monsieur, répondit Patrick sèchement. Je vais examiner l'enfant. Peut-être pourrait-on le faire voir par Herbert Whatsford. C'est un ophtalmo de première classe.

– Oh, non! dit Inez involontairement. Il est impossible que Willie souffre de la vue. Il aime les images en couleur!

– Son œil droit est en bon état. Mais je me demande si le gauche fonctionne normalement, répondit son père. Tu n'as rien remarqué d'anormal?

– Il louche un peu parfois, mais beaucoup d'enfants le font, dit-elle, mal à l'aise.

– C'est ce qu'avance Chris. Evidemment, ce serait beaucoup plus simple d'attendre le retour de Val.

– Cette politique qui consiste à attendre et voir venir conduit parfois au désastre, dit Patrick, très sombre. Dans mon métier, en tout cas.

– Je laisse la décision entre vos mains. Evelyn est dans le salon avec les enfants. Nous les rejoignons?

– Ne faites rien qui puisse affecter Evelyn, dit vivement Inez. Ne peux-tu jouer avec Willie sans montrer que tu l'examines?

– Je pourrais si je savais comment, répondit Patrick. Mais je n'ai pas beaucoup l'habitude de jouer avec des enfants.

– Je le prendrai sur mes genoux et tu pourras le plaindre pour la coupure qu'il s'est faite au front. Comme cela, Evelyn ne s'inquiétera pas.

– Evelyn n'est pas une petite fille. Je ne comprends pas pourquoi on tient tant à la traiter comme si c'en était une.

– Vraiment? dit le Dr Raine avec un léger sourire. L'expérience ne vous a-t-elle jamais appris que certaines femmes restaient toujours des bébés?

– Oui, évidemment. Mais c'est exaspérant. On ne peut pas dire cela de votre fille, en tout cas.

– Inez a un esprit particulièrement logique... pour une femme. Je ne devrais pas le dire, mais vous avez de la chance, Patrick.

– Oh, je le sais, monsieur. Elle est d'une espèce beaucoup plus rare que les perles noires, répondit Patrick en caressant la main de la jeune fille, au moment où ils sortaient de la pièce. C'est pourquoi j'ai une hâte folle de l'avoir à moi. Avec votre permission, je voudrais l'épouser le premier samedi de septembre.

Le Dr Raine regarda Inez, les sourcils légèrement levés.

– Avec ma permission... ou sans elle? demanda-t-il. La mère d'Inez trouvera cela bien précipité.

– Tu lui parleras, papa, n'est-ce pas? supplia Inez. Cela nous faciliterait la vie à Saint-Chad.

– Tu veux donc continuer à exercer?

– Bien sûr, puisque Patrick le fera toute la journée.

Son père hocha la tête d'un air entendu.

– Vous faites une belle équipe, tous les deux. Je parlerai à ta mère.

– Merci, papa!

Elle serra doucement les doigts de Patrick et le Dr Raine ouvrit la porte du salon où ils furent salués par le bulletin météorologique.

Evelyn, installée dans un fauteuil, tout contre le poste de radio, leva la tête.

– Bonsoir, Pat! Ce sont les informations. Je veux savoir s'il y a quelque chose de nouveau au Bondo.

– Oui, naturellement.

Obéissant au petit signe d'Inez, il s'assit à côté d'elle sur le canapé. Willie, étendu sur le tapis, regardait ses cartes postales. Inez le prit sur ses genoux. Il se tortilla pour redescendre, mais elle le retint.

– Regarde ton oncle Pat! Dis-lui bonjour. Il aimerait voir l'avion de papa.

– Oh, taisez-vous! dit Evelyn comme on annonçait les nouvelles.

Elle regardait le poste de radio comme pour persuader le speaker de lui donner les nouvelles qu'elle désirait entendre. Inez la surveillait, craignant qu'elle se retourne et voie les longs doigts de Pat tâter le front de Willie, soulever ses paupières. L'enfant tenta de repousser sa main. Il émit un léger cri de protestation, mais, pour une fois, Evelyn était devenue sourde à la voix de son fils. Son attention tout entière était concentrée sur le poste.

Inez comprit soudain que, si dévouée qu'elle fût à ses enfants, elle était d'abord la femme de Val.

– *On s'est encore battu à Lungawayo aujourd'hui. On pense qu'une sérieuse tentative est faite pour renverser le chef Bongo-Sekama,* dit le speaker avec indifférence. *Des mesures sont prises pour assurer sa sécurité. Cependant la liste des victimes s'allonge. Nous apprenons à l'instant qu'un membre de la commission forestière nouvellement arrivé, M. Henry Charters, est à l'hôpital pour une blessure à la jambe. Son état n'inspire pas d'inquiétude.*

Evelyn avait perdu toute couleur.

– *Aujourd'hui, dans le Nyasa...* continua le speaker imperturbable.

– Non. Oh, non! gémit Evelyn. Mais qu'importe le Nyasa? Pourquoi ne pas en dire plus au sujet de Lungawayo?

– Val n'a rien, intervint vivement Inez. Sinon, nous l'aurions appris.

– Si l'un des membres de la commission a été blessé, Val peut l'avoir été aussi. Pourquoi reste-t-il là-bas? Il faut qu'il rentre! dit la jeune femme désespérée.

Le Dr Raine posa une main apaisante sur ses épaules qui tremblaient.

– Peut-être est-il déjà sur le chemin du retour, dit-il. Essayez de ne pas vous tracasser ainsi. On a très certainement pris des mesures d'urgence. Il ne s'agit plus du Congo. Le Bondo est sous protectorat britannique.

– Des massacres peuvent avoir lieu n'importe où. Et les Mau-Mau, alors? Oh, mon Dieu, pourquoi avoir envoyé cette commission là-bas? Cela ne rimait absolument à rien.

– Le fait qu'elle ait été envoyée prouve que les autorités ne prévoyaient pas de troubles sérieux, dit le Dr Raine. Ce n'est sans doute qu'un feu de paille. Tout se calmera bientôt. Bongo-Sekama est un type sur lequel on peut compter.

– Je me moque de ce qui peut lui arriver. Je veux simplement avoir des nouvelles de Val! Oh, ne pourrait-on pas appeler la B.B.C. et demander s'ils en ont? supplia-t-elle. Cette attente me tue. Je vous en prie, docteur, voulez-vous essayer?

– Bien sûr, mon petit, si cela peut vous tranquilliser. Mais... souvenez-vous : pas de nouvelles, bonnes nouvelles.

Evelyn sortit de la pièce derrière le médecin sans même regarder ses enfants. Evelyn adorait son père. En son absence, sans doute était-il naturel qu'elle s'appuie sur une autre figure paternelle.

Evelyn, un bébé encore et toujours? Non. Plus maintenant. Inez revoyait le regard affolé de ses yeux d'ambre brun, les petites dents blanches mordant sa lèvre et ses mains tendues comme pour guider ses pas aveuglés.

A première vue, il ne semblait pas y avoir lieu de s'affoler. Mais Evelyn, de toute évidence, éprouvait l'horrible appréhension qu'elle avait ressentie en entendant parler des troubles, pour la première fois. Val aussi avait eu la même impression quand, en toute innocence, Inez lui avait cité Browning :

Amant des arbres, ton fantôme...

Pourquoi justement cela, à ce moment précis? Prémonition? Evelyn savait, songeait Inez horrifiée, que Val courait un danger mortel. Déjà l'ombre du désastre l'engloutissait.

10

– C'est bien, Willie. Tu peux descendre à présent, dit doucement Patrick.

Le petit garçon ne se le fit pas répéter deux fois. Inez regarda vivement Patrick.

Celui-ci haussa les épaules :

– Ton père ne se trompe pas souvent, n'est-ce pas? L'intuition d'un bon médecin est de ces phénomènes qu'on ne peut expliquer.

– Oh! Il y a donc quelque chose?

– Oui. Une pression de je ne sais quelle nature qui affecte l'œil gauche. Je vais faire en sorte que Whatsford le voie demain.

– Oh, Patrick! Comme si Evelyn n'avait pas assez de soucis en ce moment! Cela ne peut-il pas attendre? Au moins jusqu'à ce que l'on ait des nouvelles de Val?

– Non. Le risque est trop grand. Dans certains cas, l'ajournement est un crime.

– Oh, non! dit-elle angoissée. Tu ne crois pas... il ne s'agit pas d'une tumeur? Pas Willie...

– Je l'ignore.

Il lui prit les mains entre les siennes et les tint avec fermeté.

— Il n'y a aucune raison de s'attendre au pire. Peut-être n'est-ce pas une tumeur maligne.

— Mais... c'en est peut-être une. Il peut perdre un œil. Je me souviens d'un enfant, quand j'étais à l'hôpital à Londres. Sa mère n'a pas eu le courage de donner son accord pour l'opération... et l'enfant est mort.

— Voilà. Ce qui doit être fait, doit l'être sans tarder.

— Evelyn... commença-t-elle d'une petite voix. Qui préviendra Evelyn?

— Ton père, évidemment. Elle a confiance en lui. Il saura comment le lui dire. Il peut lui suggérer de le faire examiner.

— N'oublie pas qu'Evelyn a passé deux ans à Saint-Chad. Elle devinera.

— On ne peut rien faire de plus pour le moment. Peut-être s'agit-il des séquelles d'une chute. Les enfants se cognent souvent la tête et on y prend à peine garde. Les mères embrassent la bosse, y mettent une pommade, et on n'y pense plus.

— Aux *Sources* il était vif et remuant. Il est souvent tombé, se souvint Inez. Mais... cela affecterait-il l'un de ses yeux?

— Peut-être.

La jeune fille poussa un soupir. Elle avait une envie folle d'appuyer sa tête sur l'épaule de Patrick, de se serrer contre lui. Mais elle devait se satisfaire qu'il lui tînt les mains. Il n'apprécierait certainement pas une quelconque démonstration d'affection que pourrait interrompre l'arrivée d'Evelyn. De fait, la porte s'ouvrit et il retira vivement sa main.

— C'est l'heure pour les bébés d'aller au lit! dit joyeusement Molly Raine en entrant dans la pièce. Où est Evelyn? Oh, bonjour, Patrick!

— Bonsoir, madame.

Patrick s'était levé sans sourire.

— Il est temps que nous partions, Inez.

— Oui, mais... (La jeune fille hésita.) Cela me déplaît de laisser Evelyn.

— Il n'y a rien que nous puissions faire pour l'instant.

— Je pourrais l'aider à baigner les enfants.

— Pourquoi? Il vaut beaucoup mieux qu'elle ait de quoi s'occuper.

Evidemment, Patrick n'éprouvait aucune envie de s'attarder là où il faisait figure d'intrus. D'autre part, il semblait un peu égoïste de laisser Evelyn seule avec ses anxiétés.

Ce fut la jeune femme elle-même qui décida de la solution. Elle revint, encore pâle, mais beaucoup plus calme.

— Pas de nouvelles, dit-elle. Vous sortez tous les deux?

— Nous l'avions projeté, répondit Inez. Si cela ne vous ennuie pas.

— Par exemple! Amusez-vous bien! répondit Evelyn en faisant un louable effort pour sourire.

Molly commença à protester, mais, du seuil, le Dr Raine intervint.

— Repassez par ici avant de retourner à Saint-Chad, dit-il.

— Oui, entendu, dit vivement Inez. A bientôt, Lyn!

Le Dr Raine les accompagna jusqu'à la voiture.

— Alors? interrogea-t-il.

— Vous aviez raison. Je vais demander un rendez-vous à Whatsford pour demain après-midi. Pouvez-vous amener Evelyn et l'enfant à la clinique sans provoquer de panique?

— Je le crois. Si je ne la conduis pas moi-même, Chris s'en chargera. A quelle heure?

— Je vous donnerai un coup de fil demain matin.

Patrick se jeta derrière le volant comme s'il avait hâte de s'échapper.

– Tout cela va être très dur pour père, dit-il d'un air sombre quand ils furent en route. Val compte énormément pour lui et il adore l'enfant.

– Oui, mais c'est pire pour Evelyn.

– Comme la majorité des gens très émotifs, Lyn ne se laisse pas si facilement déprimer. Si elle perd Val, ce ne sera pas la fin pour elle. Tôt ou tard, il y aura un autre homme, dit-il avec une pointe de cynisme.

Inez ne put réprimer un léger frisson. Patrick en voudrait-il encore, inconsciemment, à Evelyn de lui avoir préféré Val? Comme toutes les blessures même cicatrisées depuis longtemps, la sienne le faisait peut-être souffrir de temps à autre.

Mal à l'aise, Inez contempla son profil tendu. De son épaule, elle lui touchait le bras, mais elle avait l'impression qu'il était très loin d'elle. Etait-il sérieusement inquiet au sujet de Val et de Willie? Elle l'ignorait... et ne pouvait le lui demander. Patrick détestait qu'on le questionnât; cela, elle l'avait déjà appris.

– Où va-t-on? demanda-t-elle.

– J'ai retenu une table à l'Impérial, répondit-il. J'ai pensé qu'il était temps que je t'emmène dîner au restaurant.

– Oh!

Elle avait failli dire : « Oh, mon Dieu! » Elle ne se sentait absolument pas d'humeur à dîner dans un restaurant élégant. Impossible d'établir un contact avec Patrick dans une salle pleine d'étrangers.

Deux sentiments la partageaient, de frustration et de tendresse. De tendresse parce qu'il avait voulu agir avec elle selon les convenances : se montrer avec elle en public, lui offrir le décor que les jeunes fiancées étaient censées apprécier. Et, cependant, elle savait qu'ils avaient besoin tous deux d'un nouvel interlude romantique, comme leur bain au clair de lune.

Seuls, sans personne pour les surveiller, les examiner, ils auraient pu se détendre. Ils auraient pu trouver la paix et l'oubli temporaire du monde alentour, dans les bras l'un de l'autre. Patrick n'était totalement sûr d'elle que lorsqu'il la touchait, la caressait, la serrait contre lui. Il était fier d'elle, fier de l'effet qu'elle faisait sur les autres hommes, mais il en avait aussi un peu peur. Elle était de ces femmes qui attirent l'attention. Elle le savait et s'en préoccupait peu. Patrick, lui, ne savait pas rester indifférent à ces hommages.

Il était comme un petit garçon mourant d'envie de montrer un objet dont la possession le comblait de joie et, en même temps, terrifié à l'idée que d'autres enfants, plus grands, le lui ravissent. De même que Val lui avait pris Evelyn, songea Inez le cœur serré, sans doute avait-il annexé, en toute simplicité, beaucoup des trésors de Patrick, dans leur enfance. Leur père était très fier de Patrick, mais son amour, sa compréhension allaient à Val. *Les Sources,* le domaine familial, reviendrait à Val. Il l'avait mérité. Il y avait travaillé, l'avait mis en valeur. Patrick avait eu sa part avec les frais nécessités par ses études. Il le savait, l'admettait très bien. D'ailleurs, jamais il n'aurait pu mener la vie d'un gentilhomme campagnard. Et, cependant, peut-être que, tout au fond de lui, il se sentait exclu.

La salle du restaurant était bondée, comme Inez s'y attendait. Le dîner excellent, sans conteste, sembla ne jamais devoir prendre fin. La chaleur excessive, le bruit des voix, le tintement de l'argenterie, l'empressement des garçons et même la décoration florale donnaient à Inez un sentiment de claustrophobie. Elle n'avait pas l'impression d'être avec Patrick. Il aurait pu être n'importe lequel des dîneurs.

On les saluait, de loin ou en passant, on les regardait avec curiosité.

Au moment où on leur servait le café, un orchestre commença de jouer dans un salon voisin.

– Ça te plairait-il de danser? demanda Patrick d'un ton neutre.

– Si tu veux.

– Non. Si tu veux.

Elle hésita. Désirait-il parader avec elle autour d'une piste de danse? Elle était bonne danseuse, mais il appréciait peu ce genre d'exercice, sauf sur la glace. Il la regardait, interrogateur. Il voulait surtout lui faire plaisir. Il aurait dû mieux la connaître.

– Il fait trop chaud, dit-elle, impulsive.

– Alors, partons d'ici.

Il fit signe au garçon. Horrifiée, Inez vit disparaître un gros billet. Dommage!

Patrick était-il content de la décision de la jeune fille? Elle n'aurait su le dire. Il ne parla qu'au moment de monter en voiture.

– Je n'ai pas eu une bonne idée, dit-il enfin avec amertume.

– Le dîner était excellent, mais...

– Oui. C'est cela, mais. Trop de mais et trop de monde.

Il fronça les sourcils :

– Je suis toujours mal inspiré! La prochaine fois, je te laisserai le choix.

– Clair de lune et roses, dit-elle.

– Et toi dans mes bras... mais pas dans une salle de bal bondée.

– C'est cela!

Leurs regards se rencontrèrent et toute tension disparut. Le feu qui les brûlait était beaucoup trop profond, trop violent pour être libéré en public. Il fallait en protéger la flamme contre les murmures, les regards. Il étouffait et ni l'un ni l'autre n'osait le réveiller.

Patrick lui ouvrit la portière de sa voiture et, du bout des doigts, lui caressa doucement les chevilles au moment où elle se glissait sur le siège. Elle leva les yeux vers lui, sourit. Il était revenu à elle. Si elle savait attendre, il reviendrait toujours.

— Au printemps prochain, j'achèterai un bateau, dit-il soudain. J'ai toujours aimé être sur l'eau ou dans l'eau. Une fois loin du bord, on peut se sentir libre.

— Oui, j'aime cela, moi aussi.

— Et moi, tu m'aimes?

— Quelle question! Ne le sais-tu pas?

Il s'assit à côté d'elle et la regarda avec détresse, presque.

— Je le sais... et pourtant, parfois, je ne puis y croire. Je ne comprends pas pourquoi tu m'aimes. Tes parents, en tout cas, ne m'aiment pas, eux.

— Oh, je t'en prie! Ne comprends-tu donc pas que certains parents sont déçus que leurs enfants leur ressemblent et d'autres qu'ils ne leur ressemblent pas? Ma mère aurait voulu une fille qui fût son portrait. Au lieu de cela, je suis exactement comme mon père. Il désirait un fils qui l'aurait imité, il a tiré de moi le meilleur parti.

— Dieu merci! Si tu avais ressemblé à ta mère, tu n'aurais pas été pour moi.

— Et voilà. Cette pauvre maman ne peut pas comprendre que je sois d'une autre espèce. Il ne faut pas lui en vouloir.

Patrick conduisait d'une main, l'autre sur le dossier du siège d'Inez. Il ne resta pas longtemps sur la grand-route, mais obliqua dans un chemin de traverse.

— Il est arrivé quelque chose d'assez ennuyeux, aujourd'hui, dit-il brusquement.

— Comment cela?

— Tu sais que j'ai fait changer la serrure de mon appartement après l'épisode Ursula?

— Oui.

— Eh bien, quelqu'un est entré et a bousculé tous mes papiers.

— Quand?
— Quand j'étais à l'hôpital, ce matin.
— Tu en es sûr?
— Certain. On a dû utiliser l'échelle d'incendie.
— Un cambrioleur?
— Non. Et c'est ce qui est étrange. J'avais environ cent livres(1) en billets dans mon bureau, des boutons de manchettes et une montre en or dans un tiroir laissé ouvert. On n'a rien pris. Mais j'ai tout de suite vu qu'on avait fouillé mes affaires. Les fiches que je dressais étaient en désordre, mes tiroirs aussi.
— Oh! dit Inez. C'est ahurissant.
— N'est-ce pas? Je n'y comprends rien.

Val n'avait-il pas dit que, s'il était soupçonné, on penserait aussitôt à Patrick ou à Evelyn? Etait-il déjà repéré? Par qui? Ceux qui aidaient les soi-disant manifestants nationalistes? On avait donc suivi la trace de Val jusqu'à Saxham? L'anxiété serra la gorge d'Inez. Val était en danger. Le savait-il?

Patrick se rangea sur le bas-côté du chemin, au-dessous d'arbres surplombant la chaussée. Il éteignit le contact et, sans un mot, il se tourna vers la jeune fille et l'attira à lui. D'une main, il la retenait serrée contre lui; de l'autre, il la caressait, impatient de la sentir bien à lui. Ses doigts touchèrent ses cheveux, sa nuque, son dos, sa taille, doucement possessifs. Avec un soupir, elle se détendit et son corps épousa le sien.

Puis il l'embrassa et l'extase, l'ineffable douceur de l'amour, oblitéra toute pensée. Les mains nouées derrière la nuque de Patrick, Inez le retenait. Toute impression de frustration s'était envolée.

— Je t'aime... je t'aime, dit-il la voix sourde. C'est merveilleux. Jamais je n'aurais cru que ce puisse être ainsi. J'avais peur... terriblement peur...

(1) Environ 1000 F.

– De quoi?

– De laisser une femme prendre pouvoir sur moi. De me laisser déchirer.

– As-tu encore peur?

– Oh, non. Tu es chaleur, courage, tendresse, répondit-il, ses lèvres sur les siennes. Tu te donnes. Tu n'attends pas de moi que je supplie, que je rampe...

– Oh, mon amour, comment le pourrais-je? Mon cœur est à toi... je suis à toi.

Une fois encore, le monde cessa d'exister, l'heure de s'égrener.

Un concert de timbres de bicyclettes les ramena sur terre. Un groupe d'excursionnistes, sac au dos, passa près de la voiture bruyamment.

– Le diable les emporte! dit Patrick, furieux. Où qu'on soit, on ne peut être tranquille. La prochaine fois, je louerai un bateau et nous descendrons jusqu'à l'estuaire.

– Pour tomber sur des régates, dit Inez, en riant.

Inez tendit la main vers son sac et en sortit un peigne pour remettre en place ses cheveux ébouriffés.

– Faut-il que nous partions déjà? demanda Patrick à contrecœur.

– C'est préférable, je crois. Il faut aller aux *Safrans.* Peut-être y a-t-il d'autres nouvelles.

Patrick la regarda avec tendresse se remettre de la poudre, du rouge.

– Tu ressembles à un ravissant chaton qui fait sa toilette, dit-il, amusé. J'aime les gestes de tes mains.

– Pourquoi? Suis-je différente des autres gens?

– Oui. Différente des autres femmes. Tu n'agites jamais les mains inutilement. Tu es d'une grâce extraordinaire, tu contrôles chacun de tes gestes.

– Mais pas mes émotions, répondit-elle. J'ai mauvais caractère, ajouta-t-elle en se souvenant avec gêne de la scène de l'après-midi avec Evelyn.

Ils parlèrent à peine en revenant aux *Safrans*. Patrick semblait détendu, heureux. Inez, elle, était inquiète.

Ils trouvèrent les parents d'Inez dans le salon avec des boissons glacées préparées à leur intention. Ils furent obligés de s'asseoir, de bavarder. Le bulletin d'information n'avait pas apporté d'autres nouvelles. Chris venait de rejoindre Evelyn pour tenter de la rassurer.

– Je voudrais bien que Val soit revenu, dit soudain Molly.

– Tu n'es pas la seule, observa sa fille.

– Mais je pense surtout à Chris, précisa Mme Raine naïvement. Il voit beaucoup Evelyn et cela ne peut l'amener qu'à être déçu encore une fois.

Sa réflexion eut pour effet de provoquer un silence pesant. Patrick fronçait les sourcils. Il n'avait évidemment pas apprécié cet « encore une fois ».

– Chris n'est pas un idiot, maman, dit enfin Inez. Evelyn lui plaît..., mais il sait que cela ne peut mener à rien.

– A des bavardages! Les médecins doivent se montrer plus prudents que n'importe qui.

Décidément, pensa Inez, Patrick devait croire que sa mère l'attaquait. Elle vida son verre très vite.

– Il faut que nous partions, dit-elle.

Patrick se leva avec une vivacité peu flatteuse. Ils se dirigèrent tous ensemble vers le hall.

– Veux-tu m'attendre dans la voiture, Patrick? demanda Inez. Je voudrais simplement dire un mot à papa.

Elle prit son père par le bras et l'entraîna dans son salon de consultation. Elle ferma la porte, sous l'œil étonné du Dr Raine.

– Eh bien, que se passe-t-il?

– Papa, crois-tu que l'on a le droit parfois de rompre une promesse? demanda-t-elle, angoissée.

– Parfois. Oui. Si l'on peut éviter un malheur en le faisant. Cela dépend...

Une soudaine lueur d'anxiété parut dans ses yeux.

– Tu ne songes pas à reprendre ta parole à Patrick? Cela lui ferait beaucoup de mal.

– Oh, mon Dieu non! Il s'agit d'une promesse que j'ai faite à Val.

– Oui?

– S'il arrive ici des cartes postales ou des lettres venant de lui, peux-tu les prendre et me les réexpédier immédiatement? Ce ne sont pas de simples plaisanteries. C'est très important. Je ne sais pas ce que cela signifie. Il doit y avoir un code.

– Je vois.

– Il m'avait fait promettre de n'en parler à personne, même pas à Patrick, mais de les envoyer à une adresse qu'il m'a fournie. Seulement, bien sûr, ni maman ni Evelyn ne pensent qu'elles ont une valeur quelconque et je ne peux pas le leur expliquer. Willie en a pris une cet après-midi et il l'a presque mise en pièces.

– Ah, c'est donc cela? Il ne s'agit pas d'une simple histoire de reboisement?

– Pas tout à fait. Val se trouve être un ami de Bongo-Sekama et il dispose peut-être de renseignements qu'il ne peut envoyer par les voies ordinaires. Ce qui m'inquiète, c'est que Patrick pense que l'on a fouillé son appartement.

– C'était à prévoir.

– Peut-être. Je ne sais pas. Val ne voulait surtout pas qu'Evelyn fût mêlée à cela. C'est pourquoi il m'a demandé de l'aider. C'est toi qui d'habitude reçois le courrier. Tu peux te débrouiller?

– Bien sûr. Ne te tracasse pas.

– Ce n'est pas facile... et encore bien pire pour Evelyn. Comment a-t-elle réagi au sujet de Willie?

– Bien. Je ne lui ai pas laissé entendre que ça pouvait être sérieux.

Inez embrassa vivement son père et courut rejoindre Patrick qui faisait ronfler son moteur.

– Tout est réglé?

– Je dois dire au revoir à Evelyn.

– Toi? Et moi?

– Non. Inutile de lui donner l'occasion de poser des questions. Je ne serai pas longue.

Elle traversa la rue, très vite. La lumière était allumée dans le salon, mais Evelyn avait oublié de tirer les rideaux. On voyait parfaitement la jeune femme dans un fauteuil dont Chris occupait le bras. Pour un observateur de passage, ce rapprochement pouvait être la preuve d'une intimité certaine. Inez serra les dents. Sa mère avait raison. Chris allait au-devant des commérages. Ne pouvait-il donc pas s'en rendre compte?

Il leva la tête, souriant de son aimable sourire habituel, quand Inez entra dans la pièce, mais il ne changea pas de position. Son attitude révélait une sorte de bravade enfantine qui exaspéra et émut en même temps la jeune fille. Evelyn ne semblait se rendre compte de rien. Peut-être était-elle trop absorbée par ses propres soucis pour s'inquiéter au sujet de Chris.

– Oh, je suis heureuse de vous voir! dit-elle spontanément. Votre père vous a-t-il dit qu'il veut faire examiner Willie par un ophtalmologiste?

– Oui.

– Cela me déplaît énormément. Il est si petit. Il sera terrifié.

– Oh, non, je ne le crois pas. Herbert Whatsford est très doux. Il comprend très bien les enfants, paraît-il. Il ne fera pas peur à Willie. Il ne fera que l'examiner.

– Mais... est-ce réellement nécessaire? Pourquoi sa vue serait-elle défectueuse?

– Papa croit qu'il a l'œil gauche enflammé, répondit

Inez avec précaution. Si faible que soit le symptôme, papa est toujours d'avis de s'en préoccuper sans délai.

– Oh, ça oui, intervint Chris d'un ton enjoué. Comme je le disais à Lyn, le Dr Raine est comme une mère poule avec ses malades.

« Lyn ». Donnait-il déjà son diminutif à la jeune femme? Inez le regarda droit dans les yeux pour y retrouver son air de défi d'enfant entêté.

– Serez-vous là, Inez? demanda Evelyn, suppliante. Pourrez-vous venir avec nous?

– Oui. Je le pense. Je serai libre de 2 à 5. Je m'occuperai de vous.

– Oh, merci! Ça facilitera tout, dit la jeune femme, reconnaissante.

11

– Je ne pourrai pas, gémit Evelyn. On ne peut pas opérer Willie sans que Val soit là. Il est si petit.

– Je vous comprends très bien, répondit Inez, mais, de l'avis de Whatsford, ce ne serait pas raisonnable d'attendre.

– Pourquoi? En quoi cela peut-il changer quelque chose d'attendre une semaine ou deux? Quelquefois, il faut attendre des mois pour se faire opérer quand il n'y a pas de lit.

– C'est parfois tragique! Cependant, il ne s'agit pas en général de cas urgents.

– Voulez-vous dire que pour Willie c'est urgent? demanda la jeune femme angoissée.

– Pas forcément. Mais on donne toujours la priorité aux enfants.

– Oh, Inez, non! Ne soyez pas si professionnelle

avec moi! Soyez franche. Ne comprenez-vous pas qu'il faut que je sache? Y a-t-il danger?

– Je ne suis pas ophtalmologiste et je n'ai pas vu le rapport du spécialiste.

– Le Dr Whatsford a laissé entendre que Willie pourrait perdre la vue de l'œil gauche et même l'œil! Est-ce vraiment un spécialiste de première classe? Ne faudrait-il pas que j'emmène Willie à Londres?

– Whatsford a exercé à Londres pendant des années. Il s'est établi à Saxham pour la santé de sa femme. Patrick a une absolue confiance en lui.

– Ça ne veut rien dire, il se moque de Willie, répondit Evelyn d'un ton sec. Je vais télégraphier à Val de rentrer immédiatement. C'est à lui de prendre la décision.

– Oui. C'est une idée.

Peut-être était-ce là le meilleur moyen de soustraire Val aux dangers qu'il courait, songea Inez avec soulagement. D'autre part, Willie était son fils. La présence de Val s'imposait.

– Il viendra quand il saura que j'ai besoin de lui, ajouta Evelyn confiante.

Elles traversaient lentement la cour de l'hôpital en direction du parc à voitures. Inez portait Willie. Il ne semblait pas avoir été particulièrement ému par son épreuve. Il jouait avec le collier d'Inez.

Le Dr Raine, qui avait amené la mère et l'enfant, était encore en consultation avec Whatsford.

Inez installa Willie sur la banquette arrière de la voiture de son père et Evelyn monta à côté de lui.

– Etes-vous de service demain? demanda soudain la jeune femme. Ne pouvez-vous venir me voir?

– Je crains que non. La surveillante prend sa journée et ce seront mes premières armes comme infirmière en chef sans son aide.

– Oh, ce doit être terrifiant! Vous avez peur?

– Un peu. On peut s'attendre à tout en week-end à cette époque de l'année. J'avoue que cette perspective ne m'enthousiasme pas. Les accidents de la route surtout sont moches et il faut savoir quoi faire.

– C'est horrible. Mais vous ne perdrez pas la tête.

– On ne peut pas se le permettre quand on compte sur vous.

– C'est moins tragique quand il s'agit d'étrangers. Il ne faut pas m'en vouloir de faire tant d'histoires au sujet de Willie.

– Mais je vous comprends, croyez-moi. Tâchez seulement de tenir le coup jusqu'à lundi. Nous saurons mieux où nous en sommes. Tiens, voilà papa!

Le Dr Raine tira de sa poche quelques enveloppes de format commercial et les tendit à Inez.

– Tiens, cela t'est adressé. Des soldes d'été, dit-il d'un ton léger. Tu trouveras peut-être quelque chose d'intéressant. J'imagine que tu commences ta chasse au trousseau.

Evelyn le regarda d'un air de reproche inconscient, mais Inez comprit. C'étaient évidemment des nouvelles de Val.

– Merci, répondit-elle vivement. Je ne pourrai pas aller en ville pour m'occuper de mon trousseau. Il n'est pas question de voyage de noces non plus avant Noël. Peut-être aurons-nous un long week-end, c'est tout.

– Pas de chance, dit Evelyn machinalement.

Quand la voiture s'éloigna, la jeune femme se retourna pour regarder Inez qui agitait la main. Evelyn soupira. Avec le soleil qui illuminait ses beaux cheveux noirs et sa jolie silhouette élancée, Inez donnait une impression de beauté et d'absolue confiance.

– Votre fille me donne presque un complexe d'infériorité, dit Evelyn au Dr Raine. Elle a tellement de courage... de force.

— Vous avez votre forme de courage, vous aussi, répondit tranquillement le Dr Raine. Le courage qui est basé sur la foi.

— Il vacille bien souvent, dit la jeune femme, la gorge serrée. Que vous a dit le Dr Whatsford?

— Rien de neuf. Quelque chose fait pression, qu'il faut retirer aussi tôt que possible.

Evelyn se tut, serrant étroitement son fils contre elle, comme pour le protéger contre tout ce qui le menaçait. Elle était reconnaissante au Dr Raine de ne pas chercher à la rassurer machinalement. Il la comprenait très bien, elle en était sûre. Trop bien pour vouloir lui mentir « pour son bien ».

— Pouvons-nous nous arrêter à l'église une minute? demanda-t-elle soudain.

— Mais certainement, mon petit.

— Sans doute est-ce parce que notre vie, à la maison, a toujours été centrée sur l'église de père, mais je ne puis bien prier que dans une église, dit-elle avec simplicité.

Elle passa du brillant soleil extérieur à la fraîche pénombre de l'intérieur de la vieille église. On avait déjà fait l'arrangement floral pour le lendemain et les roses rouges se mêlaient aux lis et aux œillets. Leur parfum lui fit l'effet d'une bénédiction.

Lorsqu'elle reparut, ses yeux avaient perdu leur expression d'angoisse.

— Merci, je me sens mieux, dit-elle en souriant au Dr Raine. Je me suis souvenue que mon père disait toujours d'avoir confiance et j'ai cru entendre la réponse : « N'aie pas peur! » J'enverrai un télégramme à Val, mais s'il ne peut pas venir, je m'arrangerai.

Elle garda cette sérénité pendant les vingt-quatre heures suivantes. Puis un nouveau choc la frappa, le dimanche soir. Elle était dans le salon des *Safrans* avec le Dr Raine et Christopher. Molly s'était proposée pour garder les enfants pendant qu'Evelyn écoutait les informations de 10 heures.

– *De nouvelles émeutes ont éclaté à Lungawayo. Ce matin, de bonne heure, des terroristes ont attaqué une école de la mission au moment où avait lieu un service de l'école du dimanche. Le révérend John Cussone et un membre de la commission forestière, M. Valentin Elbure, ont tenu tête aux attaquants. La plupart des enfants ont été mis en sûreté avant que les terroristes aient le dessus, mais on craint que le révérend John Cussone, M. Valentin Elbure et l'une des institutrices, Mlle Ethel Hanscombe, n'aient perdu la vie dans la bataille.*

Evelyn se crut brusquement frappée au cœur et plongée dans un abîme noir, sans fond. Le speaker parlait toujours, mais sa voix lui parvenait de plus en plus faible. Elle n'entendait plus ce qu'il disait. Puis ce fut le silence et le contact froid d'un verre contre ses lèvres.

– Buvez, disait le Dr Raine. Une ou deux gorgées seulement.

Du feu sur sa langue, l'odeur de l'eau-de-vie. Elle s'étrangla un peu, se redressa, haletante, la vue brouillée. Elle se passa la main sur les yeux. Elle reconnut le visage doux et désolé du Dr Raine qui se penchait sur elle, entendit, dans son dos, Christopher qui jurait entre ses dents.

– C'est bien, maintenant. Je ne vais pas m'évanouir, dit-elle d'une voix faible.

– Détendez-vous une minute, conseilla le Dr Raine. Réchauffez le café, Chris. Cela lui fera du bien.

Il s'assit sur le bras du fauteuil et posa une main ferme sur son épaule. Elle s'appuya contre lui, reconnaissante. Son propre père n'aurait pu être plus gentil, pensait-elle, le cerveau embrumé. Mais cela ne servait à rien... à rien.

– Val... murmura-t-elle. *Val...*

– Il n'y a absolument aucune preuve. Peut-être n'est-il que blessé.

– Jamais il n'a eu peur de rien. Il faut toujours qu'il aille au secours de quelqu'un. C'est pour ça que je l'ai aimé à la place de Pat. Val songe aux autres. Pat ne s'en occupe pas. L'amour de Val est fait de gentillesse. C'est tellement important, la gentillesse.

– Oui. Quoi qu'il arrive, vous avez lieu d'être fière de lui.

– Je le suis. Je l'ai toujours été...

Elle fut incapable de parler pendant quelques secondes. Elle but une nouvelle gorgée d'alcool.

– ... Il n'est pas mort, dit-elle enfin. Je l'aurais su. Je suis certaine que je l'aurais su. Tous ces jours derniers, j'ai senti qu'il était en danger. Lorsque l'on est très proche de quelqu'un, on sent ce qui lui arrive.

– Certainement.

– Il a dit qu'il reviendrait... et Val n'a jamais failli à une promesse. Je n'ai pas à avoir peur, n'est-ce pas?

– Non, mon petit. On a envoyé des troupes par avion à Lungawayo pour rétablir l'ordre. Tout sera bientôt réglé.

Chris revint dans la pièce avec le café réchauffé. La jeune femme en but une tasse. Ses mains tremblaient, mais les battements désordonnés de son cœur s'étaient calmés.

– Il faut que je téléphone à tante Béatrice pour qu'elle fasse en sorte que le père de Val ne se tracasse pas, dit soudain Evelyn d'une voix presque normale.

Chris la regardait, anxieux et stupéfait. Elle lui semblait ne pas avoir compris le sens des nouvelles annoncées. Elle ne pouvait pas lui expliquer pourquoi elle n'y croyait pas. Que savait-il d'un amour comme le sien et celui de Val? Il ne l'avait jamais vécu, sans doute ne le connaîtrait-il jamais. C'était un garçon charmant, attentionné, un excellent ami à avoir, mais les émotions intenses, dévastatrices, n'étaient pas pour lui.

Les nouvelles du matin apportèrent d'autres détails sur l'acte de terrorisme. On avait retrouvé le corps du chef de la mission, mais Val et l'institutrice blessée avaient disparu. C'était significatif, se dit Evelyn avec résolution. Il fallait bien s'attendre à ce que Val ait emmené la femme en sûreté, n'importe comment. Il était d'un courage à toute épreuve. Le chef Bongo-Sekama était porté manquant, lui aussi. Mais les nouvelles selon lesquelles il aurait été tué n'étaient pas confirmées. Evelyn savait qu'il était un vieil ami de Val. Elle s'efforçait de croire qu'ils se cachaient quelque part.

Il lui fallait rester calme, pour Willie. Elle était seule, à présent, à devoir prendre une décision. Cette idée la torturait. Elle cherchait désespérément à penser plutôt qu'à ressentir. Oh, cette faiblesse toujours présente! Elle n'était pas aussi enfant et inintelligente que beaucoup de gens voulaient bien le croire. Si Whatsford, le Dr Raine et Patrick étaient d'avis qu'il fallait absolument opérer, elle devait trouver la force de s'incliner. Mais comment ferait-elle sans le consentement et l'aide morale de Val?

Elle était seule avec ses enfants, le mercredi après-midi, lorsque arriva sa cousine Ursula. Avec ses cheveux dorés, ses yeux bleus, son sourire doux, apitoyé, Ursula personnifiait l'ange bienfaiteur. Cependant, pour Evelyn, peu de visiteurs auraient pu être les moins bienvenus.

Bien qu'elles eussent été élevées ensemble, comme des sœurs et que, pendant des années, Evelyn ait obéi aveuglément à Ursula, qu'elle admirait, Val avait rompu le charme irrévocablement. A présent, Evelyn craignait sa jolie cousine dont elle se méfiait. Jamais, elle le savait, Ursula ne lui avait rendu l'affection loyale et chaude qu'elle lui portait. Au contraire, elle l'avait toujours secrètement jalousée et s'était employée à lui jouer des tours.

— Ma chérie, je suis venue aussitôt que je l'ai pu. J'ai mon après-midi de libre et j'ai convaincu notre charmant Dr Denyer de me conduire jusqu'ici, dit Ursula en se penchant pour embrasser sa cousine.

Ses lèvres étaient aussi froides qu'une peau de reptile, songea involontairement Evelyn qui frissonna. Ses yeux bleus étaient glacés, eux aussi. Si Ursula éprouvait un sentiment d'humanité, ce n'était en tout cas pas pour elle. Evelyn se recula, écœurée par l'odeur de muguet que répandait Ursula.

— Où est Chris? demanda-t-elle, cherchant instinctivement de l'aide.

— Au dispensaire. Il me reconduira à Saint-Chad après le thé, répondit calmement Ursula. Comment te sens-tu, Lyn? J'avais peur de te trouver totalement effondrée.

— Lorsqu'on a des enfants, on ne peut pas se le permettre. D'une part, je ne crois pas que Val ait été tué.

— Pourtant, il me semble que cela fait aucun doute, dit froidement Ursula. Cela lui ressemble bien de littéralement se suicider pour une poignée de négrillons. Il n'a jamais eu de bon sens.

— Peu importe leur couleur. Ces enfants étaient en danger, Val s'est porté à leur aide, c'est naturel.

— Il a toujours été du genre Don Quichotte, déclara Ursula avec mépris. Je savais bien qu'un jour ou l'autre il le paierait.

Evelyn se sentit envahie par une brusque nausée. Ursula n'était pas venue pour la plaindre, mais pour se réjouir. Jamais elle n'avait aimé Val parce qu'il l'avait percée à jour.

Ursula, par sa seule présence, rendait l'air irrespirable. Evelyn serra fortement les mains pour que leur tremblement ne la trahisse pas.

– Veux-vu du thé? demanda-t-elle.
– Nous avons bien le temps de bavarder avant.
– A quel sujet?
– L'avenir de ton fils... s'il en a un.
– Que veux-tu dire?
Instinctivement, Evelyn regarda Willie qui, par terre, jouait avec des cubes de couleur. Il cherchait, sans grand succès, à en faire une pyramide.
– Je sais tout. C'est pourquoi il fallait que je te voie, dit Ursula avec un doux sourire apitoyé. Tu es tellement petite fille. Je ne pense pas que tu te rendes compte de ce qu'ils cherchent à te faire... et pourquoi?
– Qui?
– Patrick et le Dr Raine. Ils te pressent de faire opérer Willie, n'est-ce pas?
– Sur le conseil du Dr Whatsford.
– Oh, lui? Pour lui, Willie est un numéro, sans plus.
– Je ne comprends pas, Ursula.
Le tremblement qui agitait ses mains gagnait ses genoux. Elle s'assit très vite.
– Evidemment. Comment le pourrais-tu? Tu fais preuve d'une confiance tellement enfantine, continua Ursula d'une voix très douce. On ne t'a pas dit ce qui arrivera si l'on opère.
– Je sais. Je sais que Willie risque de perdre un œil.
– Cela, ma chérie, ce n'est pas un risque. C'est une certitude. Mais quand on tente d'enlever une tumeur maligne à un enfant de cet âge, les cellules malignes se répandent dans le sang. En très peu de temps, Willie perdra un œil et presque certainement la vie. Tu n'y avais pas pensé, n'est-ce pas?
– Evidemment, j'y ai pensé. Je ne suis pas totalement stupide, Ursula. Je sais lire entre les lignes, lorsqu'il le faut.
– Et pourtant, tu les laisses faire... et tuer ton fils.

– Je t'en prie! Je préfère n'en pas parler.

– Mais, il le faut. Tu dois voir les choses en face avant qu'il ne soit trop tard, insista Ursula, inexorable.

– On ne peut pas se permettre d'attendre, m'a-t-on dit.

– Qui cela? Ceux qui veulent se débarrasser de Willie? Ils n'ont même pas suggéré de tenter un traitement au radium d'abord, n'est-ce pas? Et, pourtant, on obtient avec ces rayons des succès étonnants, bien souvent. Mais ils ne vont pas laisser échapper leur chance.

– Quelle chance? demanda Evelyn dont la tête tournait.

– Es-tu donc absolument idiote? Val mort, qui donc est l'héritier de son père? Willie, bien sûr. Willie éliminé à son tour, tu ne penses tout de même pas que le père de Val laissera tout ce qu'il a à ta fille? La propriété ira à Patrick. Et, naturellement, Patrick le sait.

– C'est monstrueux!

– Mais, ma chérie, c'est criant.

Ursula ouvrit son luxueux sac en lézard, en sortit un étui à cigarettes en platine, choisit une cigarette à bout doré et l'alluma. Evelyn la regardait faire à demi hypnotisée par ses gests lents, calculés, félins. Ursula aspira la fumée avec un plaisir visible, referma son sac et sourit doucement à sa cousine.

– Patrick a toujours été affreusement jaloux de Val. Il ne t'a jamais pardonné de l'avoir laissé tomber pour l'épouser. Il peut faire semblant de ne pas s'en soucier, mais jamais il n'a accepté qu'on lui ait préféré Val. A présent, il peut reprendre sa place d'héritier légitime. Penses-tu qu'il ne sauterait pas sur l'occasion?

– Patrick ne veut pas des *Sources*. Il ne... Il n'y a pas que lui, il y a aussi le Dr Raine.

Evelyn avait du mal à contrôler sa voix.

– Mais tu es bouchée! Patrick veut *Les Sources* pour la fille de Raine. Son père pense évidemment à ses intérêts. Et tu fais leur jeu.

– Il faut pouvoir avoir confiance, répondit Evelyn, désespérée. Cela existe, l'intégrité, l'honnêteté professionnelle. Tu n'as aucune foi en la nature humaine.

– Je la connais, dit Ursula très calme. Les médecins et les chirurgiens ne sont que des hommes, animés de désirs et d'ambitions humains. Que leur importe la vie d'un petit garçon. L'opération a réussi, mais l'opéré est mort, combien de fois entend-on cela?

– Tu es cruelle, gémit Evelyn. Délibérément cruelle. Tu cherches à me torturer.

– Je te mets simplement en face des faits.

– Pourquoi? Tu te moques de Willie... et de moi.

– Je ne veux pas qu'Inez Raine obtienne tout ce qu'elle veut. Simplement parce qu'elle a été assez maligne pour se servir de votre ressemblance pour jeter le grappin sur Patrick... Sais-tu qu'il lui a donné les perles noires? Non seulement la bague, mais le bracelet et le collier. Et elle n'est pas encore sa femme. Cette fille l'a ensorcelé. Rien ne l'arrêtera pour lui faire plaisir. Son père est tout aussi méprisable qu'elle.

– Tu crois réellement ce que tu dis là? Tu es persuadée qu'un médecin, un chirurgien de leur classe condamneraient délibérément un enfant à mort? demanda Evelyn d'une voix tremblante.

– C'est absolument évident.

– Eh bien, non! Rien ne serait assez puissant pour faire perdre à ces deux hommes tout sens de l'honneur professionnel. J'hésitais... mais tu m'as aidée à prendre une décision. Je leur donnerai mon accord.

– Et tu condamneras ton propre enfant à mort?

– Tu es trop cruelle. Va-t'en!

– Oui! Oh, oui!

Les deux femmes se retournèrent pour voir Christopher sur le seuil. Il regardait Ursula comme s'il ne l'avait encore jamais vue.

— Cruelle et méchante. Dieu sait pourquoi. J'ai entendu...

— Oh, Chris! dit Evelyn les lèvres tremblantes. Ce n'est pas vrai, n'est-ce pas?

— Vrai? Je n'ai jamais entendu quelqu'un mentir à ce point.

Il se rapprocha d'Evelyn, s'assit sur le bras de son fauteuil et prit ses mains crispées entre les siennes. Puis il regarda Ursula par-dessus la tête penchée de la jeune femme.

— Et si nous parlions de *votre* intégrité professionnelle, mademoiselle Shelley? Sans doute avez-vous de bonnes raisons pour en faire fi?

— Je ne suis pas de service. Je discute ici d'une affaire strictement personnelle et familiale, répondit Ursula, très froide.

— S'il vous plaît, une question cependant, pourquoi tourmentez-vous Evelyn avec ces mensonges odieux?

— Pour vous, ce sont des mensonges? dit Ursula en écrasant sa cigarette avec soin. Peut-être faites-vous partie de la conspiration, vous aussi?

— Trêve de stupidités! Il vaut mieux que vous partiez!

— Mais certainement. J'ai dit ce que j'avais à dire. Si Evelyn ne veut pas en tenir compte et préfère assister à l'enterrement de son fils...

Sur ce, elle se dirigea vers la porte. Evelyn poussa un petit cri, involontaire. Aussitôt Chris la prit dans ses bras.

— Ne vous laissez pas impressionner, je vous en prie, dit-il vivement. L'enfant s'en tirera très bien. J'en suis sûr.

Evelyn s'appuya contre lui, cherchant désespérément à réprimer le tremblement qui l'agitait. Des sanglots nouaient sa gorge, gonflaient ses paupières.

— Lyn, mon chou, ne vous découragez pas, dit le jeune médecin tendrement. Je ne sais quel mobile la poussait, mais ce ne sont qu'inventions démoniaques.

— Qu'avez-vous entendu?

— Plus qu'assez. Il n'y avait que quelques vieux au dispensaire et ils voulaient voir le Dr Raine. Alors je suis venu ici. Je n'ai pas voulu interrompre ce qui me semblait être des confidences de femme à femme. J'ai allumé une pipe et je l'ai fumée, sous le porche. J'ai commencé à tendre l'oreille quand elle s'est mise à parler d'Inez et de son père. Cette femme est-elle folle? Ce qu'elle a dit est abominable.

— Je crois qu'Ursula m'a toujours détestée, répondit Evelyn d'un ton morne. Parce que Pat et Val ne se sont jamais autant occupés d'elle que de moi. Elle a une idée fixe en ce qui concerne Pat. Maintenant, elle s'attaque à Inez.

— Ça, c'est vrai! Mais rien ne justifie les accusations portées contre le Dr Raine. C'est peut-être le meilleur et le plus consciencieux des médecins que je connaisse. Il ne reculerait devant rien pour ses malades.

— Oh, je le sais bien.

— Alors, pourquoi vous mettre dans un état pareil?

— A cause de ce qu'elle a dit au sujet de Willie. Elle semble tellement certaine qu'il n'en réchappera pas.

— Mais c'est ridicule! Autant que je sache, Elbure ne pense pas qu'il s'agisse d'un sarcome, le Dr Raine non plus. Mais tout le monde, maintenant, saute à cette conclusion. On parle et on écrit énormément au sujet des cancers. Ils sont très rares chez un enfant de l'âge de Willie. Il y a dix chances contre une que c'en soit un.

— Vraiment? Oh, Chris, comme vous me rassurez.

— C'est ce que je voudrais faire, toujours. Sans doute ne devrais-je pas le dire, mais vous êtes la femme la plus adorable que j'aie jamais rencontrée, répondit le jeune homme impulsivement.

– Oh, non! Il ne faut pas...

– Ma chérie. Ce n'est pas de ma faute. Je vous ai aimée dès que je vous ai vue.

Doucement, il dégagea son front empourpré et posa doucement ses lèvres sur ses sourcils.

– Très joli! Vraiment touchant! dit soudain la voix froide d'Ursula. Eh bien, ma chère Lyn, tu n'as pas perdu de temps à te faire consoler.

Christopher bondit sur ses pieds, écarlate et furieux.

– Je vous avais dit de partir.

– Oui. Assez grossièrement, du reste. Mais... je ne puis pas prendre l'autobus sans argent. Je suis revenue chercher mon sac, répondit Ursula très calme. C'est bien dommage, n'est-ce pas ? Surtout pour vous, docteur Denyer...

– Voilà votre sac, prenez-le et filez, dit Chris bouillant de rage.

– Je ne pense pas que votre position vous autorise à utiliser ce ton avec moi, répondit Ursula de la même voix calme. A moins, bien sûr, que vous vous soyez à ce point entiché de ma cousine que vous soyez disposé à briser toute votre carrière pour son seul plaisir.

– Je ne comprends pas ce que vous cherchez à insinuer.

– Le Conseil de l'Ordre considère d'un très mauvais œil les jeunes médecins qui flirtent avec leurs jolies clientes.

– Ursula! s'écria Evelyn très pâle. Comment peux-tu dire une chose pareille? Chris a simplement été gentil.

– Tu étais dans ses bras. Il t'embrassait et te disait qu'il t'aimait. Si je le dénonce, je suis certaine qu'on jugera sa conduite coupable du point de vue professionnel.

– C'est grotesque! protesta Chris. Evelyn n'est pas une cliente.

– Vraiment? Elle n'est pas venue vous consulter, le

Dr Raine et vous? Vous ne vous êtes pas occupé de Willie?

– Tu perds l'esprit! Je suis la femme de Val, cria Evelyn.

– Ou sa veuve. Cela n'arrange rien. Un médecin ne devrait pas profiter de l'absence d'un mari, continua Ursula avec une joie mauvaise. Je crois que vous avez fait un faux pas, docteur. Même si l'on admet votre version, vous serez fini ici. Les bruits se répandent comme un feu de brousse dans un village... ou un hôpital.

– Ursula, tu ne pourrais... tu ne voudrais pas faire une chose pareille, dit Evelyn, désespérée. Tu ne manquerais pas de scrupules à ce point.

– Ma chère Lyn, tu devrais pourtant le savoir. Je puis être une excellente amie. Mais je suis aussi une ennemie implacable. Je déteste les Raine. Cela déplairait certes au Dr Raine de voir son assistant traîné devant le Conseil de l'Ordre. Sans doute apprendra-t-on l'existence de la liaison d'Inez Raine et du Dr Denyer qui t'a choisie comme remplaçante. Cela incitera peut-être Pat à ne pas se laisser manœuvrer par une petite infirmière de mœurs légères.

– Patrick, murmura Evelyn. Tout nous ramène à lui. Tu ne reculeras devant rien pour le séparer d'Inez.

– Exactement. La seule chose que Pat ne puisse tolérer, c'est le scandale.

– Eh bien, pour Inez, il y ferait face, dit Evelyn avec force. Jamais tu ne les sépareras.

– Nous verrons. Tu admettras que tu te trouves dans une situation très compromettante?

– Je ne l'admets pas, parce que c'est faux! Si Val était ici, tu n'oserais pas!

– Mais Val n'est pas ici. Val est mort. Tu ne peux plus te cacher derrière lui, répondit Ursula avec sérénité. Et je doute que tu trouves en la personne du

Dr Denyer un remplaçant de la même trempe. Il lui faut sauver sa peau.

– Et moi qui vous croyais une sainte, dit Chris, incrédule. Vous êtes l'incarnation du diable.

– Peut-être, admit Ursula sans se troubler. Si vous ne voulez pas être signalé, docteur, vous feriez bien de récupérer Inez Raine. Si vous annoncez vos fiançailles avec elle, j'oublierai ce que j'ai vu et entendu.

Elle leur dédia son sourire angélique et les laissa seuls. Ils la regardèrent, par la fenêtre, longer sans hâte l'allée dallée et se diriger vers l'arrêt de l'autobus.

– Elle doit être folle, dit Chris, morne.

– Elle l'est de Patrick, répondit Evelyn, amère. Autrement, tout ce qu'elle fait est d'une implacable logique. Peut-elle réellement vous faire citer devant le Conseil de l'Ordre?

– Peut-être, si elle continue à dénaturer les faits, admit Chris en se tirant machinalement les cheveux. Elle est de cette catégorie de témoins que l'on est tenté de croire. Je suis absolument désolé. Jamais je n'aurais dû vous mettre dans une situation semblable. Mais... j'étais sincère. Vous ne m'abandonnerez pas, Lyn? Nous sommes liés, n'est-ce pas?

– Non, répondit Evelyn doucement. Je ne puis être liée qu'à Val. S'il le faut, bien sûr, j'expliquerai ce qui s'est passé. Il est ridicule de dire que vous flirtiez avec moi. Comme si je vous aurais laissé faire!

– Quoi? Mais, vous m'avez laissé croire que je ne vous étais pas antipathique?

– Bien sûr. A qui le seriez-vous?

– Je veux dire que vous m'aimiez bien. Je sais qu'il est beaucoup trop tôt pour que vous puissiez penser à cela, mais... si vous avez perdu votre mari...

Il s'interrompit, très mal à l'aise.

– Oh, non! Je n'ai pas perdu Val. Jamais je ne le perdrai, répondit Evelyn. Nous nous sommes promis

« jusqu'à ce que la mort nous sépare », mais nous n'avons jamais cru que la mort pourrait nous séparer. Où qu'il soit, Val m'aime toujours et je l'aimerai toujours. Eternellement.

— C'est... Mais, vous n'avez pas l'intention de passer le reste de votre vie toute seule?

— En un sens, je serai toujours seule, sans Val. Et cependant je ne le serai pas. L'amour n'est pas un objet que l'on peut vous donner et vous reprendre brusquement, même pas la mort. Je ne crois pas que Val ait été tué, mais s'il l'a été, il demeure mon mari... et le seul homme que j'aimerai jamais.

— Je vois! J'aurais préféré que vous m'eussiez fait comprendre cela plus tôt.

— Je le croyais. Ne m'en veuillez pas. Vous avez tous été si gentils... si prêts à vous « occuper d'Evelyn », comment aurais-je pu être distante avec vous?

— Oh, vous ne l'avez pas été le moins du monde, dit Chris comme un enfant très déçu. Vous m'avez même encouragé à venir ici, chaque soir.

— Oh, mon Dieu! Oui, c'est possible, vous êtes tellement aimable, j'aimais tant parler avec vous.

— Vous avez dû vous rendre compte que j'étais attiré par vous.

— Oui, répondit-elle franchement, mais ce n'est pas la première fois que cela arrive. La majorité des hommes pensent que je suis jolie et se montrent galants et chevaleresques.

— Qu'est-ce que nous allons faire? demanda-t-il d'un air tellement lamentable qu'il lui fit pitié. Mlle Shelley est décidée à me démolir... Dieu sait pourquoi!

— Inez sera peut-être de bon conseil. C'est elle que vise Ursula.

— Inez? répéta-t-il avec un soupir de soulagement. Oui. Je vais me mettre à sa merci. Peut-être acceptera-t-elle de rompre temporairement ses fiançailles. Après tout, si l'on me fait citer devant le Conseil de l'Ordre, cela touchera son père aussi bien qu'elle.

Evelyn réprima un profond soupir. Chris venait de montrer ce qui le différenciait de Val. En cas de crise, de tentative de chantage, Val se serait battu jusqu'à son dernier souffle. Le premier mouvement de Chris était de courir se mettre à l'abri. Evelyn ne pouvait lui en vouloir pour cela, elle avait la même tendance. Elle n'était pas batailleuse de naissance. Elle ne pouvait se contraindre à rendre les coups même quand ils étaient mérités. Elle penchait pour la solution la plus simple et... maintenant Chris devait payer pour cela. Elle aurait dû lui faire comprendre qu'elle n'avait besoin ni de lui ni de personne d'autre pour veiller sur elle, à l'exception de Val.

Elle n'était pas courageuse de nature, comme Inez, mais, maintenant qu'elle était mère, il lui fallait être brave, pour Willie.

– Je suis profondément navrée, Chris, dit-elle. Mais je ne puis rien pour vous. Je ne puis penser qu'à Val et aux enfants.

– Pourquoi diable ne pas me l'avoir fait comprendre plus tôt?

12

Inez était seule dans l'un des petits salons du pavillon des infirmières. Elle procédait à une expérience avec son transistor et un tout nouvel appareil enregistreur. Tout poste de radio était strictement interdit dans les chambres à coucher. Trop d'infirmières ayant tendance à faire marcher le leur quand leurs camarades luttaient pour trouver le sommeil.

L'appareil enregistreur avait été une surprise de Patrick. Il connaissait et partageait l'amour d'Inez pour la musique classique. Il avait pensé qu'elle aimerait enregistrer des concerts qui lui plairaient. Elle avait protesté pour la valeur du présent, mais elle n'avait pas caché la joie qu'il lui procurait.

– Eh bien, avait-il dit. Pour une fois, j'ai eu une idée heureuse!

Cela l'avait beaucoup touchée. Il y avait en Patrick une humilité innée, un désir douloureux de lui faire plaisir qui auraient stupéfié ceux qui le considéraient comme froid et arrogant. L'amour qu'il lui portait n'était pas un amour ordinaire. Il était, comme l'avait dit Evelyn, « dévastateur », intense.

Le jeune fille régla le son puis s'installa dans un fauteuil, l'appareil enregistreur sur une table basse, à côté d'elle. Les premières notes, poignantes et familières, de la cinquième symphonie de Beethoven lui donnèrent, comme toujours, une impression d'exultation intense.

L'arrivée soudaine d'Ursula Shelley rompit brusquement le charme.

– Mademoiselle Raine, dit-elle avec une expression de chat qui a surpris une souris hors de son trou. Je vous cherchais.

– Et vous m'avez trouvée, répondit Inez sans se déplacer.

– Vous profitez de vos loisirs bien mérités, à ce que je vois.

– J'en profitais, oui.

– Désolée de vous déranger, mais j'ai à vous parler.

Ursula, de son pas glissant, s'approcha du poste de radio et tourna le bouton de sorte qu'on n'entendit presque plus rien. C'était bien d'elle, songea Inez furieuse.

– Je rentre à l'instant de West Wheystone, annonça Ursula en s'asseyant à côté d'Inez.
– Oh? Comment va Evelyn?
– Elle tient le coup, remarquablement bien. En fait, elle a déjà trouvé un homme pour la consoler de la perte de Val.
– C'est stupide! jeta Inez.
– Vous le croyez? Le hasard a voulu que j'interrompe une scène des plus touchantes. Evelyn était dans les bras de Christopher Denyer. Il l'embrassait et l'assurait de son adoration impérissable. Evelyn se laissait faire.
– Oh!
– J'ai jugé de mon devoir de le prévenir que le Conseil de l'Ordre verrait d'un très mauvais œil une telle conduite envers l'une de ses jeunes clientes. Je suis obligé de le faire citer.
Inez surprit l'ombre de son sourire :
– Pour un baiser en passant? Cela me paraît invraisemblable.
– Oh, mais il y a plus. J'ai procédé à une enquête discrète et j'ai appris que notre jeune médecin a l'habitude de se rendre chaque soir aux *Châtaigniers,* relativement tard.
– Vraiment?
– Ce genre de preuve suffit à convaincre beaucoup de gens. Si je le faisais comparaître... Vous ne dites rien?
– Cela ne me regarde pas.
– Si toute l'histoire se sait, on apprendra que, repoussé par vous, il se sera tourné vers Evelyn, par esprit de compensation. La répercussion affectera forcément votre père, vous-même... et Patrick.
– Vous dénaturez les faits. Je n'ai jamais été fiancée à Chris.
– Vous sortiez régulièrement avec lui, jusqu'à ce

que vous ayez rencontré Patrick et décidé qu'il représentait une meilleure affaire.

Inez voyait à présent très clairement où Ursula voulait en venir. Chris avait agi avec maladresse et elle en tirerait parti.

– Pourquoi êtes-vous venue me voir et me servir les fruits de votre imagination? demanda-t-elle.

– Parce que vous êtes en mesure de me persuader de ne pas le dénoncer.

– Comment?

– S'il annonçait ses fiançailles avec une autre jeune fille, je pourrais oublier ce que j'ai vu.

– Ah bon, c'est cela! Du chantage? dit Inez avec mépris.

– Appelez cela comme vous le voudrez! Votre petit médecin et son avenir ne m'intéressent pas. Je ne veux qu'une chose, protéger Patrick.

– Je comprends! Vous ne reculerez devant rien pour l'éloigner de moi? Et vous vous imaginez que vous pouvez, par un ignoble chantage, me faire rompre mes fiançailles?

– Je crois que nous nous comprenons très bien. Si vous éprouvez un sentiment réel pour Patrick, vous ne voudrez pas le voir mêlé à une enquête du Conseil de l'Ordre. Vous ne pouvez espérer le tenir à distance. Il représente la meilleure excuse du Dr Denyer pour la conduite répréhensible du Dr Deyner à l'égard d'Evelyn.

– Vous êtes totalement dépourvue de scrupules. Il ne doit pas y avoir beaucoup de gens de votre espèce.

Ursula sourit.

– J'ai toujours fait en sorte de défendre mes intérêts. Est-ce être sans scrupules? Il me faut sauvegarder ceux de Patrick par tous les moyens. Je ne pense qu'à lui.

– Parlons-en! Lorsque, pour la première fois de sa

vie, peut-être, il a la chance d'être heureux, votre premier soin est de tout détruire.

– Ne vous agitez pas, cela ne vous servira à rien. Je suis abolument décidée à mettre un terme à cette histoire ridicule avant qu'il soit trop tard pour lui.

– Résumons-nous. Si Chris Denyer annonce ses fiançailles avec une autre jeune fille, vous ne l'inquiétez pas?

– Exactement.

– Et qui me le prouve? Attendez-vous de moi que je croie en votre parole?

– Pourquoi pas? Je m'y tiens toujours. Tout dépend de vous. Vous n'êtes pas obligée d'accepter mes conditions. Je vous laisse réfléchir.

Sur ce, Ursula se leva, avec sa grâce habituelle; elle s'arrêta une seconde pour tourner le bouton du poste de radio et elle sortit sur les dernières mesures de la symphonie.

Inez resta immobile durant quelque minutes. Elle n'avait jamais sous-estimé Ursula, ni son animosité implacable, mais elle n'avait pas prévu cet ultimatum. Pourtant, elle avait été fidèle à sa tactique en trouvant le point faible de la cuirasse de son adversaire. Christopher avait été une arme entre ses mains et elle s'en était servie avec une habileté consommée.

Il serait absolument futile de plaider ou de raisonner avec elle. Elle ne se préoccupait absolument pas des dégâts qu'elle faisait ou de ceux qui souffraient de ses machinations. Elle ruinerait la carrière de Chris, mettrait le Dr Raine dans une situation désagréable, jetterait sa cousine Evelyn en proie à la publicité malveillante, tout cela dans le seul but d'empêcher Patrick d'épouser Inez.

Elle ne voudrait pas – ne pourrait pas – faire peur à Patrick au point d'abandonner son amour. Inez en était convaincue. Ensemble, Patrick et elle feraient face à n'importe quelle tempête, se laveraient de la souillure de n'importe quel commérage. Mais ils ne seraient pas les seuls à souffrir, ni les premiers. C'était là toute la subtilité du chantage d'Ursula. Elle savait à quel point il serait dur à Inez de sacrifier Chris et Evelyn à sa malignité. Elle tablait sur l'affection qu'Inez leur portait, son sens de la justice et sa générosité. Sa tactique était fort habile, mais elle avait sous-estimé l'amour d'Inez pour Patrick. Jamais, à quelque prix que ce fût, Inez n'accepterait d'être séparée de lui.

– *Le concert se poursuit avec « la Mer » de Debussy,* annonça le speaker.

Inez n'était plus d'humeur à écouter un orchestre symphonique. Elle se leva et ferma le poste. Puis son regard tomba sur l'appareil enregistreur qui continuait de tourner lentement. Elle coupa le contact et s'apprêtait à rabattre le couvercle quand une idée subite la frappa. Elle remit le contact et appuya sur le bouton « son ». Les merveilleux accords de la symphonie, parfaitement enregistrée, emplirent la petite pièce. Puis la musique s'estompa et la voix d'Ursula, claire, bien modulée, monta jusqu'à Inez.

Chacun des mots que les deux jeunes filles avaient échangés était d'une clarté parfaite. Tout était enregistré!

« Oh, mon cher amour! pensa Inez le cœur battant. Nous la tenons à présent. Elle s'est livrée entre nos mains. Elle aura beau mentir, elle ne pourra pas nier cela. »

Elle transporta l'appareil dans sa chambre, retira le ruban et le mit en sûreté. Elle était armée! Mais elle ne se servirait pas de cette arme pour l'instant. Chris s'était mis dans une mauvaise passe, ce serait une erreur de l'en tirer immédiatement. On ne pouvait le laisser aller à la dérive cherchant la consolation et la distraction là où il pouvait les trouver. Il était beaucoup trop maniable. Il avait besoin d'une poigne solide.

L'entretien avec Ursula prouvait amplement qu'elle agissait par malignité, mais cela ne blanchissait pas Chris. Elle pouvait parfaitement le dénoncer, si elle le voulait. Ni Chris ni Evelyn ne ferait un témoin convaincant.

Pauvre Evelyn! Comme si elle n'en avait pas assez sur le cœur actuellement sans être mêlée à un ridicule scandale! Comment Ursula pouvait-elle faire preuve d'autant de méchanceté à l'égard de sa propre cousine? Et encore Inez ne sut-elle à quel point elle avait été cruelle qu'en voyant Chris.

Il l'attendait, quand elle sortit du réfectoire après le dîner. Il la saisit par le bras et elle vit qu'on les regardait avec attention.

– Inez! Inez, j'ai à te parler!

– D'accord! Ne t'agite pas comme ça! répondit-elle en se dégageant.

– Je suis dans le pétrin. Ma voiture est devant la petite porte. Viens, dit-il, d'un ton impérieux.

– Mais seulement pour quelques minutes.

Inez sentait sur son dos les regards, croyait entendre les chuchotements que suscitait leur départ. Elle était navrée pour Chris, mais quel besoin avait-il de se précipiter vers elle comme un petit garçon terrifié vers sa mère? Au fond de son cœur, elle ne pouvait s'empêcher de le mépriser. Un homme est fait pour se battre tout seul.

– Inez, je suis malade de contrariété, dit-il, lamentablement.

– Je m'en doute, répondit-elle sèchement.

Enfui son charme pétillant. Il paraissait d'une jeunesse désarmante. Mais un homme de son âge, exerçant sa profession, se devait d'avoir plus de bon sens. Il avait tourné autour d'Evelyn comme un adolescent maladroit. Il n'avait tenu aucun compte des bavardages possibles. Inez se souvenait de l'aspect de douce intimité de la scène qu'elle avait surprise. Il n'avait même pas songé à rappeler à Evelyn de tirer les rideaux.

Il ouvrit la portière de sa voiture et y précipita presque Inez. Il referma ladite portière avec une telle précipitation qu'il y prit le bas de la robe de la jeune fille. Il se jeta derrière le volant et, contact à peine mis, il appuya à fond sur l'accélérateur, inconscient de l'étroitesse de la route.

– Calme-toi, lui dit Inez. Si tu écrases l'une de nos infirmières, cet accident te fera une publicité encore plus mauvaise.

– Tu sais? Tu as entendu? Déjà! Oh, mon Dieu!

– J'ai vu Mlle Shelley. Tu es un imbécile, Chris. Pourquoi avoir choisi cette vipère pour jouer avec?

– Oh, oui, comme vipère, elle se pose là! Je la croyais pure et sans tache... et la plus jolie des filles que je connaisse. Comment pouvais-je penser que ses veines charrient du venin?

– Je te l'avais dit.

– Inutile de prendre un ton détaché et professionnel. Tu es dans le bain, toi aussi. La Shelley te vise beaucoup plus que moi.

– Crois-tu me l'apprendre?

– Alors? Qu'as-tu l'intention de faire? La laisser me salir et compromettre ton père?

– J'espère que cela n'en arrivera pas là.

– Tu l'espères? Ne comprends-tu pas que tout dépend de toi? Ne te l'a-t-elle pas expliqué clairement? Si tu abandonnes Elbure, elle oubliera ce qu'elle prétend avoir vu.

– Oui, elle me l'a dit.

– Et qu'as-tu répondu?

– Que jamais je ne céderai au changage.

– Oh, mon Dieu! Tu as fait ça? Tu lui as dit de partir et de faire ce qu'elle voulait? Ne comprends-tu pas qu'elle nous tient? Elle a été dans tout le village récolter ce qu'elle appelle des preuves que je n'ai aucun moyen de réfuter.

– Ne t'affole pas, répliqua Inez. Tu l'auras bien cherché. Et Evelyn, tu ne sembles pas trop te soucier d'elle.

D'un coup de volant, Chris fit monter la voiture sur le bas-côté de la route, l'arrêta brusquement et se tourna d'un bloc vers Inez dont il saisit les mains :

– Evelyn se fiche éperdument de moi. Elle a juste été amicale comme elle dit. Elle m'a encouragé de toutes les façons et maintenant elle prétend que son mari est le seul homme qu'elle aimera jamais.

– Oui. Je le crois. Pauvre Lyn! On ne peut pas lui reprocher d'avoir du charme. Franchement, Chris, tu es le pire des ânes prétentieux si tu t'es imaginé qu'il te suffirait de tendre les bras pour qu'elle saute dedans.

– Eh bien, je te remercie! Tu as l'air disposée à m'aider! dit Chris avec amertume. Je suppose que ce qui peut m'arriver t'est absolument égal?

– Ne dis pas d'âneries. Attendais-tu vraiment de moi que je sacrifie Patrick et que je gâche notre vie, simplement pour te tirer, toi, de la mélasse dans laquelle tu t'es mis?

– J'aimerais savoir ce que ces Elbure ont que je n'ai pas!

– La réponse te déplairait.

– Explique-toi, s'il te plaît.

– En dehors d'autres qualités, ils sont courageux, intègres et loyaux.

– Et pas moi?

– Tu n'en fais pas grand étalage en ce moment.

Il s'empourpra jusqu'à la racine des cheveux et regarda Inez avec reproche. Elle soutint son regard avec calme. Il n'était pas dans ses intentions de lui montrer qu'au fond il lui faisait de la peine. Il avait besoin d'une leçon. Son charme et sa bonne humeur lui avaient rendu la vie beaucoup trop facile jusqu'ici. Il était temps qu'il apprenne à endosser des responsabilités. C'était un enfant gâté, mais le fond était sain en lui aussi, au bout de quelques minutes de silence pesant, il poussa un soupir.

– Excuse-moi, dit-il. J'avais perdu la tête. Tu as parfaitement raison, je me suis mis dans le pétrin, à moi de m'en sortir. Shelley peut susciter un scandale, mais je doute qu'elle puisse étayer ses accusations. J'ai soigné Willie, mais c'est ton père qui s'est occupé d'Evelyn.

– Bon.

– Jusqu'à cet après-midi, je n'ai pas dit un mot à Evelyn que n'importe qui pouvait mal interpréter. Et puis, la façon dont Shelley la torturait m'a fait sortir de mes gonds. C'est la pire des garces, cette fille. Je la tuerais avec plaisir.

– Elle s'est attaquée à Lyn? A ton sujet?

– Non. Pas au début.

Il lui fit le récit de ce qu'il avait entendu.

– Quelle méchanceté! s'écria la jeune fille, le souffle court. Alors que cette pauvre petite est horriblement inquiète à cause de Willie...

– Je dois dire qu'elle a très bien tenu le coup. Elle a répliqué avec beaucoup de sang-froid et détruit les arguments mensongers de l'autre. Mais, bien sûr, après, elle était bouleversée et j'ai voulu la consoler.

– Ah, c'est ça!

– Oui. Shelley avait prévu ma réaction. Elle a délibérément oublié son sac et elle est restée sous le porche. J'ai juste embrassé Lyn sur le front. Mais, qui ira le croire? Tu as quand même raison. Ce serait la fin que de céder au chantage. Je jouais le jeu de Shelley en te demandant ça.

– Ah, c'est mieux! Je ne peux pas t'aider de la façon

prévue, mais quelqu'un d'autre le peut. Ursula m'a donné sa parole que si tu annonces tes fiançailles avec « une autre jeune fille » elle oubliera ce qu'elle a vu.

– Mais c'est à toi qu'elle pensait.

– Bien sûr, mais elle ne l'a pas précisé. J'ai répété son ultimatum dans ses propres termes et elle m'a assuré qu'elle s'y tiendrait.

– Ça sert à quelque chose?

– Peut-être. N'y a-t-il pas, parmi les filles avec lesquelles tu es sorti, celle qui conviendrait, qui te tirerait d'affaire?

Il fronça les sourcils et de toutes ses forces Inez pria pour qu'il songeât à la seule sur laquelle il pouvait compter.

– Rosemary le pourrait, dit-il enfin, l'air honteux. C'est la seule. Mais... je n'aurai jamais le courage de le lui demander.

– Pourquoi cela?

– Je ne me suis pas conduit très bien avec elle. Je l'ai vue beaucoup pendant ton séjour en Cornouailles. Puis j'ai rencontré Lyn et je me suis imaginé que c'était encore toi. J'ai marché à fond.

– Et maintenant?

Il grimaça un sourire timide.

– Elle est bigrement jolie, mais à supposer qu'elle le veuille, moi, je ne tiens pas du tout à passer le reste de ma vie dans l'ombre de Val Elbure.

– C'est la réflexion la plus intelligente que tu aies faite depuis longtemps. Ne jamais chercher à être, ou à trouver un « remplaçant ». C'est une erreur énorme.

– Je le comprends, à présent. Mais Rosemary acceptera-t-elle? C'est tout de même un peu fort de lui demander de devenir ma fiancée simplement parce que je suis embêté.

– Ce serait la dernière des grossièretés... à moins que ce soient des fiançailles réelles.

— Tu veux dire qu'il faut que je l'épouse?

— Et quoi d'autre?

— Je ne suis pas amoureux d'elle... et je doute qu'elle veuille de moi.

— Débrouille-toi, mon vieux. Rosemary est une fille beaucoup trop chic pour qu'on s'en serve seulement comme bouée de sauvetage. Peut-être as-tu bien davantage besoin d'un solide soutien que de tout autre chose.

— C'est vrai. Il est temps que je cesse de courir de droite et de gauche. C'est beaucoup trop risqué. Seulement, j'aime ce qui est décoratif.

— Et à quoi cela t'a-t-il mené?

— Oh non! grogna-t-il. N'appuie pas là-dessus! Je suis assez blessé comme ça sans que tu y ajoutes de l'acide.

— Cela peut être plus utile que de la pommade, répliqua Inez. Navrée, mais je ne suis pas du genre à « viens que je te donne un petit baiser et ça ne fera plus mal »! Cela ne t'aurait pas du tout convenu d'être marié avec moi.

Il ne protesta pas et Inez eut envie de sourire. Peut-être cesserait-il de la regretter, maintenant. La tentative d'Ursula avait obtenu l'inverse de l'effet escompté.

— Tu m'en veux? demanda Chris.

— Nullement.

— Merci, Inez, ajouta le jeune homme avec gêne. Ne me méprise pas trop.

— Mais je ne te méprise pas. Tu es un brave type.

— Bon sang!

Il fronça les sourcils et se pencha pour remettre le contact. Il retourna à Saint-Chad à une allure beaucoup plus raisonnable qu'à l'aller.

L'auto de Patrick était arrêtée devant la petite porte et Patrick, debout à côté, fumait. Il attendait. Comme il avait attendu le soir où Val avait littéralement enlevé Inez.

– Ne descends pas, laisse-moi à la grille, dit vivement la jeune fille.

– Quoi? Oh, je vois! (Chris émit un sifflement.) Le bon ami attend. Ne vaut-il pas mieux que je lui explique?

– Non. Je m'en charge.

13

Patrick était très mécontent, de cette rage rentrée qu'Inez avait appris à connaître.

Il ne vint pas au-devant d'elle. Il attendit, sans un geste, comme paralysé. Inez sentit son cœur se serrer. Lui faudrait-il faire face une troisième fois à une scène pénible? La voiture de Christopher s'éloigna et puis ce fut le silence.

– Alors? demanda enfin Patrick, d'un ton dur.

– Attends-tu depuis longtemps?

– Depuis que tu es sortie. Je suis arrivé une seconde trop tard pour t'intercepter.

– Navrée.

– Navrée? C'est tout ce que tu as à dire?

– J'ignorais que tu étais là.

– A ce qu'il paraît, oui!

– Oh, ne fais pas l'idiot!

– L'idiot?

– Au point d'imaginer que j'avais envie d'écouter les malheurs de Chris Denyer.

– Pourquoi es-tu sortie avec lui?

– Parce qu'il s'est fourré, avec Evelyn, dans une histoire stupide. Il me demandait de l'aider.

– Lyn? répéta Patrick d'une voix sèche. Qu'est-ce que Lyn a à voir là-dedans?

— Notre bien-aimée Sainte Ursula les a surpris tous les deux dans ce qu'elle considère une situation compromettante.

— Mais... c'est incroyable... montrueux!

— Monstrueux comme l'est Ursula, tu devrais le savoir.

— Je le sais! Seulement, elle ne peut pas s'attaquer à Evelyn à présent. As-tu entendu les nouvelles de 6 heures?

— Non. J'ai pris mon service à 5 heures. Quoi de neuf?

— Ne restons pas plantés ici. Partons.

Il ouvrit la portière pour Inez, mais fit en sorte de ne pas toucher la jeune fille quand elle se glissa sur le siège. Irritée, frustrée, elle souffrait de son attitude. Peut-être avait-elle du cran, mais cela ne l'empêchait pas d'être intensément féminine. Comme n'importe quelle autre jeune fille éprise, elle avait besoin de la chaleur du contact de l'aimé. Pour un peu, elle se serait jetée à son cou et aurait éclaté en sanglots.

Toutes les émotions réprimées de la journée bouillonnaient en elle. Se devait-elle vraiment de les tenir en bride, de conserver son calme apparent? Elle n'avait pas l'expérience de Patrick. Elle n'avait pas non plus sa puissance physique, ni son pouvoir d'endurance. Elle était au bord de la crise. Chacun de ses nerfs trop tendus vibrait, douloureux.

Un petit coup supplémentaire et elle lâcherait prise. Elle n'en pouvait plus. Elle se mourait du besoin d'être réconfortée, protégée, dorlotée. Elle n'était plus de force à faire face à la colère froide, à la jalousie de Patrick.

Il conduisait vite, dans un silence morose, vers le domaine Wellborough. L'espace d'une seconde, la jeune fille eut peur qu'il ne s'arrêtât sous les hêtres où s'était arrêté Val. Mais il franchit la grille rouillée laissée grande ouverte et remonta l'allée envahie par les mauvaise herbes. Patrick n'aimait pas les bois. Il ne supportait pas d'être entouré de toutes parts par des arbres. Il roula jusqu'à une élévation surplombant le parc à l'abandon. Là, il coupa le contact, éteignit les phares. Même dans la semi-obscurité, Inez voyait à quel point ses traits étaient tendus, ses lèvres serrées.

Elle fit un effort désespéré pour rassembler tout son courage.

— Tout porte à croire que Val est mort, dit enfin Patrick d'une voix étouffée.

— Oh... Oh, non!

— Hélas! Les nouvelles de 6 heures ont annoncé qu'on avait retrouvé le corps de l'institutrice dans la jungle, aux environs de Lungawayo. On a envoyé des soldats du Kenya. Ils cherchent le chef et Val. Mais on dit qu'ils ont été tués tous les deux.

— Oh, mon amour!

Epuisement, détresse, elle oublia tout et, spontanément, elle l'enlaça. Un long frisson le parcourut. Il posa sa tête sur son épaule, comme s'il était un petit enfant.

— J'ai cherché à ne pas le croire, dit-il la gorge serrée. Val... il a toujours été là. Quand maman est morte, je n'ai plus eu que lui. Quand nous étions petits, on pouvait... se fier à lui. Jamais il ne changeait. Quelquefois, son habitude de « ne pas s'en faire » me mettait hors de moi et je l'enguirlandais, mais il ignorait absolument la méchanceté.

— C'est vrai. Il t'aimait énormément. « T'aimait. » Pourquoi dire ça? Si l'on n'a pas retrouvé son corps, il y a encore de l'espoir.

— Si peu.

— Val avait la volonté de survivre. Evidemment, il a voulu essayer de sauver cette femme. Quand elle est morte, il n'est pas resté aux environs à attendre le coup de grâce. Il aura pensé à Evelyn.

— Il était grièvement blessé. Cela ne fait aucun doute.

— Oui. Mais il est brave et plein de ressources. S'il ne pouvait pas marcher, il aura rampé. Il connaît la jungle.

Patrick tremblait comme s'il était glacé jusqu'à la moelle. Ses mains étaient gelées. Inez les retint contre sa poitrine, cherchant à les réchauffer.

— Et je n'étais pas là, dit-il lamentable. J'aurais pu extraire les balles, le sauver.

— Mon amour, tu ne peux pas être partout. S'il avait été mortellement blessé, il n'aurait pas pu porter cette femme dans la jungle. Je trouve que c'est un merveilleux indice qu'on l'ait trouvée là.

— Oh, tu es un ange! dit-il, en pressant ses lèvres contre la gorge de la jeune fille. Tu ôtes le poison de tout. J'ai cru devenir fou à t'attendre, en me rappelant le nombre de fois où j'avais été jaloux de Val, où je lui en voulais. C'est un garçon mille fois meilleur que moi.

— Non. Pas meilleur. Beaucoup moins sensible... beaucoup moins facile à blesser. Et les choses n'ont pas été dures pour lui comme pour toi. Il t'a, et il a aussi votre père, oncle Lawrence et Evelyn.

— Oui. Et j'ai été assez ignoble pour lui en vouloir... jusqu'à ce que je t'aie trouvée. A présent, cela ne compte plus. Mais j'ai honte.

— C'est inutile. Val t'a toujours compris.

Il poussa un soupir et, pendant quelques secondes, ni l'un ni l'autre ne parlèrent. Puis il leva la tête :

— Il faut penser à Lyn et à l'enfant, maintenant. Elle ne peut pas continuer à attendre Val. Qui peut le lui faire comprendre?

— Cela a été fait. Avec netteté pour le moins, par Ursula.

— Ursula? Elle déteste cet enfant. Elle éprouve un dégoût pathologique pour les enfants et la maternité.

– Je m'en doutais. Oh, le bien-être de Willie ne la tracasse pas beaucoup! C'est de cela, en partie, dont Chris voulait me parler.

Inez raconta ce que Christopher avait entendu.

– Et Lyn ne l'a pas crue? demanda Patrick incrédule.

– Je crois que nous sous-estimons tous Evelyn. Elle est douce, gentille et touchante, mais, poussée à bout, elle se battra comme une lionne pour ses petits. De plus, elle n'est pas idiote. Elle a vu clair dans le jeu d'Ursula depuis longtemps.

– Ursula est une menteuse pathologique... Mais... elle sait être convaincante. Ainsi... nous n'avons qu'une idée, nous approprier *Les Sources?*

– Selon Ursula, oui.

Il s'agita.

– C'est un endroit agréable. Tu l'aimerais?

Inez revit le village des Cascades, et *Les Sources* si bien situées. Peut-être Patrick éprouverait-il toujours une certaine nostalgie en y pensant, mais depuis la mort de sa mère et le remariage de son père, ce n'avait plus été sa maison. Elle secoua la tête.

– C'est ravissant. Mais pas pour nous. Nous, notre coin est ici.

Elle se retourna et, d'un mouvement du bras, montra les lumières de Saint-Chad qui brillaient à travers les arbres. Patrick poussa un profond soupir de soulagement.

– C'est pourquoi je t'ai amenée ici. Saint-Chad achète le domaine. Sir Jeremy a suggéré que nous prenions le manoir, remis en état et modernisé. Qu'en penses-tu?

Elle hésita. Ce n'était pas le genre de maison qui aurait tenté une jeune mariée. Cependant, cela pouvait être l'idéal pour Patrick. Il lui fallait quelque chose de calme et de digne.

Chirurgien en chef et marié, il ne pouvait se soustraire totalement à quelques obligations sociales. Au manoir, ils pourraient recevoir de la façon à laquelle il avait été habitué.

– Ce ne serait pas seulement un endroit où habiter, dit lentement la jeune fille, mais La Maison.

– Exactement. Trop grande peut-être, mais cela vaut mieux qu'être à l'étroit. A moins que... cela te fasse trop de travail!

– *Les Safrans* sont presque aussi grands et maman s'arrange parfaitement. Cela coûtera cher de tout meubler, mais nous procéderons par étapes.

– C'est à quoi j'ai pensé, dit-il avec enthousiasme. Nous fermerons certaines des chambres jusqu'à ce qu'on en ait besoin. On y jette un coup d'œil? J'ai les clefs.

Le Manoir occupait une légère éminence dominant la rivière. Une ceinture de sapins le séparait du reste de la propriété. Il disposait d'une belle terrasse et d'un grand jardin clos de murs.

Patrick ouvrit la lourde porte de chêne avec un air de propriétaire. Puis il se retourna, prit Inez dans ses bras et la porta jusqu'au hall d'entrée. Il la remit sur ses pieds et la serra très fort contre lui.

– Je serai bien n'importe où avec toi, mais je veux que tu aies le décor qui te convient, dit-il tendrement. Pas du tout-venant. Tu as droit à ce qu'il y a de mieux.

– Merci, mon chéri!

Il relâcha son étreinte et chercha un commutateur, mais l'électricité était coupée.

– Attends! Je vais chercher ma torche.

La jeune fille frissonna. Elle se sentait soudain très petite, perdue dans cette grande maison à l'odeur de renfermé.

Patrick revint avec sa torche.

– Ça n'a pas l'air gai, dit-il, déçu. De la moisissure, de la poussière, des toiles d'araignée!

– Ce sera très différent à la lumière du jour.

La main dans la main, ils explorèrent les pièces désertes et sonores au bruit de leurs pas. Inez s'efforçait de se les représenter telles qu'elles avaient été, plusieurs années auparavant, quand la maison était occupée.

Poussiéreux, des toiles d'araignée plein les cheveux, les deux jeunes gens revinrent enfin à l'air libre.

– C'est sans espoir, n'est-ce pas? dit Patrick.

On aurait dit un petit garçon cruellement déçu. Inez donna une légère secousse à son bras.

– Bien sûr que non. Ce sera un défi... une aventure, dit-elle bravement. Nous en ferons notre maison. Ce sera quelque chose que nous aurons construit ensemble.

Le visage de Patrick s'illumina.

– Franchement? Tu es prête à entreprendre ça? Cela ne se soldera pas par trop de migraines?

– Non, quand ce sera remis en état. Le chauffage central, une cuisine moderne et des appareils ménagers arrangeront tout.

– Inez l'intrépide! Qu'ai-je fait pour te mériter?

Inez sentit qu'elle avait été bien inspirée. Tout au cours des longues années où il avait été exilé des *Sources,* il avait désiré une maison à soi qui pourrait soutenir la comparaison avec celle qu'il avait abandonnée à Val.

Il prit la jeune fille dans ses bras et l'embrassa avec ce mélange de passion et de tendresse qui leur était propre. Embrasés par la même flamme, ils oublièrent tout pendant quelques minutes. Puis, brusquement, Patrick se recula.

– Quand je pense que nous faisons des projets... que nous avons tout pour nous, alors que Val peut être mort ou mourant, dit-il.

– Mon amour, jamais Val n'aurait attendu de nous

que nous restions à nous lamenter. Cela ne lui ressemble pas du tout. Il nous a demandé de veiller sur Evelyn et nous l'avons fait autant que nous l'avons pu.

— Oui. Tu as raison, comme toujours.

Ils regagnèrent la voiture en silence, mais très proches. Inez savait que, tout comme elle, Patrick songeait à Evelyn et à ce qui l'attendait. Ils pouvaient rester à côté d'elle, mais ils n'étaient pas en mesure d'alléger l'angoisse de l'attente cruellement incertaine.

— Quelles sont les chances de Willie? demanda Inez quand ils furent en voiture.

— Excellentes, si l'on ne tarde pas davantage. Si Lyn nous donne son accord, Manuden et Whatsford tiendront un dernier conseil. J'ai l'impression que ton père a raison de croire que la pression est provoquée par un caillot de sang.

— Pauvre Lyn! Elle souffrira terriblement de laisser son enfant à l'hôpital au milieu d'étrangers. Je voudrais pouvoir m'occuper spécialement de lui.

— Ne te tracasse pas! Si je connais bien Evelyn, c'est ce que tu feras.

— Mais il sera dans le service des enfants.

— Peut-être, mais Lyn voudra que tu sois avec lui. Elle en obtiendra, d'une façon ou d'une autre, l'autorisation de l'infirmière-major.

— Si je pouvais... (Inez avala sa salive avec peine :) Quand je pense qu'elle est seule à supporter tout ça. Chris n'osera plus aller la voir, maintenant.

— Ce que l'on peut être égoïste! Quand j'ai entendu les nouvelles, mon premier mouvement a été de venir les partager avec toi... mais j'aurais dû aller voir Lyn.

— Oui. Sans doute. (Inez avala de nouveau sa salive avec difficulté en même temps qu'elle réprimait un pincement de jalousie primitive :) Si je n'avais pas été là, tu aurais été avec Lyn et tu l'aurais réconfortée.

– Je vais passer la voir, dit Patrick avec effort. Ce n'est pas chic de la laisser faire face, seule.

– Non. Elle sera heureuse de te voir.

La voix de la jeune fille semblait plate, sèche. Elle s'en fit le reproche. Elle se devait d'être généreuse.

– Il est très tard, constata-t-il, comme s'il voulait qu'elle le retienne. Je ne voudrais pas la réveiller.

– Il y a peu de chances pour qu'elle dorme.

Elle sentait son hésitation, mais n'en comprenait pas la raison. Avait-il peur qu'Evelyn pleure et s'accroche à lui? Pourquoi? Parce qu'il ne saurait quoi faire? Ou bien parce qu'il craignait de faire revivre le passé en sentant Evelyn dans ses bras.

– J'y vais, décida-t-il, l'air sombre. Il y a des épreuves devant lesquelles on ne peut pas reculer.

L'orgueil empêcha Inez de demander à Patrick ce qu'il entendait exactement par là. Elle était épuisée physiquement et nerveusement et pas du tout en état de penser froidement, logiquement. Qu'elle dise le mot qu'il fallait taire, qu'elle révèle sa crainte féminine et Patrick serait blessé ou mécontent. Elle n'avait réellement rien à craindre. Il lui appartenait totalement. Peut-être, mais il avait appartenu à Evelyn. C'était tout de même difficile à oublier. Mais ce serait, de sa part, une preuve de mesquinerie, un manque de générosité que d'éloigner Patrick d'Evelyn.

Devant la petite porte de l'hôpital, Patrick lui prit les mains dans les siennes et les serra sur son cœur. Inez mourait du désir de dire quelque chose de tendre, de chaleureux. Mais elle ne trouvait pas ses mots. Mais quand il se pencha pour l'embrasser, ses lèvres parlèrent pour elle... du moins l'espéra-t-elle.

Elle descendit de voiture, les jambes lourdes. Elle resta appuyée d'une main à la porte, agitant l'autre main en signe d'au revoir à Patrick et ce lui fut un terrible effort.

Ses tempes battaient, elle avait mal partout. Elle n'en pouvait littéralement plus. Mais... ce n'était ni son fils ni son mari qui étaient en danger. Evelyn avait un autre calvaire à gravir.

Lentement, en traînant les pieds, elle regagna le pavillon des infirmières. Elle s'arrêta, machinalement, dans le couloir nu, brillamment éclairé, pour regarder dans sa boîte. Il y avait une lettre portant l'écriture de son père. Elle arracha l'enveloppe... qui contenait une carte de Val. Des larmes gonflèrent ses paupières.

– Eh bien, Raine! (La surveillante sortie brusquement de son bureau la regardait d'un air sévère.) Qu'avez-vous fait?

– Fait? répéta Inez, sans comprendre.

– Vous avez des toiles d'araignée dans les cheveux et vous êtes barbouillée!

– Ah, oui? dit Inez, sombre. J'ai été visiter une maison...

– A cette heure? Vraiment, mademoiselle...

– Oui, vraiment, madame! Il y a un règlement qui l'interdise?

– Votre ton me déplaît, mademoiselle.

– Navrée! Bonne nuit, madame, répliqua Inez réprimant une envie de crier : « Allez au diable! »

14

– C'est contraire aux habitudes, Evelyn, dit l'infirmière-major, le sourcil froncé.

– Je serais tellement plus rassurée s'il était aux Accidents. Je saurais qu'il est en sécurité, supplia Evelyn.

– En sécurité? répéta l'infirmière-major en la regardant d'un œil de plus en plus sévère.

Evelyn joignit ses mains tremblantes. Il lui fallait donner une impression de calme et d'équilibre. L'infirmière-major n'avait aucune indulgence pour les gens qui ne savaient pas contrôler leurs émotions.

Evelyn s'était habillée avec autant de soin qu'une actrice débutante à laquelle on faisait faire un bout d'essai. Elle n'avait pu cacher le cerne de ses yeux, mais elle avait consacré beaucoup de temps à son maquillage.

– Oui, madame, répéta-t-elle d'une voix ferme. En sécurité. La surveillante du service des accidentés et moi sommes de vieilles amies et Inez... Mlle Raine est « tante » pour Willie. Il l'aime. Il aura beaucoup moins peur si elle est là.

– Je comprends. Peut-être pourrait-on transférer temporairement Mlle Raine pour qu'elle s'occupe de lui.

– Elle ne pourrait pas rester tout le temps avec lui... et je ne connais personne d'autre au service des enfants malades. D'autre part, je ne pourrais pas parler à la surveillante comme je le ferais avec celle des accidentés. Elle, elle sait...

– Que sait-elle?

Les petites dents blanches d'Evelyn se plantèrent dans sa lèvre inférieure. Elle avait espéré que l'infirmière-major ne la presserait pas de questions. La loyauté était l'une des qualités dominantes de la jeune femme. Elle répugnait à dénoncer quelqu'un, surtout un membre de sa famille.

– Alors, Evelyn? insista l'infirmière-major.

– C'est Ursula. Mlle Shelley, dit-elle d'un ton morne.

– Et quoi donc? Mlle Shelley n'est pas aux enfants malades.

— Elle me fait peur.

Il y eut un silence qui parut durer une heure à Evelyn. Elle s'efforça de soutenir avec calme le regard inquisiteur de son aînée.

— Peur? Ne trouvez-vous pas votre formule extraordinaire?

— Cela doit sembler étrange, je le sais, mais Willie est mon fils. Je veux m'assurer qu'il ne risque rien. Inez comprend et je crois que la surveillante des accidentés s'en est toujours doutée.

— Mais douté de quoi?

— Qu'Ursula me hait.

C'était dit à présent. Evelyn respira avec force et continua d'une voix moins oppressée :

— ... Cela a commencé il y a plusieurs années. C'est devenu terrible quand nous nous sommes presque fiancés, Patrick Elbure et moi. Puis, quand j'ai épousé Val Elbure, Ursula s'est calmée. Il s'est créé une sorte de trêve entre nous deux. Maintenant, tout recommence, elle croit que Val est mort et elle espère que Willie mourra, lui aussi.

— Evelyn, vous avez toujours eu une tendance à l'exagération. Vous m'excuserez si je vous dis que je trouve tout cela très difficile à croire.

— C'est pourquoi je ne voulais pas vous le dire, répondit Evelyn avec ingénuité. Vous ne connaissez pas Ursula. Vous ne connaissez que Mlle Shelley.

— Cela fait-il une différence?

— Oh, oui! Mlle Shelley ne fait jamais une erreur. C'est une remarquable infirmière. Je ne doute pas que son service soit un modèle. Comment pourriez-vous deviner ce qu'elle est réellement? Personne ne le pourrait, à moins de se mettre en travers de son chemin.

— Et si vous tentiez de vous expliquer? dit l'infirmière-major d'un ton sec.

— Cela semble incroyable, mais c'est vrai. Ursula est

à ce point obsédée par Patrick qu'elle ferait n'importe quoi pour éliminer Inez Raine et Val... et Willie.

— Je ne comprends toujours pas, Evelyn.

— C'est horriblement compliqué. Mon beau-père a laissé sa propriété et tout ce qu'il possède à mon mari, après lui à Willie. S'ils meurent tous les deux, Patrick sera son héritier. C'est ce que veut Ursula... Patrick et le domaine familial.

— Je croyais votre beau-frère fiancé à Inez Raine.

— Il l'est, mais Ursula est décidée à les séparer.

— Vraiment? Je ne pense pas que cela puisse me regarder.

— Non, évidemment. Mais j'ai cherché à vous expliquer que Willie gêne Ursula et je ne veux pas courir de risques. Ce serait si facile à Ursula, après l'opération, quand Willie sera inconscient, d'entrer dans le service et d'offrir de le veiller. N'importe qui trouverait cela absolument normal.

— Ma chère Evelyn, vous vous laissez entraîner par vos émotions et votre imagination. Attendez-vous sérieusement de moi que j'aille croire que l'une des plus remarquables infirmières de Saint-Chad tenterait de tuer un enfant malade? Je vous en prie, reprenez votre sang-froid. Je ne peux pas écouter des bêtises pareilles!

— Dans ce cas, ne m'écoutez pas, madame. Envoyez chercher Inez Raine et demandez-lui ce qu'elle pense. Elle sait à quel point Ursula peut être implacable, inhumaine. Oh, elle ne ferait rien de violent... que vous seriez en mesure de lui reprocher. Elle ferait simplement en sorte qu'il se commette une erreur... une faute dont on accuserait quelque jeune infirmière.

— Vous croyez réellement ce que vous dites? Avez-vous conscience de la terrible accusation que vous portez contre votre cousine?

— Oui. C'est horrible, répondit simplement Evelyn.

Il y eut un autre silence. La jeune femme était profondément déprimée. Ce qu'elle venait de dire devait paraître du domaine de la plus folle imagination à quiconque n'avait pas eu à encourir l'animosité mortelle d'Ursula.

– Bon, dit brusquement l'infirmière-major. Je ne puis accepter telles quelles vos déclarations, mais je ne veux pas courir le risque d'une scène quelconque dans l'un de mes services. Pour cette raison seule, je suis prête à faire exception à la règle.

– Oh, merci, madame! Quel soulagement! La surveillante des accidentés comprendra, j'en suis sûre.

Une demi-heure plus tard, la surveillante en question occupait la chaise qu'avait abandonnée Evelyn. L'infirmière-major avait fait ses études avec elle à Saint-Chad. C'étaient de vieilles amies. La surveillante, replète, défit sa ceinture et s'éventa avec une revue prise sur le bureau.

– Alors, Martha, qu'est-ce qui ne va pas? demanda-t-elle tranquillement.

– Je viens de voir Evelyn Elbure.

– Oui, je sais. Elle est venue nous voir. Pauvre petite! Le destin est étrange quand même. Elle a eu peur d'épouser notre M. Elbure parce qu'elle ne s'est pas crue assez solide et regarde ce qui lui arrive maintenant. Non pas qu'elle ait eu tort. Raine convient beaucoup mieux à Elbure.

– C'est ce que tout porte à croire. Raine s'en tire bien?

– Magnifiquement. Je l'ai laissée se débrouiller toute seule au cours du dernier week-end. Je lui ai dit que je restais dans les environs en cas de coup dur, mais elle ne m'a pas appelée. Elle a du cran, cette gamine, dit la surveillante avec satisfaction. Un jour ou l'autre, elle sera surveillante de la salle d'opération.

– Si elle tient le coup.

– Elle le tiendra. Ce n'est pas du tout le genre petite femme d'intérieur... et Elbure ne voudrait pas de ça. Cela fait une belle équipe.

L'infirmière-major approuva de la tête, bouscula ses papiers, puis regarda son amie avec insistance :

– A ton avis, Evelyn est-elle détraquée nerveusement?

– Non. Certainement pas. C'est une émotive, mais elle a beaucoup de bon sens.

– C'est ce que j'aurais dit. J'ai toujours eu un faible pour elle, admit l'infirmière-major. Cependant, elle est venue me trouver avec une histoire fantastique, monstrueuse, concernant Ursula Shelley.

– Ah! Shelley! Je me demandais quand elle dépasserait la mesure.

– Comment cela?

– C'est une fille dangereuse. Elle a soif de pouvoir. Elle obtient des résultats, mais combien de jeunes y laissent leur peau? Elle sait être impitoyable.

– Tu le penses?

– Je le sais. J'ai eu des élèves infirmières venues droit de son service et à la limite de la dépression nerveuse. Du point de vue technique, elle a toujours raison. Qu'a-t-elle fait maintenant?

– Rien. Mais Evelyn pense qu'elle peut faire quelque chose.

– Moi, je ne me fierais pas trop à Shelley. La frustration peut avoir un effet désastreux sur certaines femmes.

– La frustration?

– Ma chère Martha, tu n'ignores pas tout de même que Shelley porte à Elbure un sentiment qui touche à l'idée fixe.

– C'est ce que dit Evelyn.

– C'est un fait. Elle veut absolument se venger de Raine.

– Evelyn le dit aussi.

– J'en ai été témoin. Le soir où Elbure devait revenir de vacances, Shelley nous a prévenues qu'elle allait à Saxham préparer son appartement. Elle nous a laissé entendre qu'on nous annoncerait peut-être quelque chose d'intéressant.

– Et alors? Que s'est-il passé?

– J'aimerais bien le savoir. Tout ce que je peux dire, c'est que notre M. Elbure est arrivé dans son service aux environs de minuit comme s'il avait tous les diables de l'enfer aux trousses. Il a passé la majeure partie de la nuit dans la salle d'opération. Le lendemain, si tu t'en souviens, il a annoncé ses fiançailles avec Raine.

– Et il m'a demandé de la changer de service, ajouta l'infirmière-major songeuse. Tu crois que Shelley voit ces fiançailles d'un mauvais œil?

– C'est le moins qu'on puisse dire. Elle était comme une tigresse à laquelle on a retiré sa proie. Remarque bien qu'elle n'a pas perdu la face. Elle a préféré faire comme si elle n'était au courant de rien. Mais elle bout intérieurement.

– Ce n'est pas la première femme qui a perdu l'homme qu'elle voulait.

– La plupart se font une raison, approuva la surveillante, se souvenant de son futur mari tué pendant la Première Guerre. Shelley n'est pas comme cela. Elle estime avoir une sorte de droit divin l'autorisant à arranger sa vie comme elle l'a décidé. Et cela inclut notre M. Elbure. Il faudrait qu'elle quitte Saint-Chad. Dans un décor nouveau, le poison se diluerait peut-être.

– Je n'ai aucun prétexte pour la renvoyer, dit l'infirmière-major en tambourinant sur son bureau. C'est un modèle d'ordre et d'efficacité. La moitié de Saint-Chad la considère comme une sainte, à peu de chose près. Et sa propre cousine la croit capable de laisser mourir délibérément un enfant.

– Ah, bon. C'est donc cela?

– Oui.

Brièvement, l'infirmière-major raconta ce que lui avait dit Evelyn.

– Ces soupçons ne sont basés sur rien, n'est-ce pas? Une infirmière de la classe de Shelley ne pourrait pas...

– Pas une infirmière, dit la surveillante, pensive. Shelley ne négligerait ni ne ferait jamais de mal à un enfant dans son service. En dehors, elle le pourrait. Peut-être devrait-on parler d'un dédoublement de la personnalité... et, cependant, ce n'est pas tout à fait exact. Cela tient davantage du désir de puissance du despote-né. Tout ce qu'il trouve sur son chemin doit être éliminé.

– Mais c'est de la mégalomanie, dit l'infirmière-major visiblement troublée.

– Il y a des degrés divers évidemment. Mais, tôt ou tard, il faudra prendre une décision au sujet de Shelley. Entre-temps, il vaut beaucoup mieux, pour le bien de tous, que l'enfant d'Evelyn vienne chez nous. Je m'arrangerai pour que, quand je ne suis pas de service, Raine le soit.

– Bon. Je m'en rapporte à toi. Evelyn est-elle partie? Sinon, tu peux le lui dire.

– J'ai l'impression qu'elle attend que Raine ait fini son service à 5 heures. Elle l'emmènera prendre une tasse de thé. On dirait déjà deux sœurs, ces deux-là.

Inez pensait la même chose. Evelyn était assise sur son lit pendant qu'Inez se changeait. On n'admettait pas de visiteurs dans les chambres du pavillon des infirmières, mais Inez faisait fi des règles pour ce qu'elle considérait être une juste cause.

Elle tendit cigarettes et allumettes à la jeune femme :

— Détendez-vous! Tout ira bien! Vous pouvez faire confiance à la surveillante.

Son cœur saignait pour Evelyn, d'une élégance aussi inaccoutumée avec son joli tailleur et son petit chapeau. Elle ne se souvenait pas lui avoir vu un chapeau auparavant, sauf à l'église. Il la faisait paraître plus âgée, plus adulte.

Mais le tremblement de ses genoux, l'expression angoissée de ses beaux yeux la trahissaient. Inez avait envie de se laisser tomber à côté d'elle, de la prendre dans ses bras. Mais ce serait une erreur qui risquerait de percer une brèche dans la carapace de la jeune femme.

Tout en enlevant son bonnet et en se brossant les cheveux elle pensait à l'évolution de ses sentiments à l'égard Evelyn. Elle avait commencé par lui en vouloir. A présent, elles étaient très proches. Elle avait eu des amies déjà, comme Rosemary. Mais elle n'avait pas compris qu'on puisse aimer une autre fille comme une sœur. C'était un sentiment nouveau, poignant.

Elle n'avait pas voulu cela. D'instinct, elle ne désirait pas s'attacher. Elle avait été fâchée quand Val l'avait suppliée de veiller sur Evelyn. Elle avait cru qu'une bonne affection serait suffisante. Et tout s'était modifié. A présent, elle ne pourrait plus se détacher d'Evelyn. Ses espoirs, ses joies, ses angoisses étaient les siens.

Evelyn avait allumé une cigarette et fumait distraitement. De la cendre tomba sur le dessus-de-lit blanc, mais Inez ne fit aucun commentaire.

— Pat est passé me voir hier soir, dit soudain Evelyn.

— Oui?

— Il est terriblement touché au sujet de Val. J'ai essayé de le rassurer.

— Moi aussi.

– Il manque de confiance... Il lui faut des preuves tangibles. Je ne sais où est Val en ce moment ni ce qu'il fait, mais je suis sûre qu'il me reviendra, dit la jeune femme très tranquillement. Mais ce serait affreux pour lui s'il ne retrouvait pas Willie.

– Il le retrouvera. S'il avait quoi que ce soit de grave, son état général s'en serait ressenti, il aurait décliné très vite.

– C'est ce que me dit Pat, et votre père. Si seulement Willie n'était pas si petit... J'ai toujours désiré avoir des enfants. Je ne pensais pas que cela peut faire si mal.

– C'est toujours comme ça. Pour tout ce qui en vaut vraiment la peine.

– Oui. Je suppose que, avec Pat, c'est la même chose.

– Parfois.

– Oh, Inez, je suis navrée au sujet de Chris. Je n'avais absolument pas l'intention de lui laisser croire que... Mais c'est difficile de résister à la gentillesse. Je me suis fait l'effet de jeter un cadeau de Noël à la figure de qui me le donnait.

– Ne vous tracassez pas. Peut-être était-ce la leçon dont il avait besoin. Il a une bouée de sauvetage, s'il veut la saisir.

– Où ça? Comment?

– J'ai une carte maîtresse, que je garde en réserve.

– Oh, racontez-moi...!

– C'est un secret, mais nous allons le partager. Le ciel fasse que la surveillante ne soit pas à l'affût! Jusqu'à ce jour, rien n'interdit l'usage d'un appareil enregistreur dans une chambre, mais c'est simplement parce que personne n'en a un, sauf moi.

– Un appareil enregistreur?

– Un cadeau de Pat. Et j'étais juste en train de m'en servir quand Ursula est arrivée pour faire une tentative de chantage. Avez-vous la force d'écouter? Ce n'est pas drôle.

– Rien de ce qui se rapporte à Ursula ne l'est. Allez-y.

Inez prépara l'appareil et, fascinée, sans dire un mot, Evelyn écouta.

– Personne ne voudrait le croire! s'écria-t-elle à la fin de l'enregistrement. A ceci près qu'on reconnaît parfaitement vos voix.

– Justement. « Une autre jeune fille. » Vous comprenez? Si Chris est assez astucieux pour en trouver une, je tiens Ursula.

– Rosemary, balbutia Evelyn. Oh, si seulement il voulait l'épouser! Elle lui conviendrait si bien.

Inez approuva d'un simple signe de tête. Elle était occupée à remettre son appareil dans le placard quand la porte de la chambre s'ouvrit à toute volée.

– Oh! mademoiselle! J'ai entendu votre voix. Pouvez-vous venir? Je n'ai pas trouvé la surveillante et je ne sais pas quoi faire.

Inez tourna la tête pour voir une élève infirmière, pâle, les yeux exorbités et visiblement affolée.

– Eh bien, Cox? dit-elle avec calme. Que se passe-t-il?

– C'est Barbara. Barbara Berry, bredouilla la petite. Il lui est arrivée quelque chose d'affreux.

– Quelque chose? Quoi?

– Elle avait très mal à la tête quand elle a cessé son service et elle a voulu s'étendre. Je savais qu'elle devait reprendre à 5 heures, mais, comme elle ne venait pas, j'ai été la voir. Je ne peux pas la réveiller! Pouvez-vous venir?

– Evidemment! Ne vous agitez pas comme ça.

– Mais... mais... elle a l'air... elle est terrible à voir. Et il y a un tube d'aspirine vide à côté d'elle. Elle a dû en prendre trop.

— Allons-y, et vite.

Cox se précipita dans le couloir et dans l'escalier menant au second étage, Inez sur ses talons.

— Elle a eu tellement mal à la tête ces temps derniers et elle était tellement déprimée, expliqua Cox. Elle ne peut même plus dormir. C'est la faute de la surveillante. Elle ne peut pas souffrir Barbara.

Inez revit, en éclair, la grande fille un peu gauche, presque en larmes, attendant devant le bureau de l'infirmière-major. Encore une nouvelle victime d'Ursula. « Marche ou crève », telle était sa tactique.

— C'est là, mademoiselle. Regardez. Regardez-la! gémit la petite Cox.

Inez regarda et saisit la main pendant le long du lit, y cherchant le pouls. Il battait, mais très faiblement. Les lèvres enfantines et douces de Barbara étaient entrouvertes, laissant échapper de légers gargouillements. Elle était blanche comme un linge.

— Pas de temps à perdre. Appelez les Accidents, dit Inez. Non. J'y vais. Restez ici!

Elle fit demi-tour et sortit précipitamment de la chambre pour se heurter à Evelyn qui arrivait.

— Que se passe-t-il? Puis-je faire quelque chose? demanda la jeune femme, anxieuse.

— Restez dans les environs et faites en sorte que Cox n'ait pas une crise de nerfs.

Prenant son courage à deux mains, Evelyn entra dans la petite chambre nue. Cox, accroupie à côté du lit de sa camarade, tenait sa main amollie entre les siennes et tremblait de tous ses membres. Evelyn jeta un coup d'œil à la silhouette immobile de Barbara et son cœur se souleva. Elle n'aurait jamais fait une bonne infirmière, pensa-t-elle avec tristesse.

— Je pense qu'on la tirera de là, dit-elle en détournant les yeux.

Son regard tomba sur la table de nuit... sur le tube

d'aspirine vide, le gobelet gardant des traces de poudre blanche. Une infirmière, même de première année, savait qu'il y avait une dose à ne pas dépasser. Celle-ci l'avait dépassée, très largement. Elle était dans le coma. Pourquoi cette stupidité?

A côté du tube et du verre vide, il y avait un bloc de papier à lettres bon marché. Une écriture tremblée, enfantine, couvrait la première page. Machinalement, Evelyn prit le bloc et lut ce qu'on y avait écrit :

Je n'en peux plus. J'ai essayé de toutes mes forces. Mais je ne peux plus. Mlle Shelley me dit que je ne ferai jamais une bonne infirmière. Elle a sans doute raison. Mais jamais elle ne m'a laissé une chance. Elle est cruelle, cruelle. *Je ne peux pas retourner à la maison. Mes parents étaient si fiers de moi. Je ne peux pas leur dire. Je préfère mourir. Je suis désolée du mal que ça va leur faire. On pourra peut-être leur raconter que j'ai eu une crise cardiaque et ils ne sauront jamais. Je n'en peux plus.*

Barbara Berry

Sans réfléchir à ce qu'elle faisait, Evelyn arracha la feuille du bloc, la plia et la glissa dans la poche de son tailleur. Obéissait-elle au désir instinctif de protéger la pauvre fille? Venait-elle inconsciemment de trouver une arme qui serait peut-être utile? Elle n'aurait su le dire.

Son cœur battait à coups redoublés. Des vagues de nausées la faisaient à demi défaillir. N'y avait-il donc aucune limite aux ravages d'Ursula? Avec horreur, Evelyn venait de se rendre compte que la cruauté implacable de sa cousine ne s'exerçait pas seulement dans le cercle de ses relations personnelles. Elle pouvait se trouver une raison de haïr Inez et Evelyn. Mais elle n'avait aucune excuse pour torturer une élève infirmière trop sensible.

« Cruelle... *cruelle.* » En effet, fallait-il qu'elle l'ait été pour pousser une jeune fille au suicide. Evelyn frissonna. Elle se sentait un peu coupable. Tous, autrefois, s'étaient efforcés de plaire à Ursula, de lui trouver des excuses. Le père d'Evelyn, sa tante Béatrice, Willoughby Elbure, Patrick et elle-même avaient délibérément cherché à ne pas voir le côté venimeux du caractère d'Ursula. Ils avaient tous dit, avec une tolérance de bonne compagnie, qu'Ursula était parfaite tant qu'on ne la contrariait pas.

Seul Val avait refusé de faire comme tout le monde. Seul il avait combattu calmement, mais implacablement, toute sa vie. Val... et Inez. Peut-être cela avait-il été plus facile pour Inez. Elle n'avait pas été élevée avec l'idée qu'Ursula était sa grande sœur.

Tout le monde avait cru en cette fausse douceur, cette sérénité apparente d'Ursula. Elle montrait si rarement les griffes qu'il avait été très facile de se persuader qu'elles n'étaient pas plus dangereuses que celles d'un chaton. Et il avait été tellement plus agréable de le croire. Et cependant cette attitude n'avait fait qu'encourager Ursula, là où elle aurait dû se faire contrer.

Le bruit de sanglots violents ramena Evelyn à la crise présente. Elle se tourna vers l'infirmière désespérée et la fit se redresser.

– Ne pleurez pas! Cela ne sert à rien, dit-elle en passant un bras autour des épaules fragiles. On va s'occuper d'elle dans une seconde, pomper tout ce qu'elle a avalé.

– J'aurais dû dire quelque chose, gémit la jeune fille. Je voyais bien que Barbara ne tenait plus le coup... et je n'ai rien fait. Parce que Mlle Shelley a toujours été gentille avec moi.

– Vous êtes dans son service, vous aussi?

– Oui. Et j'ai dit à Barbara que c'était de sa faute si elle tapait sur les nerfs de la surveillante. C'est qu'elle est plutôt maladroite et elle se laisse démonter si facilement. J'ai pensé que Mlle Harker, l'infirmière en chef, s'occuperait d'elle. Quand Harker est là, Barbara ne fait pas une bêtise. Et, après tout, les surveillantes doivent être sévères, n'est-ce pas?

— Jusqu'à un certain degré.

— Raine avait dit à Barbara de demander son transfert, mais elle n'en a pas eu le courage. Oh! Que vais-je faire si Barbara meurt? C'est mon amie, j'aurais dû l'aider davantage.

— Allons, cessez de pleurer sur mon plus beau tailleur et prenez l'exemple de Mlle Raine, elle ne se contente pas de sympathiser, elle agit. Vous avez eu au moins la sagesse d'appeler au secours immédiatement.

Inez reparut à cet instant, très fraîche malgré sa hâte, et suivie de deux infirmières avec un brancard.

— Tout est préparé. On a alerté Traymond et la surveillante l'attend, dit-elle calmement.

Barbara émit un râle léger quand on l'enveloppa dans ses couvertures et qu'on l'installa sur la civière. La petite Cox avala un sanglot, puis se précipita vers le lavabo. Elle s'aspergea la figure d'eau froide et s'essuya avec la serviette de Barbara. Elle remit son bonnet en place et lissa son tablier.

— Je ne suis plus de service. Je l'accompagne, dit-elle d'une voix tremblante.

— Chic fille! approuva Inez. C'est ainsi qu'il faut réagir!

La petite procession s'éloigna. Evelyn se tourna vers Inez.

— S'en sortira-t-elle?

— Tout juste. Elle a dû avaler tout le tube. Encore heureux pour elle qu'il n'ait contenu que trente comprimés. Quelle petite idiote!

Evelyn sentait la présence du pathétique petit billet d'adieu de Barbara, dans sa poche. Qu'allait-elle en faire? Rien si la jeune fille mourait, décida-t-elle. En absence de toute preuve contraire, on conclurait à une mort accidentelle et cela épargnerait un choc bien inutile aux parents de Barbara.

Mais si Barbara se rétablissait, sans doute n'avouerait-elle qu'une maladresse de sa part. On la renverrait dans son service jusqu'à ce que ses nerfs cèdent, une fois de plus. Il faudrait prévenir l'infirmière-major. Mieux valait, pour Barbara, une sévère réprimande que d'être livrée de nouveau à la cruauté d'Ursula. L'infirmière-major saurait décider.

— Comment rentrez-vous? demanda Inez. Papa est-il là?

— Non. Il m'a amenée, mais il est reparti pour ses visites. Chris m'a dit qu'il me reconduirait. Il doit voir une amygdalectomie.

— Chez Ursula?

— Oui. Je me suis bien rendu compte que c'était loin de lui plaire. Mais il faudra bien qu'il la revoie un jour ou l'autre.

— Il n'a pas besoin de s'inquiéter. Elle sera délicieuse, dans son service.

— Bien sûr. Mais la déception a été plutôt cruelle pour lui. Il est vraiment très jeune, répondit Evelyn comme si elle était de beaucoup son aînée. Il avait été complètement subjugué par le jeu de Sainte Ursula. Le réveil a été plutôt dur.

— Ça lui fait du bien! Ça lui apprendra à regarder un peu au-dessous de la surface.

— Je l'espère. On ne parle que des filles qui se laissent embobiner par le premier beau garçon qu'elles rencontrent. On ne se rend pas compte que les jeunes gens sont aussi vulnérables. Pauvre Chris! C'est tout de même dur. Il a cru trouver en Ursula un ange à adorer sur un autel et en moi votre double.

— Oui, et il a trouvé une vipère dans un bouquet et une femme absolument fidèle à son mari, dit Inez en riant. Si cela ne lui sert pas de leçon, il est incurable.

– Sa voiture est là, dit Evelyn en regardant par la fenêtre. Je vais descendre et l'attendre.

– Je vous accompagne. Inutile de donner un nouvel aliment aux bavardages. La rançon du charme!

15

– Etes-vous libre en ce moment? demanda Christopher, plein d'espoir.

– Oui, répondit Rosemary.

– Vous attend-on? Pourvez-vous m'accorder cinq minutes?

– On ne m'attend pas.

– Eh bien... Je voudrais vous demander quelque chose... de très important.

Rosemary lui lança un regard inquisiteur et il rougit. Jamais encore il ne s'était senti si peu à l'aise.

– Ma voiture est là. Peut-être pourrions-nous nous y installer pour parler un peu.

– A la vue de tout Saint-Chad? Non, merci.

– Alors, où cela? insista-t-il. Je vous en prie, il le faut.

– Oh, bien! Attendez-moi sous le hangar à bicyclettes, répondit-elle sans enthousiasme. Il faut d'abord que je passe mes consignes à la surveillante.

– Seigneur! Elle prend son service maintenant? Je file.

Il sortit précipitamment, mais pas assez vite pour ne pas croiser Ursula dans l'escalier. Elle lui dédia un doux sourire.

– Ah, notre Don Juan, murmura-t-elle.

Chris la regarda comme s'il allait l'étrangler. Jamais

il n'avait rencontré une jeune femme aussi blonde, aussi ravissante qui l'ait répugné à ce point.

— Bonjour, mademoiselle Shelley, répondit-il de son ton le plus officiel. Je viens de voir cette amygdalectomie. Cela me paraît en bon état.

— A l'avenir, pour votre réputation, j'aimerais que vous fassiez vos visites quand je suis de garde, répliqua Ursula d'un ton froid.

— Qu'entendez-vous par là?

— Inutile d'entrer dans les détails. Au revoir, docteur!

Elle s'éloigna, calme, digne.

Chris lutta contre l'envie terrible de la précipiter dans l'escalier. Elle appartenait à cette espèce de femmes qui poussent au meurtre.

Il sortit, conscient d'être écarlate. La garce! Elle croyait le tenir et se réjouissait de le voir se tortiller au bout de l'hameçon. Saurait-il s'en dégager?

Il traversa la cour, sans rien voir. Il faisait plus frais sous les arbres, à côté du hangar à bicyclettes, mais Chris avait l'impression d'être dans un bain de vapeur. Pourquoi, diable, s'était-il conduit comme le dernier des crétins?

Inez n'avait jamais promis de l'épouser. En toute honnêteté, il ne pouvait pas l'accuser de l'avoir laissé tomber. Sans doute avait-elle eu raison en disant qu'il n'aurait pas été heureux avec elle. Depuis qu'il était aux *Safrans,* il avait compris qu'il désirait une femme comme Molly Raine qui se satisferait de centrer sa vie sur lui-même et son travail. Il voulait un foyer et des enfants.

Chris aimait beaucoup son métier, mais il n'était pas fait pour être en vue. Exercer à West Wheystone lui convenait admirablement. Jamais il ne se le pardonnerait si, grâce aux machinations d'Ursula Shelley, il était contraint de partir.

Rosemary viendrait-elle à son secours? Quel droit avait-il de l'espérer? Depuis l'arrivée d'Evelyn, il avait à peine vu Rosemary. Sans doute lui en voulait-elle de la façon dont il l'avait laissée tomber.

Enfin, un bruit de pas. Il se redressa, s'efforça de sourire et se rembrunit aussitôt à la vue de deux jeunes infirmières en robes gaies, qui passaient à côté de lui, poussant des bicyclettes aux guidons desquelles pendaient serviettes et maillots de bain.

– Bonjour, docteur! dit l'une d'elles, joyeuse. Vous attendez quelqu'un?

– Je ne fais que méditer sur mes péchés, répondit-il avec une jovialité forcée.

– Dommage! Nous, on ne vous aurait pas laissé attendre! dit la seconde jeune fille en gloussant un petit rire.

Il leur adressa un sourire figé, mais les envoya au diable en songeant avec ironie qu'autrefois il aimait ce genre de badinage.

De nouveau un bruit de pas pressés, ceux d'une infirmière habituée à se hâter sans courir. Cette fois-ci, c'était Rosemary, toujours en uniforme. La plupart des filles auraient pris le temps de se changer, de se maquiller, pas Rosemary.

– Excusez-moi, dit-elle un peu essoufflée. La surveillante m'a retenue.

Son nez brillait, elle n'avait pas de rouge sur les lèvres, mais jamais Chris n'avait été plus heureux de voir une femme.

– Alors? demanda-t-elle.

– Je voulais vous parler... vous demander quelque chose.

– Quoi?

« Ça ne va pas », pensa-t-il avec désespoir. Il ne pouvait... Il aurait l'air d'un goujat.

– Je... eh bien... je me demandais, balbutia-t-il.

Accepteriez-vous de venir au bal du tennis club? Samedi prochain?

Elle le regarda, stupéfaite :

– Oui, si vous le voulez. Merci beaucoup.

– Vous viendrez?

– Certainement. Mais pourquoi faire tant d'histoires?

– C'est-à-dire que... ce n'est pas exactement ce que je voulais vous demander.

– Mais que se passe-t-il? Ma parole, vous tremblez! Qu'avez-vous, Chris?

– Je... j'ai perdu mon sang-froid.

– Ah, où et quand?

– Je vous en prie, ne vous moquez pas de moi! Je suis extrêmement sérieux. Seulement, comment espérer vous le faire croire? Je me suis conduit comme un idiot. Je n'ai aucun droit de vous demander...

– Quoi donc?

– Evidemment, ce n'est pas simplement parce que je suis dans le pétrin que vous accepteriez. Enfin, ce n'est pas tout à fait ça, mais c'est ce que vous êtes en droit de comprendre. Vous me prendrez pour un saligaud.

– Jamais je ne penserai cela de vous, Chris.

– Vraiment? Même si toutes les apparences le laissaient croire?

– Jamais.

– Bon, alors...

Il posa sa trousse par terre et avança d'un pas vers la jeune fille.

– ... Vous ne me mépriserez pas?

– Non, mais s'il s'agit d'Evelyn Elbure je ne vois pas comment je pourrais vous aider, répondit-elle nettement.

Cela le prit de court.

– Vous savez que j'ai beaucoup vu Evelyn?

— Et qui ne le sait pas? La moitié de Saint-Chad se demandait si « ça donnerait quelque chose » ou non.

Bon sang! il avait l'impression d'avoir de nouveau dix-huit ans.

— La réponse est non. Définitivement.

— Vraiment? On a vu des veuves se remarier.

— Même si elle voulait de moi — ce qui n'est pas le cas —, je ne pourrais pas vivre dans l'ombre de Val Elbure.

— Je vous trouve assez sage.

— Un peu tardivement. Je me suis conduit comme un crétin. C'est pourquoi j'ai l'impression de commettre une énorme grossièreté à votre égard en vous demandant...

— En me demandant quoi?

— Si vous acceptez de vous fiancer avec moi.

Il y eut un léger silence pendant lequel Chris regarda Rosemary, très mal à l'aise. A sa grande surprise, il la vit rougir.

Elle répondit enfin, avec une jovialité forcée :

— Vraiment, docteur, c'est tellement soudain!

— Je le sais. Je suis désolé. J'aurais dû attendre, mais je suis dans un tel pétrin. Avec Ursula Shelley sur le dos, je ne peux pas me permettre d'attendre.

— Sainte Ursula? Qu'a-t-elle à voir là-dedans?

D'une voix saccadée, honteux, il lui raconta tout. Les couleurs s'effacèrent des joues de Rosemary. Ses lèvres se serrèrent.

— Je comprends! Vous croyez que je peux vous libérer d'elle en me fiançant à vous? Oui, sans doute cela la désarmerait.

— Il fallait que je vous le dise. Ne m'en veuillez surtout pas.

— Evidemment pas. Le chantage me répugne. Qui, sauf Ursula, aurait agi ainsi contre sa propre cousine?

C'est plutôt moche pour Evelyn. Si vous êtes signalé, elle sera compromise.

– Oui, dit-il avec amertume. Cette garce! Elle a tout gâché. Je n'ai aucun droit de vous demander de me tirer d'affaire.

– Je le ferai, assura Rosemary, lentement, d'une voix un peu sourde.

– Vous le ferez? Mais c'est merveilleux! Vous êtes un ange! s'écria Chris. Vous ne le regretterez pas, vous savez.

– Une minute. N'oubliez pas qu'il y a le pour et le contre. Quand ces fiançailles auront atteint le but que vous souhaitez et que le moment sera venu de les rompre, les langues iront leur train. De quelque façon qu'on le présente, personne ne voudra croire que je vous ai envoyé balader, dit Rosemary avec candeur.

– Oh, mais, grand Dieu, ce ne sera pas du tout comme ça! Il ne sera nullement question de rompre nos fiançailles. En tout cas, j'espère bien que non.

– Non?

– Rosemary... ma chérie... vous n'allez pas me dire que vous ne désirez que des fiançailles temporaires? dit-il, anxieux. Ce n'est pas du tout ce que je veux.

– Excusez-moi, mais je ne vous ai pas très bien compris. Pourriez-vous m'expliquer, dans une langue que comprendrait un enfant, ce que vous voulez exactement?

– *Vous*. C'est facile. Simplement vous, répondit-il s'enhardissant jusqu'à lui passer un bras autour des épaules. Bon sang! J'ai fait un affreux gâchis. Excusez-moi, ma chérie! Il doit y avoir une formule convenant à ce genre de demande, mais je suis bouleversé. Et je ne peux pas me mettre à genoux, quelqu'un pourrait venir.

– Idiot! dit Rosemary. (Son visage anguleux s'illumina d'un sourire d'une extrême douceur.) Reprenez au début et essayez encore une fois.

– Rosemary, ma chérie, voulez-vous m'épouser? Pour le meilleur, pour le pire et tout le reste?

– Vous êtes sûr d'en avoir envie?

– Certain.

– Vous n'êtes pas amoureux de moi.

– Je n'en sais rien. Qu'est-ce qu'être amoureux? J'ai toujours tout compris à l'envers. J'ai cru l'être d'Inez. Ursula Shelley m'a subjugué. J'ai fait l'idiot avec Evelyn. Je ne sais plus qu'une chose : je ne voudrais épouser aucune d'elles. C'est vous que je veux comme femme. Est-ce clair?

– Cela paraît... satisfaisant.

– Oh, ne me torturez pas! Vous êtes ce que j'ai toujours cherché... mais je ne savais pas voir.

Il resserra son étreinte et sentit le ferme contact de son corps. Ce n'était pas un rêve irréalisable, hors d'atteinte. Rosemary, c'était la réalité. Saine de corps et d'esprit, les pieds sur terre.

Il l'embrassa... et elle lui rendit son baiser avec chaleur, générosité. Une joie inconnue l'envahit. Ce baiser ne ressemblait en rien à ceux qu'il avait reçus d'Inez ou d'Evelyn. Rosemary voulait qu'il l'embrasse, lui; elle ne songeait pas, en lui donnant ses lèvres, à un autre homme.

– Chérie... chérie..., dit-il avec ferveur. Vous verrez, je vous rendrai heureuse!

Comment avait-il pu la trouver dépourvue de charme? Avec les étoiles qui brillaient dans ses yeux clairs, purs, ses joues rosies par l'émotion et le gonflement tendre de sa bouche généreuse, elle était ravissante. Et elle était à lui. Elle le resterait. Jamais il ne serait habité par l'horrible crainte qu'un autre homme à la personnalité plus forte que la sienne ne la lui vole. Rosemary ne reprendrait pas sa parole. Il avait l'impression enivrante qu'un trésor venait de lui tomber tout droit du ciel.

– Voilà quelqu'un, dit-elle vivement en se dégageant.

– Et puis après? Je veux que tout le monde sache, répondit-il avec fierté. Quel est votre prochain jour de sortie? Nous irons acheter une bague.

Trois infirmières passèrent qui les regardèrent sans cacher leur curiosité. Rosemary était écarlate, mais Chris souriait.

– Félicitez-nous! dit-il. J'ai convaincu celle que j'aimais de m'épouser.

– Oh, mais c'est merveilleux, docteur! Meilleurs vœux de bonheur! crièrent-elles en chœur.

– Chris, réellement... protesta Rosemary quand elles eurent disparu. Vous me stupéfiez.

– Tant mieux! répondit-il, enthousiaste. Que dites-vous de l'idée de nous installer aux *Châtaigniers* quand Evelyn sera partie? C'est gentil et ce serait très pratique pour le dispensaire.

– Calmez-vous! Il est un peu tôt pour faire des projets.

– Sans doute devez-vous prévenir l'infirmière-major. Le plus vite possible. Je ne veux pas d'une femme à mi-temps, décida Chris avec fermeté. Si vous le désirez, vous aurez beaucoup à faire à West Wheystone, à m'aider au dispensaire, mais plus question de Saint-Chad.

– Je ne sais pas.

– Moi, je sais! Ma chérie, vous n'êtes pas faite pour être une infirmière desséchée. Votre sphère, c'est votre maison, vos enfants et un mari attentionné.

– Oui. C'est ce que j'ai toujours désiré, admit-elle avec franchise. J'ai envié Evelyn, mais je ne voudrais pas être à la place d'Inez.

– Evelyn! Oh, Seigneur! J'ai complètement oublié! J'ai promis de la reconduire à West Wheystone. Elle doit m'attendre dans la voiture.

— Alors, allez-y.

— Venez avec moi!

Il voulut lui passer le bras sous le sien, mais elle protesta.

— Pas tant que je suis en uniforme.

Cela eut le don de le faire rire :

— Votre bonnet est complètement de travers et j'ai froissé votre tablier. Je vous aime ainsi. Vous êtes beaucoup plus humaine.

Elle remit vivement son bonnet en place :

— Les infirmières en chef sont censées donner le bon exemple. Mais vous m'avez complètement désarçonnée.

— Formidable! J'ai toujours eu un peu peur de vous à l'hôpital. Vous avez toujours l'air tellement sûre, équilibrée. Si vous aviez été surveillante, jamais je n'aurais eu l'audace de vous demander en mariage.

— Je suis heureuse de ne pas l'être, répondit-elle, satisfaite. Venez.

Evelyn les accueillit par des reproches.

— Chris, vous êtes terriblement en retard! Je vais manquer les nouvelles de 6 heures!

— Et l'on m'attendra au dispensaire, et puis après? répondit Chris, sans se démonter. Je viens juste de convaincre Rosemary de m'épouser.

Il regarda Inez. Le sourire spontané qu'elle lui adressa lui serra un peu le cœur, mais un tout petit peu. Inez, cela avait été le rêve. Rosemary, c'était la réalité.

— Je ne puis vous dire à quel point je suis heureuse, dit la jeune fille. Rosemary est la femme idéale pour toi. Beaucoup trop bien, mais il y a un Bon Dieu pour les ivrognes.

— Je le sais, inutile d'insister, protesta Chris. Allez, hop, les filles, je vous ramènerai après la séance au dispensaire. Je ne tiens pas à reconduire Mme Elbure chez elle sans chaperon. Il faut que je veille à ma réputation.

Elles rirent et protestèrent, mais Rosemary s'installa à l'avant de la voiture à côté de lui, Evelyn et Inez se partageant la banquette arrière.

— La seule chose qui me tracasse est que Rosemary soit dans le service de Shelley, dit Chris en sortant du parc à voitures. Ne pouvez-vous demander un transfert?

— Cela n'en vaut pas la peine. Je l'ai supportée jusqu'ici. Ce n'est pas maintenant qu'elle me cherchera noise.

— Elle le tentera. Cette femme est dangereuse.

— Comme tu dis, approuva Inez. A propos, Rosemary, tu as bien failli perdre une de tes infirmières. Barbara Berry a avalé un plein tube d'aspirine, cette jeune idiote.

— Mon Dieu! Elle l'a fait exprès?

— Qui sait? Cox l'a trouvée dans le coma et a donné l'alarme. Je l'ai emmenée aux accidentés tout juste à temps.

— C'est encore du Sainte Ursula! dit Rosemary. Elle en a fait voir de toutes les couleurs à cette pauvre gamine. J'ai eu des mots avec Shelley à son sujet.

— On va tout étouffer, sans doute. Jamais Berry ne voudra admettre qu'elle a agi de propos délibéré. Elle sait qu'elle mérite le renvoi.

Evelyn toucha du bout du doigt le morceau de papier plié dans sa poche, souhaitant presque l'avoir perdu dans la cour. Allait-elle briser l'avenir de la petite infirmière en produisant cette pièce?

— Eh bien, nous y voilà! s'écria Chris joyeux en franchissant la grille ouverte des *Safrans*. Je propose qu'on arrose cela. C'est possible, Inez?

— Bien sûr, je vais m'en occuper, répondit-elle avec une certaine raideur. Il faudrait du champagne pour bien faire, mais j'ai peur que nous n'en ayons plus.

Elle souriait en parlant, mais Evelyn comprit qu'elle pensait qu'il n'y avait pas eu de champagne aux *Safrans* quand elle avait annoncé ses fiançailles avec Patrick.

Le Dr Raine s'activait au dispensaire, Mme Raine était invisible. Sans doute avait-elle conduit les enfants aux *Châtaigniers*.

– Pendant que vous préparez vos verres, Inez, je cours en face, dit Evelyn.

Annoncer la nouvelle à Mme Raine était un geste qu'elle pouvait faire pour Chris. Pour Rosemary aussi.

Molly Raine ne chercha pas à cacher sa désillusion.

– Moi qui avais tant espéré que Chris et Inez se marieraient quand même, dit-elle, d'une voix lamentable.

– Jamais ils ne l'auraient fait, lui assura Evelyn. C'est beaucoup mieux ainsi. Rosemary est une fille saine et sensée. Elle saura freiner Chris. Elle lui sera aussi d'un grand secours dans sa profession.

– Je voulais qu'Inez reste ici, avec nous. Parfois j'ai l'horrible impression que nous avons perdu notre fille unique.

– Vous la braquez parce qu'elle sait que vous n'aimez pas Pat, répliqua Evelyn. Il est difficile de le comprendre, mais il convient parfaitement à Inez. Et ces fiançailles mettront un terme à tous ces commérages ridicules au sujet de Chris.

Elles parlaient à voix basse, dans la chambre, parce que les deux enfants dormaient paisiblement. Evelyn regarda son fils, le cœur torturé de tendresse. Endormi, il ne semblait nullement malade. Rien n'indiquait que sa vie puisse être en danger, à l'exception d'une enflure imperceptible de l'œil gauche.

– Qu'avez-vous décidé, mon petit? demanda Molly, compatissante.

— Je le conduis à l'hôpital demain matin. L'infirmière-major est d'accord pour qu'on le mette au service des accidentés. Patrick, Manuden et Whatsford se consulteront... Je ne sais lequel d'entre eux opérera. Oh, madame, dites-moi, je fais ce qu'il y a de mieux pour lui, n'est-ce pas?

— Mon mari le pense et il se trompe rarement. Il faut avoir confiance, mon petit. Je reste ici pendant que vous retournez auprès de Chris et de votre amie.

— Je vais enlever ce tailleur. C'est le plus élégant que je possède. Oh! Auriez-vous mis de l'ordre ici, madame?

— Non. J'ai gardé les enfants aux *Safrans* jusqu'à ce que Willie ait eu envie de dormir.

— C'est drôle, dit Evelyn en ôtant veste et jupe et les remplaçant par une petite robe en toile. Je me suis habillée très vite cet après-midi et je suis certaine de ne pas avoir rangé mes brosses. Quelqu'un est-il venu ici?

— Un homme a voulu relever le compteur électrique. La porte n'était pas fermée, je lui ai dit d'entrer. Mais il ne serait pas venu dans votre chambre. Le compteur est dans la cuisine.

— Non. Bien sûr que non.

— Des enfants du village sont peut-être venus rôder. A-t-on volé quelque chose? demanda Mme Raine, inquiète.

— J'ai ma bague de fiançailles sur moi. Je n'ai aucun autre objet de valeur ici.

Cinq minutes plus tard Evelyn, de retour aux *Safrans,* attirait Inez à l'écart.

— Il s'est passé quelque chose d'atroce, dit-elle, la voix tremblante. Profitant que j'étais à Saint-Chad et que votre mère s'occupait des enfants, ici, quelqu'un s'est introduit chez moi et a fouillé dans mes affaires.

— Vous êtes sûre?

— Absolument. Je gardais dans un tiroir de la table

de nuit les cartes postales et les lettres de Val et elles ont toutes disparu.

– Oh! fit Inez. Mais... qui a fait ça?

– Votre mère pense qu'il s'agit d'enfants du village. Peut-être auraient-ils été attirés par les cartes postales en couleur, mais les lettres? Les dernières lettres de Val... (Les lèvres de la jeune femme se mirent à trembler.) J'aurais préféré perdre n'importe quoi d'autre...

– Je comprends. C'est ignoble!

– Et tellement inutile. Croyez-vous que les enfants voulaient les timbres?

– C'est possible. Maman n'a aucune idée?

– Un homme est venu pour le compteur, paraît-il. Mais il n'aurait pas fouillé dans mes tiroirs.

– Je ne sais pas. Pas si c'était un employé de l'Electricité, mais... On a vu des voleurs se déguiser en ouvriers ou... On pourra demander à la compagnie demain matin.

– Qu'est-ce qu'un voleur espérait donc trouver dans un chalet loué meublé?

– S'il s'agit d'un gamin du pays, on aura vite retrouvé sa trace. Ses parents découvriront les cartes et les renverront. Un mot de maman à la receveuse des postes suffira.

– J'avais l'impression d'avoir un peu de Val tout près de moi avec ses lettres. Je les lisais, les relisais. Toutes nos petites expressions personnelles..., dit Evelyn, des sanglots dans la voix. C'est ignoble de penser que quelqu'un peut les avoir lues.

– Nous ne pouvons rien faire ce soir. Le bureau de poste est fermé et la compagnie d'Electricité aussi. Il faut attendre jusqu'à demain. Peut-être pourrait-on offrir une récompense.

– Oh, oui, approuva Evelyn plus joyeuse. Elles n'ont de valeur que pour moi.

Inez approuva d'un signe de tête, mais au fond de

son cœur elle était fort troublée. D'abord l'appartement de Patrick... maintenant le chalet d'Evelyn. Il ne pouvait s'agir d'une coïncidence. Quelqu'un avait pisté Val et s'intéressait beaucoup à sa correspondance. Il avait eu grand tort de ne pas mettre Evelyn au courant.

Pour ceux qu'elle aimait, Evelyn pouvait faire face à l'adversité avec beaucoup de courage. Il ne fallait pas se fier à ses façons douces, pitoyables. Elle était à bout, mais elle ne cédait pas.

16

– Tout s'est très bien passé, dit Inez hors d'haleine. Vous pouvez jeter un coup d'œil si vous le voulez.

Evelyn se leva, les membres lourds. Elle ne parla pas, se contentant d'adresser à Inez un long regard suppliant.

En guise de réponse, Inez passa son bras autour des épaules de la jeune femme.

– Je sais que cela ressemble à ce que l'on nous apprend à dire aux parents anxieux, mais c'est la stricte vérité. Je le jure, dit-elle avec fermeté.

– Qui... qui l'a opéré?

– Patrick. L'œil n'a souffert aucun dommage direct. Il n'a même pas fallu y toucher. Ils s'en sont rendu compte ce matin. Tout est le résultat d'une chute. Une fracture minuscule, une petite hémorragie provoquant un caillot de sang appuyant sur le nerf optique. Tout est nettoyé à présent.

– Pas... pas de tumeur?

– Aucune. Rien. Patrick avait raison, comme d'habitude. Nous nous sommes beaucoup tracassés pour peu de chose! Mais bien sûr, c'est rare à l'âge de Willie; nous ne saurons sans doute jamais comment cela s'est produit.

— Dans la voiture, peut-être. Ou dans le jardin. Il ne crie jamais beaucoup quand il se fait mal. Il ne proteste que lorsqu'on le contrarie. Oh, merci, mon Dieu!

— Oui. Et que maman et vous, nous vous entendions un peu moins parler de « chirurgien sans âme ».

— C'était dur, dans la salle d'opération?

— D'une chaleur insoutenable. C'est toujours pire quand il s'agit d'un proche, mais quelle joie de regarder Patrick. Je dois retourner dans mon service, à présent. Vous venez?

— Bien sûr, dit Evelyn en se raidissant. Il n'y aura pas de séquelles?

— Nous ferons en sorte qu'il n'y en ait pas. Nous le surveillerons de près, la surveillante et moi.

— Et la nuit?

— C'est arrangé avec la garde de nuit. Vous n'avez rien à craindre.

— Ursula... Vous ne l'oubliez pas?

— Oh, non!

— Comment va cette pauvre fille? demanda soudain Evelyn quand, au bout du long couloir nu, elles atteignirent l'escalier aux marches de pierre.

— Berry? Très embêtée, mais elle se rétablit.

— A-t-elle dit ce qui s'est passé?

— Non. La surveillante l'a questionnée ce matin, elle n'a pas voulu répondre, elle s'est mise à pleurer. Selon Cox, Berry souffrait beaucoup de migraines et d'insomnies. On dira que, sous l'emprise de la douleur, elle n'a pas su ce qu'elle faisait.

— Mais vous savez à quoi vous en tenir, n'est-ce pas?

Inez haussa les épaules.

— Les perpétuels coups d'épingle de Sainte Ursula

l'ont évidemment poussée à bout. Elle prétend que cette fille était maladroite et négligente et qu'il fallait la réprimander.

– Que fera l'infirmière-major?

– Elle va sans doute envoyer Berry en congé chez elle, pour quelque temps.

– Jamais elle n'aura le courage de revenir.

– Peut-être l'infirmière-major suggérera-t-elle un transfert. On ne sait jamais exactement jusqu'à quel point elle est au courant.

– Je lui en ai dit pas mal... au sujet d'Ursula.

– Espérons qu'elle vous a crue. Maintenant, respirez à fond.

– Pourquoi?

– Parce que, pour l'instant, Willie n'a pas son aspect habituel de chérubin rose. Il ne va pas se réveiller avant un bon moment. Il faut nous croire sur parole et penser que tout va bien.

– Evidemment. J'ai déjà vu des opérés!

– Oui, mais cela ne fait pas le même effet quand il s'agit de son enfant... ou d'un proche! Nous nous sommes bien gardés de laisser maman voir papa pendant deux jours après son opération.

– Ne vous tracassez pas! Je suis d'attaque. Je ne dirai pas un mot. Je resterai seulement assise à côté de lui un petit peu.

– C'est bien, ça!

Si courageuse qu'elle fût, Evelyn ne put retenir ses larmes, larmes de soulagement pour une part, qu'elle laissa couler le long de ses joues sans bruit. Willie était dans une chambre en compagnie d'un autre opéré. Un enfant de trois ans que l'on avait apporté de toute urgence à l'hôpital la nuit précédente, le crâne criblé de plombs de chasse. Il était dans un état beaucoup plus grave que Willie. Certains des plombs avaient pénétré assez profondément. On lui faisait une transfusion.

Evelyn jeta un coup d'œil à l'appareil et détourna très vite le regard.

La surveillante arriva au même instant et tapota l'épaule de la jeune femme :

– Tout est fini maintenant, mon petit! Vous pouvez rester si vous le désirez, mais je vous conseille de retourner chez vous vous reposer et de revenir ce soir.

– Il a l'air si petit et sans défense, murmura Evelyn.

– Nous en prendrons bien soin. Pensez un peu à vous. Il aura besoin de vous plus tard. Raine est libre à présent. Elle reprend son service à 5 heures.

Evelyn se leva à contrecœur. Sa présence n'était d'aucune utilité, mais cela lui semblait un supplice de quitter son enfant inconscient.

En traversant la salle, elle jeta un regard de compassion à Barbara Berry qui était couchée, immobile, le visage enfoui dans son oreiller. Sans doute la pauvre fille se tourmentait-elle au sujet de son petit billet d'adieu. Elle aurait beaucoup donné pour la tranquilliser, mais elle ne devait, pour rien au monde, se laisser emporter par la pitié et détruire cette pièce à conviction.

Inez disait qu'elle n'avait jamais sous-estimé Ursula, mais elle ne la connaissait pas comme Evelyn la connaissait. Elle trouvait les craintes de la jeune femme exagérées. Pas un instant, elle ne pensait qu'Ursula pût tenter quelque chose dans le service des accidentés. Elle ne s'était pas encore fait une opinion exacte du côté implacable du caractère de Sainte Ursula.

Vers 7 h 30, il régnait toujours une certaine fébrilité dans les services : l'équipe de jour s'apprêtait à passer ses consignes à l'équipe de nuit. Inez était dans le bureau et rédigeait ses rapports lorsque Ursula traversa la salle.

Elle alla droit à la petite chambre spéciale, très digne dans son uniforme immaculé. L'infirmière détachée à la garde des deux enfants se leva d'instinct à son arrivée.

– Bonsoir, mademoiselle. Je suis juste venue jeter un coup d'œil à mon petit cousin, dit Ursula, gracieuse.

– Bonsoir, madame. Il va bien, je crois, répondit l'infirmière Perrett.

Ursula n'avait jamais manifesté le moindre intérêt aux enfants d'Evelyn. Elle aurait été incapable de les reconnaître parmi une douzaine d'autres gosses du même âge. Elle s'arrêta à côté du lit du petit garçon qui s'était blessé, se pencha sur lui.

Immédiatement, son instinct professionnel s'éveilla.

– Il ne va pas bien du tout, dit-elle d'une voix coupante. Il est choqué. Sortez et appelez quelqu'un!

– J'ai ordre de ne pas quitter le service, madame, répondit Perrett avec défi.

– C'est urgent! Faites ce que je vous dis! ordonna Ursula.

Jamais, plus tard, Inez n'osa se demander ce qui se serait produit par la suite. Des cris perçants l'arrachèrent à son travail. Barbara Berry était assise dans son lit, livide, les yeux exorbités, hurlant :

– *Oh! Oh!* Elle est là! Elle est revenue me torturer! Ne la laissez pas s'approcher de moi!

– Qui? Où?

Barbara, en guise de réponse, fit des gestes désordonnés et Inez, sans attendre, se précipita dans la petite chambre. Ursula se détourna du lit à son arrivée, les yeux brillants :

– Ah, Raine! Je viens de trouver mon petit cousin en état de choc. Je vous conseille de prévenir M. Traymond.

Un regard suffit à Inez pour comprendre qu'Ursula avait raison. L'état du petit blessé s'était considérablement aggravé depuis la dernière fois qu'elle l'avait examiné. Elle se tourna vers l'infirmière Perrett.

– Allez au bureau et téléphonez à M. Elbure. Dites-lui qu'on le demande de toute urgence aux accidentés.

– Ne feriez-vous pas mieux d'y aller vous-même, mademoiselle Raine, intervint Ursula les cils battants.

– Dites-lui, Perrett, que c'est Mlle Raine qui le réclame. *Dépêchez-vous!* ajouta Inez.

L'infirmière lança un coup d'œil gêné aux deux femmes, puis sortit en hâte.

Inez soutint le regard froid d'Ursula et fit un geste en direction de la porte.

– Maintenant, s'il vous plaît... *filez!*

– Me donneriez-vous des ordres, mademoiselle Raine?

– Parfaitement. J'ai la responsabilité de ce service.

– Je n'accepte pas d'ordres de mes inférieurs.

– Trouvez autre chose, répondit Inez avec mépris. Je sais la raison de votre présence ici et ce que vous espériez faire. Vous auriez peut-être réussi si l'une de vos autres victimes n'avait pas donné l'alarme.

– Vous vous oubliez, mademoiselle Raine. Qui vous autorise à me parler sur ce ton?

– Vous aurez d'autres surprises! Débarrassez le plancher.

– Vous ne le sauverez pas, dit Ursula d'un ton égal. Il fera comme son père. Bon débarras aussi!

– On peut au moins essayer. S'il meurt, son père ne se pardonnera jamais d'avoir laissé un fusil chargé à sa portée.

– Un fusil chargé? Que voulez-vous dire?

– Navrée de vous décevoir, mais ce n'est pas le fils d'Evelyn.

– *Quoi?*

Ursula sursauta et fit volte-face pour regarder l'autre lit.

— C'est ça, Willie? Non. Willie est plus grand que ce bébé. Vous ne pouvez pas me tromper. C'est lui le fils d'Evelyn... et il est en train de mourir.

Inez, occupée avec l'enfant, ne répondit pas. Ursula la regardait avec un léger sourire triomphant.

— Vous perdez votre temps, Raine. Vous avez toujours perdu votre temps et votre peine à chercher à me barrer la route. J'imagine que ces stupides fiançailles factices sont une de vos magnifiques idées? Cela ne servira à rien, vous savez. Je dénoncerai le Dr Denyer de toute façon.

— Vous avez dit : une autre jeune fille. Ne tiendriez-vous pas parole?

— Je voulais dire : *vous.* Ne cherchez pas à tourner autour du pot.

— Pour une fois, vous avez raté votre coup. Allez-vous filer, maintenant?

— Non. C'est trop beau pour être manqué.

— Sadique! dit Inez méprisante — puis elle l'ignora.

Patrick, elle le savait et Ursula l'ignorait, était dans son bureau, attendant qu'elle ait terminé son service. Il répondrait immédiatement à son S.O.S., elle en avait la certitude. Et, cependant, les quelques minutes qu'il mit à rejoindre le service des accidentés furent les plus longues, les pires qu'elle ait jamais endurées. Tout en s'employant à soulager l'enfant, elle avait conscience de l'intensité de la haine inondant son dos sans défense. Elle sentait physiquement le désir qu'avait Ursula de voir mourir le petit blessé.

Patrick arriva de son pas élastique.

— Ursula! Que diable fais-tu ici! dit-il en entrant dans la pièce.

— J'assiste aux dernières souffrances de ton neveu. J'avais prévenu Evelyn de ne pas le laisser opérer, répondit-elle froidement.

— Willie? dit-il incrédule.

– Non! Il ne s'agit pas de Willie. C'est le petit blessé, expliqua vivement Inez. Choc. Hémorragie.

– Ce n'est pas Willie? répéta Ursula d'une voix étouffée. Ce n'est vraiment pas lui?

– Non. Va-t'en, maintenant!

Il tint la porte ouverte pour elle et elle sortit comme une somnambule.

Pendant les quelques minutes qui suivirent, Inez travailla avec Patrick comme une automate. Puis la surveillante de nuit, une femme calme, capable, d'une quarantaine d'années, les rejoignit. Peu à peu le pouls, très faible, se régularisa et l'enfant recommença de respirer normalement. Inez se reprit à penser, à sentir. Et ce fut la réaction, de celles qu'elle n'avait plus éprouvées depuis ses années d'étude.

Elle tint le coup jusqu'à ce que la surveillante lui dise gentiment :

– Il est bientôt 9 heures. Merci d'être restée, mais nous pouvons nous débrouiller maintenant.

Et alors, sans plus de cérémonie, Inez se précipita vers les lavabos. C'est là que, dix minutes plus tard, Patrick vint la retrouver. Elle était penchée au-dessus de la cuvette, toutes ses jolies couleurs effacées, les yeux humides et les paupières rougies, les lèvres tremblantes.

Jamais elle n'avait été aussi peu séduisante... et jamais Patrick ne l'avait autant aimée. Il comprit soudain à quel point elle était jeune, féminine et vulnérable en dépit de son courage et de son cran.

Cet instant marqua un nouveau stade dans leurs relations. En serrant contre lui la petite silhouette frissonnante, il se sentit infiniment plus vieux, plus fort, plus dur qu'Inez. Il la garda tendrement, protecteur, lissa ses cheveux humides, essuyant de son mouchoir son front pâle, moite. Sans force, elle s'appuya contre lui, s'efforçant de sourire.

– J'ai eu mal au cœur, dit-elle, honteuse. Je croyais que mon estomac avait perdu l'habitude de me jouer des tours pareils.

– Ce qu'il te faut, c'est un verre de quelque chose de fort, décida Patrick. Et de quoi manger. Viens! Je t'emmène chez moi.

– Comme ça? Je suis toute sale. Il faut que je me change.

– Non. Tu viens immédiatement.

Il lui enleva son bonnet et son tablier fripé et les lança dans un panier à linge sale. Il ôta sa propre blouse souillée et lui fit prendre le même chemin. Puis il saisit la main d'Inez avec autorité et l'entraîna vers l'escalier.

Il la porta presque jusqu'à la voiture, la souleva pour la mettre dedans et l'enveloppa d'une couverture. Elle lui sourit, d'un pauvre petit sourire :

– J'ai froid. C'est ridicule par une nuit aussi chaude.

– C'est le contrecoup. Allonge-toi, détends-toi.

Elle était trop épuisée pour protester. Des vagues nauséeuses menaçaient encore de la submerger. Pour une fois, il était joliment agréable d'être prise en charge avec une telle autorité. Parler lui eût peut-être été un soulagement, mais elle en était incapable. Elle se recroquevilla sous la couverture, perdue dans une affreuse obscurité glacée... jusqu'au moment où elle se retrouva dans les bras de Patrick qui gravissait vivement l'escalier menant à son appartement.

– Tu es vraiment une toute petite fille, dit-il étonné. Je ne m'en étais pas encore aperçu.

– Je suis une idiote. Excuse-moi!

– Ça va passer.

Il l'installa dans un fauteuil, brancha le radiateur et lui prépara un cognac à l'eau bien tassé. Elle le but avec reconnaissance et sentit la chaleur revenir dans ses membres glacés. Ses idées s'éclaircirent. Elle releva le menton.

– Excuse-moi, répéta-t-elle. C'était Ursula. Elle voulait qu'il meure! Jamais je n'avais pensé que quelqu'un puisse...

– Dieu merci, la plupart des gens ne peuvent pas.

Il se servit lui aussi à boire et resta debout à côté de la jeune fille, la regardant avec compassion.

– Mais tout ce que nous apprenons... ce que nous faisons... l'est dans un seul but, celui de sauver des vies humaines, insista-t-elle avec désespoir. Elle croyait que cet enfant était Willie et elle le regardait, triomphante, attendant qu'il meure. Un bébé! Je peux lui pardonner de *me* haïr, mais qu'est-ce que ce petit enfant lui a fait?

– C'est une obsédée. Elle ne veut pas admettre que la vie puisse lui dire non. Elle a sans doute été toujours effroyablement jalouse de Val et d'Evelyn.

– Elle m'a fait peur. Jamais personne ne m'a fait peur comme elle. Si Barbara Berry n'avait pas crié...

Elle frissonna.

– ... J'étais responsable. Si cet enfant était mort...

– Il ne l'est pas et il ne mourra pas. Ne pense plus à cela, maintenant! dit Patrick avec fermeté. Tu as très bien agi. Tu as gardé la tête froide.

– Si tu n'étais pas venu...

– Oublie les « si ». Finis ton verre et on verra ce qu'il y a à manger. Si tu n'as pas faim, moi, je suis affamé.

Un peu de couleur était revenu aux joues de la jeune fille.

– Si tu as des œufs, je peux te faire une bonne omelette.

– Parfait. Une omelette et du café. Que peut-il y avoir de meilleur? dit-il enjoué. Saurais-tu faire la cuisine? Je l'ignorais.

– Tu n'as pas honte! Je croyais que c'était la première chose qu'un homme cherche chez une femme. Oui, je sais faire la cuisine, maman y a tenu.

Peu à peu elle se sentait revivre.

– Evelyn a raison, dit-elle soudain, comme ils étaient en train de dîner. Il faut avoir la foi. Ursula est venue dans l'idée de détruire et, en fait, son intrusion a sauvé cet enfant... Willie va bien se rétablir, n'est-ce pas? Il n'y a toujours aucune nouvelle de Val?

– Non. Mais, aux informations de 6 heures, on a dit que l'ordre régnait de nouveau à Lungawayo. Les soldats cherchent Bongo-Sekama et ses partisans immédiats.

– Ils trouveront peut-être Val avec lui.

– En tout cas, on a stoppé les arrivées d'armes dans le pays grâce à des informations secrètes.

– Oh! ça, c'est quelque chose.

S'agissait-il des renseignements fournis par Val, grâce à ses cartes postales?

– C'est beaucoup. Sans armes, les rebelles sont faits comme des rats. Ils n'iront pas loin avec des banderoles et des pierres. Encore du café?

– Je veux bien.

Jamais Inez n'oublierait la gentillesse dont Patrick l'entourait ce soir. C'était l'un des nouveaux aspects de son caractère. Il s'était déjà montré tendre mais toujours de façon passionnée. Ce soir, il la traitait comme si elle était très jeune et fragile et elle lui en était reconnaissante.

A 10 heures et demie, il insista pour la reconduire au pavillon des infirmières.

– Evelyn sera avec Willie. Je dois la voir, protesta-t-elle, mais en vain.

– Pas ce soir. Tu vas te coucher immédiatement, ma chérie. Je regarderai moi-même comment cela se passe et je dirai un mot à Evelyn. Tu ne remettras pas les pieds là-bas avant demain matin.

– Ordre du médecin? demanda-t-elle.

– Non, du mari. Ce dont tu as besoin, c'est de dormir. Demain, tu pourras reprendre ton service, pas ce soir.

Elle abandonna. Il avait raison, elle le savait. A la lumière du jour, elle serait capable de pénétrer de nouveau dans la petite chambre, sans être assaillie par l'horreur.

– Préviendras-tu Evelyn? demanda-t-elle hésitante.

– Non. Il vaut mieux pas.

– Mais...

– Il faut prendre une décision au sujet d'Ursula. Dans un autre hôpital, entourée d'étrangers, elle retrouvera peut-être son équilibre. C'est une remarquable infirmière.

– Elle ne quittera pas Saint-Chad. Et l'on ne peut l'accuser de rien. Elle n'a pas touché à l'enfant.

– Je parlerai à l'infirmière-major. Nous trouverons un moyen.

– Cela va être dur pour toi.

– Peut-être, mais il y a trop longtemps que l'on ferme les yeux. Saint-Chad n'est pas assez grand pour nous trois.

Ni Patrick ni Inez ne pouvaient deviner que la solution du problème ne leur appartenait déjà plus. Evelyn avait entendu parler de l'émotion provoquée par la crise de nerfs de Barbara Berry.

Evelyn était de ces gens auxquels les autres aiment faire des confidences. L'infirmière commuée à la garde des deux enfants lui raconta tout.

– Elle est à bout de nerfs, la pauvre gosse! Elle a hurlé à la vue de Mlle Shelley comme si c'était un fantôme. La surveillante de nuit a eu beaucoup de mal à la calmer. Bien sûr, d'habitude, les infirmières malades sont mises à l'infirmerie de notre pavillon, mais on l'a amenée ici parce qu'elle avait avalé trop d'aspirine.

– Je sais, dit Evelyn d'une voix blanche. Pourquoi Mlle Shelley était-elle là?

— Je suppose qu'elle était venue voir comment allait votre petit garçon. Quand j'ai pris mon service, Raine et M. Elbure s'occupaient de l'autre petit. Il s'est blessé avec le fusil de son père, pauvre ange! Voulez-vous vous allonger un peu, madame? Il y a un divan à côté.

— Non, je vous remercie! Je préfère rester ici.

Sa décision était prise à présent. Le lendemain matin, elle attendit d'avoir parlé à Inez puis elle alla voir l'infirmière-major.

Elle prit avec elle le billet pathétique de Barbara Berry et la bande enregistrée de l'appareil d'Inez. Elle dit tout. Pour une fois, l'infirmière-major, si maîtresse d'elle-même d'habitude, se troubla. Elle écouta l'enregistrement à deux reprises. Puis elle envoya chercher Ursula.

— Voulez-vous partir, maintenant, Evelyn? demanda-t-elle. Votre présence n'est pas nécessaire.

— Je vous remercie, madame! Mais je reste. Je veux qu'Ursula sache que c'est moi qui ai agi et non pas Inez. Elle ne se serait pas servi de l'enregistrement, à moins qu'Ursula ait dénoncé le Dr Denyer.

— Non?

— Nous répugnons toutes à cafarder, par tradition. Inez ne voulait pas vous mêler à cette histoire. Mais je suis convaincue qu'il fallait que vous sachiez.

— Je suis plutôt stupéfaite, avoua l'infirmière-major avec amertume. L'une de mes infirmières les plus respectées et admirées! Un manque de scrupules aussi total...

— Pas en ce qui concerne son travail. Elle est impitoyable envers des filles comme Barbara Berry, mais c'est une bonne infirmière. Seulement, elle ne laissera pas Patrick en paix tant qu'elle sera là. C'est tout le fond de l'histoire. Elle veut Patrick, à tout prix.

— Oui. Je comprends.

— Lorsqu'il était aux Etats-Unis, elle était normale.

J'ai cru qu'elle avait accepté l'idée de l'avoir perdu. Mais elle a dû attendre qu'il lui revienne. Elle n'avait pas prévu Inez. Cela a dû lui causer un choc terrible.

L'infirmière-major hocha la tête :

— Vous pouvez lui trouver des excuses, Evelyn?

— Je le dois. Nous avons tous été à blâmer. Nous aurions dû lui tenir tête, il y a des années, et nous n'avons rien fait. Seul, Val a agi.

Puis Ursula arriva, sereine, immaculée, comme toujours. Elle parut un peu surprise de voir Evelyn, mais nullement embarrassée.

— Vous m'avez fait appeler, madame?

— Oui. Asseyez-vous. On a attiré mon attention sur certains faits très sérieux... et qui vous concernent.

— Vraiment? Le dois-je à ma jeune cousine? Malheureusement, elle a une fâcheuse tendance à l'hypernervosité et à l'exagération. Inutile de prendre ses accusations au sérieux, répondit Ursula très calme. Elle s'est conduite de façon inconvenante avec le Dr Denyer et je me suis sentie dans l'obligation d'intervenir.

— Oui, j'ai entendu parler de cela, dit l'infirmière-major, sévère. Curieuse forme d'intervention, mademoiselle Shelley. Menaces, chantage.

— Oh, non! protesta Ursula d'une voix suave. J'ai jugé utile de faire un peu peur au Dr Denyer. Il avait besoin d'une leçon.

— Il semble que vous ayez réussi!

Ursula se tourna vers Evelyn avec un léger sourire supérieur :

— Etait-ce tout, Lyn? Tu peux me raconter.

L'emploi de son diminutif serra le cœur de la jeune femme, mais elle soutint sans faiblir le regard de sa cousine :

— Cela suffit, Ursula. Il fallait que l'on t'arrête avant que tu fasses davantage de mal et j'ai pensé que c'était mon rôle.

– Vraiment? Et qu'espères-tu arrêter?

– La dévastation que tu sèmes sur ton passage. Tes inventions diaboliques et tout d'abord ce que tu voulais faire à Patrick et à Inez.

– Je n'ai pas levé un doigt contre eux.

– Non? Ni contre moi ou contre Chris? Tu n'as pas cherché à nous compromettre et ensuite contraindre, par chantage, Inez à accepter tes conditions?

– Seigneur! Quelle imagination!

– Je crois que le mieux serait que vous écoutiez vos propres paroles, mademoiselle Shelley, intervint l'infirmière-major en branchant l'appareil.

Evelyn avait espéré que cela ébranlerait le calme d'Ursula. Au lieu de cela, elle écouta avec un air d'aimable intérêt.

– J'ai une voix très radiogénique, dit-elle avec satisfaction. C'est une belle preuve de sournoiserie que d'avoir enregistré notre conversation sans me prévenir, mais cela ne m'étonne pas d'Inez Raine.

– Pouvez-vous m'expliquer cette conversation, justement, mademoiselle Shelley? demanda l'infirmière-major d'un ton sec.

– Mais, madame, elle s'explique d'elle-même. Vu les circonstances, j'ai pensé qu'Inez Raine devait faire en sorte de préserver la réputation du Dr Denyer. Je n'avais aucune envie de le dénoncer, mais on ne pouvait le laisser entraîner Evelyn dans une aventure sentimentale totalement déplacée.

– Il n'en a jamais été question! s'écria Evelyn.

– Tu étais dans ses bras, il t'embrassait et te disait qu'il t'aimait. Tu ne peux le nier.

– J'étais bouleversée et il s'est seulement montré très gentil.

– Evelyn, il est préférable que vous nous laissiez, dit l'infirmière-major avec autorité. Vous ne pouvez plus contribuer à rien.

— Très bien, madame. (Evelyn se leva, les genoux tremblants.) Je suis navrée, Ursula, mais il le fallait.

— Mais ma chère Lyn, je comprends parfaitement. Je ne t'en veux absolument pas. Il est évident que tu t'es laissé entraîner par Inez Raine.

Evelyn voulut protester, indignée. Un regard de l'infirmière-major la fit taire. Elle sortit.

Pendant quelques secondes, le silence régna dans le bureau. L'infirmière-major regardait Ursula qui soutenait son regard avec calme, innocente comme un nouveau-né.

— J'attends, mademoiselle, dit enfin l'infirmière-major.

— Quoi donc, madame? Ma position n'est-elle pas claire? J'avais à préserver Evelyn d'un scandale, si je le pouvais.

— Je ne puis accepter cette explication. Votre conduite ne me satisfait pas du tout.

— Vraiment, madame? J'ignorais qu'il y eût des plaintes quant à la façon dont je dirigeais mon service. Les problèmes familiaux ne sont pas de votre juridiction, il me semble.

— Peut-être ne savez-vous pas que l'une de vos élèves infirmières a tenté de se suicider. Lisez donc le billet qu'elle a laissé.

Elle tendit le papier à Ursula qui le prit sans se faire prier et le lut. Puis, avec un geste de mépris, elle le reposa sur le bureau.

— Caractère très instable. Désordonnée, maladroite et hypernerveuse. Elle m'a donné beaucoup de mal, commenta-t-elle froidement. Jamais elle ne fera une bonne infirmière. Je suis heureuse qu'elle s'en soit rendu compte.

— Pour donner des soins aux malades, il faut autre chose qu'une habileté d'automate, dit lentement l'infirmière-major. Ursula, vous m'avez profondément déçue.

Je vous ai suivie avec intérêt depuis votre arrivée ici. J'ai cru que Saint-Chad serait fier de vous avoir. Vous avez eu une médaille d'or. Vous avez été proclamée l'élève la plus populaire au cours de votre première année. Vous êtes devenue l'une de nos plus jeunes surveillantes.

– Oui, admit Ursula complaisamment. Je puis être fière des résultats obtenus.

– Mais vous avez une faille. Vous manquez de compassion, d'humanité, de cœur, appelez cela comme vous le voudrez. Sans humanité, la plus capable des infirmières ne saurait satisfaire ses malades et ses camarades.

– Franchement, madame, je ne m'attendais pas à trouver en vous un champion de la sentimentalité.

– Il n'est pas question de sentimentalité. Mais j'aime que mes infirmières aient un cœur. Je le regrette, mais je dois vous demander de quitter Saint-Chad.

Les cils d'Ursula battirent. Ses yeux bleus s'étrécirent.

– Vous ne le pouvez pas, madame. Rien ne le justifie.

– Ce n'est pas mon avis, bien au contraire. J'agis en partie pour votre bien. Dois-je m'expliquer?

– Oui.

– Au mois de septembre, M. Elbure sera notre chirurgien en chef. Votre présence sera une source d'embarras pour lui... et pour sa femme.

Cela prit Ursula de court. Deux taches rouges colorèrent ses pommettes.

– Et vous dites que je n'ai pas de cœur? Ne comprenez-vous pas que tout ce que j'ai fait, dans ma vie privée, l'a été pour Patrick Elbure? Pour appuyer ses ambitions... pour en faire réellement quelqu'un de grand? Il ne peut se permettre de se freiner dans son élan en s'occupant d'une vulgaire petite infirmière. Il a besoin de moi derrière lui. Je sais comment le manier. Jamais je n'ai songé à épouser un autre homme.

L'air sévère de l'infirmière-major fit place à une expression de pitié un peu écœurée.

— Je ne comprends que trop bien. Du seul fait que vous avez atteint avec une certaine facilité tous vos autres buts, vous vous refusez avec entêtement à accepter le fait que celui-ci est hors de votre atteinte.

— Jamais je n'accepterai cela.

— Il le faut. M. Elbure a fait son choix. Qu'il soit bon ou mauvais, le temps nous le démontrera. Il est assez vieux pour savoir ce qu'il veut... et Inez Raine a beaucoup de qualités.

— Jamais je ne lui céderai Patrick.

— Il ne vous appartient pas. Ursula, il est temps pour vous de cesser de vous ridiculiser!

— Ridicule? Moi?

— Oui, vous. La moitié de l'hôpital est au courant de votre idée fixe. Avez-vous réellement l'intention de rester ici après le mariage, en butte aux bavardages, à la pitié ou à la malice?

— Arrêtez! dit Ursula d'une voix tremblante. Vous me faites mal.

— Oui, et qui tenterait de vous faciliter les choses? Jamais vous n'avez fait preuve d'indulgence pour les autres, il ne faut pas en attendre d'eux! Il y a, j'en suis malheureusement certaine, beaucoup de gens qui se feront une joie de votre humiliation.

Ursula enregistra cela en silence.

— Vous aussi, madame, dit-elle enfin d'un ton de reproche, vous aussi, vous avez toujours préféré Evelyn. C'est étrange...

— Mais, ma pauvre enfant, n'avez-vous jamais compris que, pour recevoir de l'affection, il faut en donner? répondit l'infirmière-major, d'une voix lasse, soudain.

– Je n'en voulais pas. La douceur sirupeuse d'Evelyn m'a toujours levé le cœur. Je voulais être enviée, admirée, obéie.

– Sans doute ne changerez-vous jamais.

– Je le serai! Mais... pas ici. Vous avez raison, madame. Je ne puis rester pour voir Patrick épouser cette fille. Je ne supporterai pas de la voir le posséder et ruiner tous les espoirs que j'avais mis en lui. J'ai tenté de toutes mes forces de le sauver de lui-même, mais d'une certaine façon, il a toujours été stupide.

– Ce n'est pas un ambitieux, il déteste la publicité. Vous avez commis l'erreur de le juger d'après vous-même. Vous finirez sans doute comme infirmière-major d'un hôpital plus grand que Saint-Chad.

– Evidemment, répondit Ursula, surprise semblait-il qu'il pût y avoir un doute à ce sujet. Je suis restée ici à cause de Pat. J'avancerai beaucoup plus vite dans un hôpital de Londres. Je vous demande d'accepter ma démission.

– Certainement.

– Je partirai dans les quinze jours. Mais, permettez-moi un avis, madame. Ne donnez pas mon service à Mlle Harker. Elle n'a aucune des qualités qui conviennent.

– Vous êtes une ennemie implacable, constata l'infirmière-major avec un soupir. La question ne se posera pas. Mlle Harker a déjà envoyé sa démission. Elle se marie à la fin du mois d'août.

– Vraiment? Oui... elle est faite pour être la femme d'un médecin de campagne, dit Ursula, méprisante.

17

— Pas de nouvelles de vos lettres? Ce n'est pas de chance, dit Inez.

— Pas de nouvelles, répéta Evelyn. Et rien de Val. Je trouvais l'attente triste, mais je la croyais temporaire.

— Oui, c'est dur. Mais, au moins, tout va bien pour Willie.

— Et l'autre pauvre petit?

— Il se remet lentement. Je suppose que vous avez entendu dire que Rosemary se mariera ici, dans l'église paroissiale?

— Oui. Votre mère me l'a dit. C'est une bonne idée. Cela mettra un terme à ces bavardages stupides.

— Maman projette de faire une petite réception aux *Safrans,* ensuite. Mais Rosemary veut un mariage très simple.

— C'est plus agréable. Mais le vôtre devra être très élégant.

Inez avait son après-midi et sa soirée. Elle avait décidé de passer l'après-midi aux *Châtaigniers* avec Evelyn. Patrick devait venir la chercher après le thé. Ils avaient projeté d'aller faire de la voile. Inez s'en réjouissait à l'avance, mais bien qu'ils aient absolument besoin de cet intermède elle se sentait coupable vis-à-vis d'Evelyn. Le bonheur de ses amies devait faire ressortir sa propre solitude. Mais elle n'avait pas perdu l'espoir.

— Encore du thé? demanda-t-elle.

— Non, merci.

— A quelle heure Patrick doit-il venir vous prendre?

— Entre 5 et 6.

— Alors, il faut que vous alliez vous changer.

— Rien ne presse.

– Oh, mon Dieu! Je connais quelqu'un qui a besoin d'être changé! s'écria Evelyn en prenant sa petite fille. Ma poupée, que vous êtes sale!

– Voulez-vous que je m'en charge?

– Certainement pas. Vous avez eu assez à faire dans la journée. Je reviens dans un instant. Détendez-vous et prenez une cigarette.

Evelyn disparut dans la salle de bains. Un instant plus tard on sonna à la porte d'entrée. Inez se leva, légèrement surprise. Les gens du village ne faisaient pas tant de cérémonie d'habitude. En général, ils se contentaient de crier : « Y a-t-il quelqu'un? »

Elle alla ouvrir et se trouva face à deux hommes vêtus de sombre. Le plus âgé des deux, assez corpulent, coiffé d'un feutre noir, prit la parole :

– Madame Elbure? Nous sommes officiers de police.

– Oh!

L'appréhension serra le cœur d'Inez. Apportait-on confirmation de la mort de Val? Elle n'eut qu'une idée, protéger Evelyn contre un choc brutal :

– Que puis-je faire pour vous?

– Nous pensons que vous êtes en mesure de nous aider dans notre enquête sur les activités de votre mari.

– Je le voudrais bien! Vous avez des nouvelles de lui?

– Des renseignements non confirmés. Seriez-vous assez aimable pour nous accompagner au poste de police?

– Pourquoi? Ne pouvons-nous parler ici?

– Ce sera plus facile là-bas. Nous avons des documents à vous montrer. Nous ne vous retiendrons pas longtemps, ajouta-t-il, aimable.

– Ah, bon, dans ce cas...!

Peut-être avaient-ils des papiers de Val qu'ils voulaient faire identifier par sa femme. Au moins épargnerait-elle cette épreuve à Evelyn. Elle avait appris, maintenant, à connaître l'écriture de Val.

La jeune femme se demanderait ce qu'elle était devenue. Elle lui expliquerait plus tard. Si elle s'attardait, Evelyn insisterait pour venir, elle aussi. S'il y avait de mauvaises nouvelles à recevoir, elles le seraient encore davantage dans le triste décor du poste de police de Saxham.

Les deux hommes l'encadrèrent, en descendant l'allée, comme si on venait de l'arrêter, songe-t-elle. Elle les regarda à tour de rôle.

Le plus jeune des deux était mince, basané.

– Faites-vous partie de la police de Saxham? demanda-t-elle. Je ne me souviens pas vous avoir déjà vus.

– Non, madame. Nous travaillons en civil... pour les services secrets.

– Oh!

– Vous ne pouvez ignorer que votre mari travaillait avec nous.

Cette nouvelle aurait frappé Evelyn comme un coup. Pourquoi ces hommes la croyaient-ils au courant des activités de Val?

Elle s'immobilisa et n'aurait su dire pourquoi. Elle regarda la grosse voiture grise arrêtée devant la grille... et constata qu'elle était de fabrication étrangère.

– Ce n'est pas une voiture de police, dit-elle involontairement.

– Nous ne nous en servons pas. Montez, s'il vous plaît.

Le plus vieux des deux hommes ouvrit la portière arrière à son intention. Le plus jeune lui donna une poussée impatiente et monta derrière elle.

– Je vous en prie, un peu de tenue! protesta Inez indignée.

– Nous sommes très pressés, expliqua l'autre en s'installant à côté du chauffeur. Restez tranquille, s'il vous plaît.

Même cette réflexion n'aurait peut-être pas fait hésiter Inez, mais le chauffeur tourna à demi la tête et elle s'aperçut que c'était un Noir. Immédiatement, elle se précipita sur la poignée de la portière pour la trouver bloquée.

– Qu'est-ce que cela signifie? Laissez-moi descendre! dit-elle d'un ton sec.

– Du calme, et on ne vous fera pas de mal, répondit son voisin. Si vous faites du grabuge, vous le regretterez.

Croyant être en proie à un cauchemar, elle sentit soudain la pression contre ses côtes d'un objet dur et froid. Elle baissa les yeux pour voir qu'il s'agissait d'un pistolet automatique :

– Vous êtes fous? Vous ne vous en tirerez pas comme ça!

– Calmez-vous! ordonna le plus vieux. Nous n'avons que quelques questions à vous poser. Si vous y répondez, on vous libérera.

– Merci! Et si je ne peux... ou ne veux pas vous répondre?

– Oh, mais je suis sûr que vous le voudrez! dit-il d'un ton suave. Ce serait ridicule d'être entêtée, vous avez des enfants auxquels il faut penser.

Il tira de sa poche un petit paquet de lettres par avion et de cartes postales. Il les fit claquer entre ses doigts comme des cartes à jouer et les tendit à Inez qui reconnut le courrier volé à Evelyn.

– Ces lettres m'appartiennent! Que faites-vous avec elles? protesta-t-elle.

– Nous avons besoin de vous pour les décoder, madame.

– Les décoder? Vous avez perdu la tête? Ce sont des

lettres personnelles... des lettres d'amour... de mon mari.

— Avec un double sens. Votre mari a mis son nez dans des affaires qui ne le regardent pas et il a envoyé des renseignements chez lui. Nous voulons savoir exactement ce qu'il a dit.

— Je crains que vous ne soyez déçus. Ces lettres n'ont d'autre sens pour moi que ce qu'elles disent.

Le cerveau d'Inez travaillait à toute allure. Elle s'était laissé prendre au piège. Comment s'en sortirait-elle sans compromettre Evelyn? Devait-elle dire à ces hommes qu'ils avaient enlevé la femme qui les intéressait, mais qu'ils s'étaient trompés de lettres? Non, ils la forceraient de révéler ce qu'elle savait des autres lettres.

Ils semblaient déterminés, impitoyables. Ils ne craignaient pas de prendre des risques. Ils la tueraient sans doute, qu'elle les renseignât ou non. S'ils la relâchaient, elle pourrait les identifier. Pour des hommes de ce calibre, une vie de plus ou de moins comptait peu. Seulement, ils ne se débarrasseraient pas d'elle sur une grand-route. Ils l'amèneraient dans un coin discret.

Malgré la pression du revolver contre ses côtes, elle doutait qu'ils la tuent avec cette arme. Probablement l'étrangleraient-ils et dissimuleraient-ils son corps dans un taillis. La police penserait à un crime sadique et suivrait une fausse piste.

Non pas qu'elle fût susceptible de suivre la bonne piste, de toute façon. Le secret de Val était trop bien gardé. Qui songerait à faire un rapprochement entre sa mort et les activités de Val? Seulement son père, et il n'aurait pas un indice.

La perspective n'avait rien de réjouissant, mais Inez ignorait la peur. Il lui paraissait impossible d'être tuée par ces bandits. Ce n'était pas une petite fille sans défense, terrifiée. Elle se tenait sur ses gardes. Elle était agile, robuste. Tôt ou tard, elle aurait l'occasion de s'échapper. Tant qu'ils restaient sur la grand-route, elle était en sécurité. Malheureusement, il n'y avait pas de feux rouges, mais il pouvait y avoir un embouteillage. Il lui faudrait alors agir vite. Pourrait-elle saisir assez rapidement la main de l'homme armé pour faire dévier une balle? Sans doute, elle avait des réactions très vives et l'autre pourrait hésiter à tirer.

Toute à ces suppositions de désespoir, elle oubliait un élément vital... Evelyn. Dans la salle de bains, changeant son bébé, la jeune femme entendit un murmure de voix. Elle se redressa, Raine dans ses bras, et regarda par la fenêtre. Elle vit Inez se diriger vers la grille, encadrée par deux inconnus. Elle vit de quelle façon peu cérémonieuse on la fit monter en voiture. Elle aperçut le Noir au volant.

Etant Evelyn, elle ne s'attarda pas à réfléchir. Elle sortit en courant juste au moment où la voiture démarrait. Elle n'était pas assez près pour lire le numéro. Elle se précipita dans la rue, il n'y avait jamais beaucoup de circulation dans le village et la rue était déserte. Toujours courant, elle alla aux *Safrans,* mais le garage était vide.

Prendrait-elle le temps de téléphoner à la police? Mais... l'écouterait-on? A ce moment, elle entendit le bruit d'une voiture qui approchait. Pour un peu, Evelyn eût pleuré de soulagement en reconnaissant l'auto de Patrick. Elle attendit à peine qu'il se fût arrêté et, ouvrant la portière, elle se jeta à côté de lui avec son bébé.

– Vite! *Vite!* Suis-les! balbutia-t-elle.

– Quoi? Lyn...

– Ne discute pas! *Conduis.* Ils ont enlevé Inez.

– Inez? Qui a enlevé Inez?

– Comment le saurais-je? Ils l'ont fait monter de

force dans une voiture et ils se sont enfuis avec elle. Il faut les rattraper.

— Tu es folle?

— Non! Non! Je te dis qu'on a enlevé Inez. Ils ont dû la prendre pour moi. J'ai entendu mon nom. J'ai regardé, je les ai vus.

— Pourquoi, mon Dieu?...

Patrick accélérait déjà.

— C'est une grosse voiture grise. On ne peut pas la manquer. Il n'y a pas de routes transversales qu'elle puisse prendre. Elle a filé en direction de Plymouth.

— Respire un peu et essaie de m'expliquer.

— Il y a trois hommes. Le chauffeur est un nègre. L'un d'eux est armé, d'après la façon dont il tenait sa main dans sa poche. Ils ont emmené Inez pour l'interroger.

— L'interroger? A quel sujet?

— De Val, bien sûr. Qui d'autre? Et elle les a suivis, pour me protéger. Je ne peux pas la laisser faire... ce n'est pas son mari... ce n'est pas honnête... oh, c'est bien de Val, continua-t-elle de façon incohérente. Idiot chéri! Comme si je ne savais pas! J'ai fait semblant pour ne pas te tracasser.

— Val? répéta Patrick d'une voix blanche. Val?

— Oh, Pat, sers-toi un peu de ton intelligence! Tu as certainement compris. As-tu vraiment cru que Val est parti là-bas juste pour planter des arbres?

— Mais alors?

— C'était la couverture. C'est un ami de Bongo-Sekama. On l'a envoyé... pour avoir des renseignements, sans doute. Pour arrêter les envois d'armes, peut-être. Je ne sais pas.

— Mais cela me paraît ahurissant.

— Cela ne l'est pas. Val a déjà fait cela auparavant. Jamais il ne me l'a dit, mais je l'ai su par ton père. Et quand j'ai réfléchi à cette ridicule carte postale qu'il a envoyée à Inez, j'ai compris qu'il se servait d'elle. « Les poules de tante Mabel... » Il fallait bien que cela veuille dire quelque chose. Et Inez a fait une telle histoire au sujet de cette carte. Puis quelqu'un m'a volé les lettres de Val.

— Je commence à comprendre. Il a eu le culot de mêler Inez à ces activités dangereuses.

— Ça, oui. Il a voulu me tenir en dehors de la question. Il n'a pas pensé qu'Inez pouvait en pâtir! Bon sang! Où est cette voiture?

Ils roulaient sur la grand-route, l'aiguille du compteur nettement inclinée vers la droite. Des voitures les croisaient, ils en dépassaient d'autres à une allure inquiétante.

— Regarde! La voilà! s'écria Evelyn. Elle passe la colline. On l'aura.

— Et puis après? demanda Patrick, très sombre. Tu es sûre qu'ils sont armés?

— Je n'ai pas vu l'arme, mais j'en suis sûre. D'ailleurs, Inez ne se serait pas laissée faire autrement.

— De toute façon, elle n'aurait pu sauter en cours de route à la vitesse à laquelle ils vont. Oh, allez-vous filer, vous! hurla-t-il à l'intention d'un groupe de cyclistes qui roulaient trois de front.

— La vitesse réglementaire est de quatre-vingt-dix à l'heure, annonça Evelyn comme il dépassait un autobus à cent trente à l'heure. Ne te fais pas arrêter!

— Au contraire, si cela peut inciter une voiture de police à nous prendre en chasse, tant mieux, répliqua-t-il en gravissant la colline l'accélérateur au plancher.

La voiture grise était au sommet de la côte, traversant un village. Un agent s'efforçait de donner le passage aux voitures d'une route transversale, mais le chauffeur de la voiture grise dédaigna ses signaux. Patrick fut obligé de ralentir et d'attendre, fulminant, que trois autres voitures se soient jointes au flot. Puis il accéléra et les dépassa toutes les trois.

Il avait un avantage sur la voiture qu'il poursuivait; non seulement il disposait d'un moteur aussi puissant, mais sa voiture était plus étroite et il connaissait chaque centimètre de la route.

Ils rattrapèrent l'auto grise. Evelyn aperçut la tête brune d'Inez.

Le chauffeur accéléra. Patrick en fit autant.

– Et quoi maintenant? demanda-t-il, amer.

– On pourrait leur rentrer dedans.

– J'aurais plus de chance de défoncer ma voiture que de les arrêter.

– Il faut les arrêter!

– Un barrage, c'est la seule solution. Dans quelques kilomètres, la route se rétrécit et il y a des parois rocheuses de chaque côté. Si je peux les dépasser avant d'arriver là-bas, je mets ma voiture en travers de la route. Tu es prête à courir le risque?

– Il n'y a pas d'autre solution. Mais... nous laisseront-ils passer? L'homme qui est à côté d'Inez nous surveille.

– Fais sauter le bébé dans tes bras. Ça les calmera. Ils nous prendront pour un couple en vacances. Prie le ciel qu'Inez ne nous trahisse pas!

– Rien à craindre. Elle regarde dans le rétroviseur, il me semble. Elle a dû reconnaître la voiture...

– Tiens-toi, je vais tenter le coup à la prochaine descente.

Il écrasa son avertisseur comme un forcené. La voiture grise accéléra.

– Oh, regarde! balbutia la jeune femme.

Une camionnette de boucherie les croisa en cahotant. Pendant quelques secondes intolérables, les deux voitures roulèrent côte à côte à un train d'enfer. Deux autres voitures apparurent au sommet de la côte au moment précis où Patrick effectuait son dépassement. Evelyn, recroquevillée sur son bébé, le protégeait de tout son corps. Il ne pourra pas... il ne pourra pas, pensait-elle.

Le chauffeur de la voiture grise pensait sans doute avoir affaire à un fou. A la dernière minute, il ralentit et Patrick le dépassa, ratant d'un cheveu l'aile d'une des autos venant en sens inverse.

– Mon Dieu, gémit Evelyn en entendant les coups de klaxon indignés. Si le pauvre n'a pas eu une attaque!

– Comment ça va?

– Je respire encore.

Patrick ralentit. Il avait maintenant la voiture grise sur les talons, mais elle n'avait aucune chance de le dépasser.

– Maintenant, dis tes prières et tiens-toi, annonça Patrick deux minutes plus tard.

Il appuya sur l'accélérateur. La voiture bondit. La route très étroite était maintenant flanquée de hautes parois rocheuses.

– C'est ici! dit Patrick. Sont-ils loin?

– Oui.

De nouveau Evelyn se pencha sur sa fille pour la protéger. Une secousse terrible. La jeune femme manqua de peu de passer par le pare-brise. Un hurlement de freins : l'auto grise venait de s'arrêter à un mètre à peine.

Presque aussitôt, d'autres voitures ralentissaient, s'arrêtaient, faisant queue dans les deux directions. De furieux appels d'avertisseurs, des claquements de portières.

– Reste là, dit Patrick, je vais la chercher.

Il ouvrit la portière, sortit ses longues jambes et, avec une apparente nonchalance, il avança vers la voiture grise.

— Toutes mes excuses, dit-il froidement. La direction a dû céder.

Il parla sans regarder Inez. L'homme assis à côté du chauffeur s'emporta :

— Mais vous êtes ivre! Vous êtes un danger public! Enlevez votre voiture du passage.

— Je n'y arriverai pas tout seul. Il faudra que vous m'aidiez.

D'autres conducteurs avaient mis pied à terre et se dirigeaient vers eux.

— Allez! Ne restez pas là à bayer aux corneilles! dit Patrick.

Le Noir obéit aussitôt, machinalement. Son voisin aussi. L'homme assis à côté d'Inez ne bougea pas. Patrick ouvrit sa porte.

— Venez donner un coup de main ou nous serons encore là à minuit.

Aurait-il obéi ou non, il n'aurait su le dire; mais à ce moment-là un agent motocycliste arriva derrière la voiture grise.

— Eh bien! Que se passe-t-il? demanda-t-il. C'est à vous cette voiture, monsieur?

— Oui. Vous me connaissez, je pense. Je suis Patrick Elbure, de Saint-Chad.

— Oui, monsieur.

— Veuillez, je vous prie, arrêter ces hommes. Comme motif : enlèvement et port d'armes prohibées, dit sèchement Patrick. Ce sont des ennemis du pays.

Le policier parut totalement stupéfait, mais il réagit comme la plupart des gens au ton autoritaire de Patrick.

Il y eut une brève bousculade quand l'homme assis à côté d'Inez tenta de sortir et de s'enfuir, mais l'agent lui saisit le bras. Les deux autres hommes prirent leur jambes à leur cou. Le Nègre, d'un bond puissant, s'accrocha à la paroi rocheuse, la gravit et passa de l'autre côté. Le gros homme essaya de l'imiter, mais il retomba entre les bras puissants d'un chauffeur de camion.

Le troisième homme, retenu par le policier, se contorsionnait pour se servir de son arme. Patrick intervint et lui saisit le poignet d'une poigne d'acier.

– Cela ne vous servira à rien. Laissez tomber! ordonna-t-il.

Une voiture de police se joignit à la file et deux nouveaux policiers vinrent aux nouvelles.

– Ah, c'est là cette voiture que l'on a remarquée pour excès de vitesse, dit l'un d'eux.

Patrick l'interrompit.

– Ces hommes sont accusés d'enlèvement! Inez...

Il lui tendit les mains. Elle sortit de l'auto, les jambes raides. Patrick la serra contre lui, protecteur. Elle tremblait, mais ce fut d'une voix posée qu'elle répondit aux questions de l'inspecteur.

– Emmenez ces hommes au poste. Nous vous suivons et ferons nos dépositions, dit vivement Patrick.

– Il faut remettre de l'ordre dans la circulation...

Jamais sans doute cet endroit de la route n'avait connu un embouteillage semblable. Peu à peu, le flot s'écoula. On remit la voiture de Patrick dans sa position normale. Elle n'avait qu'une aile à l'avant légèrement froissée.

Patrick aida Inez à s'installer sur le siège arrière. Elle les regarda tour à tour, Evelyn et lui, d'un regard trouble.

– Comment as-tu deviné? Je n'en croyais pas mes yeux quand j'ai vu ta voiture nous rattraper.

– C'est Lyn qu'il faut remercier. Elle a tout compris. Je n'étais au courant de rien.

– J'ai vu ces brutes vous faire monter en voiture et j'ai remarqué que le chauffeur était noir, expliqua Evelyn. Je suis absolument navrée, Inez, Val n'aurait pas dû vous entraîner dans une histoire pareille.

– Vous savez? dit Inez, incrédule. Comment?

– Quand vous serez mariée, vous comprendrez qu'il n'y a pas grand-chose qu'un mari aimant puisse cacher à la femme qui l'aime. Je regrette de ne pas vous avoir dit que je savais, mais je ne voulais rien gâcher et je ne pensais pas qu'il y aurait du danger.

– Moi non plus.

– Mais... quand il s'est présenté, vous vous êtes sacrifiée pour moi. Jamais je ne l'oublierai!

– J'avais promis à Val.

– C'est la dernière promesse que tu feras à un autre homme qu'à moi, décida Patrick. Cet après-midi m'a vieilli de vingt ans.

– Et aussi tous les automobilistes que nous avons rencontrés, ajouta Evelyn, malicieuse.

– Je sais. J'ai vu les risques que vous avez pris, dit Inez en frissonnant. Tu aurais pu te tuer, avec Lyn. Qu'allons-nous dire à la police, si jamais nous atteignons le poste?

Ils avançaient à une allure d'enterrement, s'arrêtant à chaque instant.

– Juste que ces bandits t'ont enlevée. Qu'ils s'expliquent. Nous, nous ne savons pas pourquoi.

– Peut-être allez-vous me croire, maintenant, si je vous dis que Val va bien, dit soudain Evelyn. S'il était mort, pourquoi chercheraient-ils à savoir ce qu'il envoie comme renseignements? S'il était aux mains des insurgés, c'est lui qu'ils interrogeraient, pas nous. Il sera rentré à temps pour votre mariage. Vous verrez!

18

L'église du village n'aurait pu contenir une personne de plus. La foule se pressait, de chaque côté de l'allée, jusque sous le porche. Des enfants escaladaient des tombes pour mieux voir.

Le soleil brillait avec éclat et l'odeur des roses semblait venir de partout assaillir les narines d'Inez qui, au bras de son père, lentement, fièrement, remontait l'allée. La musique éclata, triomphante, quand ils atteignirent le porche. Les deux dames d'honneur suivaient.

– Oh, Inez, tu es si belle que j'en ai envie de pleurer! chuchota Evelyn, impulsive.

– Je t'en prie! Seule la mère de la mariée a le droit de pleurer à un mariage, chuchota Inez en réponse.

Rosemary, pratique, ajusta son voile de dentelle d'un travail exquis qu'avaient porté la mère et la grand-mère de Patrick. La robe d'Inez, en satin blanc, avait un corselet ajusté et une jupe très ample.

La jeune fille, radieuse de beauté en effet, s'arrêta un instant et regarda dans la nef. Elle rencontra le regard de sa mère et, le cœur gonflé de joie, elle put voir que Molly souriait. Elle tenait dans sa main celle de Willie. Elle posa l'enfant sur une chaise, s'efforçant de freiner les tentatives qu'il faisait pour rejoindre son père. Val, debout à côté du marié, avait un bras dans le plâtre et des pansements sur le front. Il avait maigri et son costume flottait autour de lui. Mais, en tournant la tête, il vit Inez qui le regardait et lui sourit de la même façon joviale.

Pat, élégant, très grand, ne faisait pas un geste. Derrière lui, le prêtre et le père d'Evelyn attendaient.

– Prête? demanda M. Raine.

Inez fit un signe de la tête. *Prête?* Elle l'avait été dès

la seconde où les bras de Patrick s'étaient tendus vers elle. Y avait-il eu, avant elle, une jeune fille qui eût remonté la nef avec une joie plus grande, une certitude plus absolue que c'était pour toujours?

Elle ne vit personne, sauf Patrick.

Puis elle se trouva à côté de lui. Ils répondirent tous deux avec force et netteté aux questions qu'on leur posa. Et Inez eut soudain le désir violent de voir se prolonger cette cérémonie, de s'attarder sur ces vœux si beaux, si poignants.

Le père d'Evelyn saisit leurs mains, les joignit et l'anneau d'or glissa doucement sur le doigt de la jeune fille. Elle leva les yeux vers Patrick... et ce fut comme s'ils n'étaient déjà qu'un.

– Mon amour, murmura-t-elle. Maintenant et à jamais.

Romans sentimentaux

Depuis les ouvrages de Delly, publiés au début du siècle, la littérature sentimentale a conquis un large public. Elle a pour auteur vedette chez J'ai lu la célèbre romancière anglaise Barbara Cartland, la Dame en rose, qui a écrit près de 300 romans du genre. À ses côtés, J'ai lu présente des auteurs spécialisés dans le roman historique, Anne et Serge Golon avec la série des Angélique, Juliette Benzoni, des écrivains américains qui savent faire revivre toute la violence de leur pays (Kathleen Woodiwiss, Rosemary Rogers, Janet Dailey), ou des auteurs de récits contemporains qui mettent à nu le cœur et ses passions, tels que Theresa Charles ou Marie-Anne Desmarest.

BENZONI Juliette

Marianne *601* ★★★★ *& 602* ★★★★
Un aussi long chemin *1872* ★★★★
Le Gerfaut :
- Le Gerfaut *2206* ★★★★★★
- Un collier pour le diable *2207* ★★★★★★
- Le trésor *2208* ★★★★★
- Haute-Savane *2209* ★★★★★

CARTLAND Barbara

Les amours mexicaines *1052* ★★★
Le message de l'orchidée *1072* ★★
La flamme d'amour *1110* ★★
L'enchantement du désert *1188* ★★
La première étreinte *1189* ★★
Que notre bonheur dure *1204* ★★
La belle et le léopard *1215* ★★
Le mystère de la bruyère bleue *1285* ★★★
La revanche de lord Ravenscar *1321* ★★
Il ne nous reste que l'amour *1347* ★★
Piège pour un marquis *1699* ★★
La princesse en péril *1762* ★★
Défi à l'amour *1763* ★★★★
Un souhait d'amour *1792* ★★
L'amour et Lucia *1806* ★★
Rencontre dans la nuit *1807* ★★
La magie de la bohémienne *1819* ★★
L'invitation au bonheur *1842* ★★
Les violons de l'amour *1883* ★★
L'amour était au rendez-vous *1884* ★★
Thérésa et le tigre *1912* ★★

Romans sentimentaux

CARTLAND (suite)	***La revanche du cœur*** 2005 ★★
	Les mirages de l'amour 2040 ★★
	Idylle à Calcutta 2049 ★★
	Prise au piège 2082 ★★
	Miracle pour une madone 2100 ★★
	Un mari chevaleresque 2114 ★★
	Une épouse particulière 2115 ★★
	Au cœur du péril 2131 ★★
	Fiancée à un brigand 2144 ★★
	Un amour conquérant 2145 ★★
	La danse de l'amour 2160 ★★
	Un amour sans fortune 2174 ★★
	L'amour comme un espoir 2189 ★★
	Un éternel enchantement 2230 ★★
	Le choix du prince 2242 ★★
	Loin de l'amour 2243 ★★
	Le lord et la demoiselle 2256 ★★
	Le secret de l'Écossais 2257 ★★
	La victoire de l'amour 2271 ★★
	Un cœur trop pur 2272 ★★
	Qui peut nier l'amour ? 2285 ★★
	La gondole d'or 2286 ★★
	Toujours plus haut l'amour 2301 ★★
	Les problèmes de l'amour 2302 ★★
	Le chemin de l'amour 2318 ★★
	Sur les ailes de l'amour 2319 ★★
	Le secret d'Anouchka 2335 ★★
	Lumières d'été 2336 ★★
	Le signe de l'amour 2349 ★★
	Un bonheur sans prix 2350 ★★
CHARLES Theresa	***Le chirurgien de Saint-Chad*** 873 ★★★
	Inez, infirmière de Saint-Chad 874 ★★★
	Lune de miel à Saint-Chad 1112 ★★
	Rosamond 1795 ★★★★
	Thea 1873 ★★★★
COOKSON Catherine	***L'orpheline*** 1886 ★★★★★
	La fille sans nom 1992 ★★★★
	L'homme qui pleurait 2048 ★★★★
	Le mariage de Tilly 2219 ★★★★
	Le destin de Tilly Trotter 2273 ★★★
	Le long corridor 2334 ★★★

COSCARELLI Kate	Destins de femmes 2039 ****
DAILEY Janet	Le solitaire 1580 ****
	La Texane 1777 ****
	Les ailes d'argent 2258 *****
	La saga des Calder :
	- La dynastie Calder 1659 ****
	- Le ranch Calder 2029 ****
	- Prisonniers du bonheur 2101 ****
	- Le dernier des Calder 2161 ****
DESMAREST Marie-Anne	Torrents 970 ***
GOLON Anne et Serge	Angélique marquise des Anges 667 *** & 668 ***
	Indomptable Angélique 673 *** & 674 ***
	Angélique à Québec 1410 **** & 1411 **** & 1412 ****
	Angélique - La route de l'espoir 1914 **** & 1915 ****
HOLT Victoria	La lande sans étoiles 2007 ****
LAKER Rosalind	La femme de Brighton 2190 ****
	Le sentier d'émeraudes 2351 *****
LINDSEY Johanna	Le vent sauvage 2241 ***
MATTHEWS Patricia	Danser ses rêves 1901 ****
	L'éveil de l'aube 2081 ****
	L'écume des passions 2116 ****
MONSIGNY Jacqueline	Michigan Mélodie (Un mariage à la carte) 1289 **
	L'amour dingue 1833 ***
	Le palais du désert 1885 **
NICOLSON Catherine	Tous les désirs d'une femme 2303 ****
ROGERS Rosemary	Amour tendre, amour sauvage 952 ****
	Jeux d'amour 1371 ****
	Au vent des passions 1668 ****
STANFILL Francesca	Une passion fatale 2320 ****
STEEL Danielle	Un monde de rêve 1733 ***
	Celle qui s'ignorait 1749 *****
	L'anneau de Cassandra 1808 ****
	Palomino 2070 ***
	Souvenirs d'amour 2175 *****
	Maintenant et pour toujours 2240 ******
WOODIWISS Kathleen E.	Quand l'ouragan s'apaise 772 ****
	Une rose en hiver 1816 *****
	Shanna 1983 *****

# Littérature

extrait du catalogue

Cette collection est d'abord marquée par sa diversité : classiques, grands romans contemporains ou même des livres d'auteurs réputés plus difficiles, comme Borges, Soupault, Goes. En fait, c'est tout le roman qui est proposé ici, Henri Troyat, Bernard Clavel, Guy des Cars, Alain Robbe-Grillet, mais aussi des écrivains tels que Moravia, Colleen McCullough ou Konsalik.

Les classiques tels que Stendhal, Maupassant, Flaubert, Zola, Balzac, etc. sont publiés en texte intégral au prix le plus bas de toute l'édition. Chaque volume est complété par un cahier photos illustrant la biographie de l'auteur.

ADAMS Richard	**Les garennes de Watership Down** 2078 ******
ADLER Philippe	**C'est peut-être ça l'amour** 2284 ***
AMADOU Jean	**Heureux les convaincus** 2110 ***
ANDREWS Virginia C.	Fleurs captives :
	- Fleurs captives 1165 ****
	- Pétales au vent 1237 ****
	- Bouquet d'épines 1350 ****
	- Les racines du passé 1818 ****
	Ma douce Audrina 1578 ****
APOLLINAIRE Guillaume	**Les onze mille verges** 704 *
	Les exploits d'un jeune don Juan 875 *
AUEL Jean-M.	**Les chasseurs de mammouths** 2213 ***** & 2214 *****
AVRIL Nicole	**Monsieur de Lyon** 1049 ***
	La disgrâce 1344 ***
	Jeanne 1879 ***
	L'été de la Saint-Valentin 2038 **
	La première alliance 2168 ***
BACH Richard	**Jonathan Livingston le goéland** 1562 * illustré
	Illusions 2111 **
	Un pont sur l'infini 2270 ****
BALTASSAT Jean-Daniel	**La falaise** 2345 **
BALZAC Honoré de	**Le père Goriot** 1988 **
BARBER Noël	**Tanamera** 1804 **** & 1805 ****
BATS Joël	**Gardien de ma vie** 2238 *** illustré
BAUDELAIRE Charles	**Les Fleurs du mal** 1939 **
BEAULIEU PRESLEY Priscillia	**Elvis et moi** 2157 **** illustré

BENZONI Juliette	***Marianne*** *601* **** *& 602* ****
	Un aussi long chemin *1872* ****
	Le Gerfaut :
	- Le Gerfaut *2206* ******
	- Un collier pour le diable *2207* ******
	- Le trésor *2208* *****
	- Haute-Savane *2209* *****
BLOND Georges	***Moi, Laffite, dernier roi des flibustiers*** *2096* ****
BOLT Robert	***Mission*** *2092* ***
BOMSEL M.-C. & QUERCY A.	***Pas si bêtes*** *2331* *** *illustré*
BORGES & BIOY CASARES	***Nouveaux contes de Bustos Domecq*** *1908* ***
BOVE Emmanuel	***Mes amis*** *1973* ***
BOYD William	***La croix et la bannière*** *2139* ****
BRADFORD Sarah	***Grace*** *2002* ****
BREILLAT Catherine	***Police*** *2021* ***
BRISKIN Jacqueline	***La croisée des destins*** *2146* ******
BROCHIER Jean-Jacques	***Odette Genonceau*** *1111* *
	Villa Marguerite *1556* **
	Un cauchemar *2046* **
BURON Nicole de	***Vas-y maman*** *1031* **
	Dix-jours-de-rêve *1481* ***
	Qui c'est, ce garçon ? *2043* ***
CALDWELL Erskine	***Le bâtard*** *1757* **
CARS Guy des	***La brute*** *47* ***
	Le château de la juive *97* ****
	La tricheuse *125* ***
	L'impure *173* ****
	La corruptrice *229* ***
	La demoiselle d'Opéra *246* ***
	Les filles de joie *265* ***
	La dame du cirque *295* **
	Cette étrange tendresse *303* ***
	La cathédrale de haine *322* ***
	L'officier sans nom *331* **
	Les sept femmes *347* ****
	La maudite *361* ***
	L'habitude d'amour *376* **
	La révoltée *492* ****
	Amour de ma vie *516* ***
	Le faussaire *548* ****
	La vipère *615* ****
	L'entremetteuse *639* ****
	Une certaine dame *696* ****

	Malataverne 324 *
	L'hercule sur la place 333 ***
	Le tambour du bief 457 **
	Le massacre des innocents 474 *
	L'espion aux yeux verts 499 ***
	La grande patience :
	- La maison des autres 522 ****
	- Celui qui voulait voir la mer 523 ****
	- Le cœur des vivants 524 ****
	- Les fruits de l'hiver 525 ****
	Le Seigneur du Fleuve 590 ***
	Victoire au Mans 611 **
	Pirates du Rhône 658 **
	Le silence des armes 742 ***
	Tiennot 1099 **
	Les colonnes du ciel :
	- La saison des loups 1235 ***
	- La lumière du lac 1306 ****
	- La femme de guerre 1356 ***
	- Marie Bon Pain 1422 ***
	- Compagnons du Nouveau-Monde 1503 ***
	L'homme du Labrador 1566 **
	Terres de mémoire 1729 **
	Bernard Clavel, qui êtes-vous ? 1895 **
	Le Royaume du Nord :
	- Harricana 2153 ****
	- L'Or de la terre 2328 ****
CLERC Michel	Les hommes mariés 2141 ***
COCTEAU Jean	Orphée 2172 **
COLETTE	Le blé en herbe 2 *
COLLINS Jackie	Les dessous de Hollywood 2234 **** & 2235 ****
CORMAN Avery	Kramer contre Kramer 1044 ***
COUSSE Raymond	Stratégie pour deux jambons 1840 **
DANA Jacqueline	L'été du diable 2064 ***
DARLAN Eva	Le Journal d'une chic fille 2211 ***
DAUDET Alphonse	Tartarin de Tarascon 34 *
	Lettres de mon moulin 844 *
DAVENAT Colette	Les émigrés du roi 2227 ******
DEFLANDRE Bernard	La soupe aux doryphores 2185 ****
DHÔTEL André	Le pays où l'on n'arrive jamais 61 **
DIDEROT	Jacques le fataliste 2023 ***

874

Impression Brodard et Taupin
à La Flèche (Sarthe) le 19 décembre 1988
1898A-5 Dépôt légal décembre 1988
ISBN 2-277-11874-5
1er dépôt légal dans la collection : nov. 1978
Imprimé en France
Editions J'ai lu
27, rue Cassette, 75006 Paris
diffusion France et étranger : Flammarion